兎の結末・独身者の憂鬱

Hyozo kashiwabara

柏原兵三

P+D BOOKS

小学館

目次

兎の結末

第一章

兄と僕の二人の勉強部屋と寝室を兼ねている洋間は、和風の母屋と廊下でつながっている洋館の一番手前にあった。母屋からその廊下を伝わって来ると、つきあたりの白い壁に懸っている大きな楕円形の鏡が、歩いて来る者の上半身を映し出すようになっている。

祖父母の家に僕が移り住むようになってからしばらくするうちに、この鏡が僕をその前に必ず釘づけにするようになってしまった。母屋から廊下を渡って来るたびに、僕は鏡の前に吸いつけられ、鏡に映った自分の顔と対峙し自問自答を演ずるのだ。

――僕には恋をする資格があるだろうか。どこかに女の子を惹きつけるような魅力があるだろうか。

――ないことはあるまい。眉毛は太くて濃く男らしい。君の目は澄んで光っている。いかにも頭がよさそうだ。

――それから？　たとえば鼻の恰好はどうだ。

――余りいいとはいえないけれども、そんなに悪くはないだろう。

――口の形はどうだ。

——そうだな、少し唇が厚くて大きいけれども、この方があるいは重厚な印象を与えるかも知れない。

——耳は?

——大きくていかにもたのもしいなあ。

——洋服はどうだろう。

そこまで来ると駄目になってしまうのだった。僕の着ている服と来たらお話にならなかったからである。

それは学校に割当てが来た配給服だった。割当ては何回かあったが、そのたびごとに生地や色、また附属品の類が違っていた。その配給服はクラスで僕を含めて三人がくじであてたのに、まだ着ているのは僕だけだった。それ程その回の配給服は質が悪かったのである。色はカーキ色だったが、馬糞を連想させるような何ともいえない嫌な色合なのだ。生地は着て一週間と経たないうちにピカピカに光沢を生じ、皺が方々に寄って来た。そして洗濯を一度してからというものは服全体がダランとしてしまい、いくらアイロンをかけても、もうどうにもならなかった。しかし一度配給服にあたった者は、その後割当てが来ても、棄権しなくてはならないきまりになっていたので、僕はその服に甘んじるほかないのだった。その服があたるまで着ていた純毛の紺サージの服はとうに弟に下っていたし、そうでなくてももう小さ過ぎて着られなかったに違いない。闇市か物々交換所でもっとましな服を手に入れることは可能なはずだったが、そんな余裕は家になかったし、あったとしても、もっといい服を買って欲しいという僕のたのみが採り上げてもらえる見込みはなかった。男の子が服装のことをとやかく気にするのは恥ずべきことだという哲学が家には厳然としてあったのである。僕自身この哲学を信奉していたのだ。にもかかわらず僕にはその配給服が気になってしかたがないのだった。

——この服が内田のような純毛の黒の学生服だったらどんなにいいだろう。そうしたら僕はどんなに凜々しい少年に見え、朝よく駅で逢う少女の心をどんなに惹きつけることが出来るだろう。

——ああしかし駄目だ。こんな服では。

——いやそんなことはない、大事なのは外面ではない、衣裳ではない。大事なのは内面であり、その内面に支えられた容貌なのだ。

……兄はどうだったろうか。祖父から譲り受けた豪華な両袖机と、スプリングのよく利いた舶来のベッドと共に、兄の一帳羅(いっちょうら)である陸軍幼年学校の制服は、僕が兄の持物の中で特に羨望を感じないではいられないものの一つだった。生地は混紡ではあったがかなり上質の羅紗(ラシャ)地で、色は緑色がかったカーキ色だった。そのほか型といい、ボタンといい、僕の着ている配給服とは比較にならないように思われた。それに何よりも幼年学校の制服だったという事実が、その服にある特別な雰囲気と、否み難い気品を添えているように感じられてならないのだった。兄もまたその服を愛していた。配給服のくじ引きに加わらないのも、配給服があたってしまったらその服をいつも着ている理由が消滅してしまうからではないだろうかと思えるようなところがあった。

兄は厖大な蔵書の持主だった。それは僕と二人の共同の部屋の壁に塡め込んである幅四間の本棚にギッシリと詰まっていた。もっともそのうちで兄が小遣いを割いて買い求めた本というのは、徐々に量を増してはいたが、全体からいえばほんの僅かだった。そのほかは祖父から譲られた改造社の現代日本文学全集と新潮社の世界文学全集各一揃いを除けば、すべて母の従弟、祖父の甥にあたる真彦さんの遺品だったのである。学徒動員で出征する時、真彦さんは持物を全部叔父さんにあたる祖父の家に預けて行った。その時もし戦死するようなことがあったら本の類は本喰虫の昇ちゃんにみんな進呈すると冗談のようにいい残して行ったのである。そして真彦さんは本当にフィリッピンで戦死してしまい、冗談が遺言となり、その蔵書は兄の所有に帰してしまったのだ。祖父の家に移り住むようになって間もなく、僕は兄に命じられて、リンゴ箱に詰められて釘づけにされてあった〈真彦蔵書〉を本棚に移す作業を手伝った。どんな本が出て来るか、宝捜しに似た興奮が僕らを包んだ。真彦さんは法律専攻の学生だったのに、蔵書の大部分は文学関係のものばかりだった。ヌードの写真集も出て来た。それを見つけた兄は僕に一言も相談せず、ただちに、焚き始めていた風呂の釜にくべてしまった。

この兄が後嗣になっている母方の祖父母の家に、僕が預けられたのは中学二年の新学期からだった。兄の自尊心を傷つけないために、おもてむきの理由は通学の便のためということになっていたが、実際はそうではなかった。幼年学校から復員して来てから心に満たされないものを感じ気が荒れている兄の話相手として、兄の心を和らげ兄の孤独を慰めるために、僕が兄弟の中から適任者として選ばれて派遣されたのである。僕が選ばれたのは、すぐ下の弟で年齢がもっとも近いということもあったが、僕が兄弟の中で一番心がやさしく気が練れているという祖父や母の判断からも来ていた。

祖父の家に移ってからというもの、僕はこの自分に与えられた評価に出来るだけ忠実に振舞おうと努力していた。兄のいうことには決して逆らわず、兄の気に触らないようにし、兄のよき慰め手、兄のよき保護者たらんとしていた。兄は思ったより気が荒れていなかった。それどころか僕が来たのを喜んでいるのか、僕には優しくて親切だった。

祖父や母は、僕が兄のために自分を犠牲にして祖父の家から通学することを引き受けた、と思っていたが、かならずしも事実はそうでなかった。子供の時からの思い出がたくさん結びついている祖父の家に起居出来ることはむしろ僕にとって歓迎すべきことだったのである。しかし僕はそれを祖父や母には気取られないようにしていた。祖父や母から感謝されていたかったし、自分では使命を託されおのれを犠牲にして兄と一緒にいるのだ、という悲愴感に酔っていたかったのである。しかし時々僕にはそんな自分が許せない偽善の徒のように思えてならないことがあった。

僕が移ってから間もなく、兄が僕にベッドを作ってやろうといい出した。それまで勉強は兄の部屋ですることにしていたが、寝るのはベッドがないので、母屋の日本間の一つを使っていたのである。

兄は五歳の時から祖父母の家で育てられたせいか、独り遊びが上手だった。子供の頃週末毎に母に連れられて祖父の家を訪れる時、いつも僕は今度は兄がどんな遊びを創案しているだろうか、と楽しみにして行ったものだった。それはあるときは、写真の暗室を利用した〈錬金術師〉の実験室だったり、あるときは木の上に作った〈ロビンソン・クルーソー〉の別荘だったり、裏山の崖に作った〈トム・ソーヤー〉の洞穴だったりした。

兄についてベッド作りの材料を捜しに物置に入った時も、僕はそんな子供の頃のことをなつかしく思い出した。昔からその物置に行けば、欲しい物は大体何でも見つかったものだったが、今度もまた兄は必要な材料を全部捜しあてた。

まず兄はほぼ同じ高さの坐り机を二つ見つけ出した。少し高い方は前に、低い方は後ろに置いて、ベッドの足にしようというのである。それから畳大の木の枠、昔引越荷物の梱包に使ったらしい、板をはすかいに打ちつけてある木の枠を引き摺り出して来た。それから古畳一枚も。

「これで出来るだろう」と兄がいうと、僕たちは早速それらの材料を外に持出し、速成ベッドを組み立てた。木の枠を二つの机に渡し、古畳を載せると、もうベッドは出来上りだった。

僕が早速試しに寝てみると、

「寝心地はどうだい」と兄がいった。

「ちょっと軋むね。それにスプリングが利いていないみたいだ」

と僕は兄の使っている〈船来のベッド〉についている巨大な昆虫の巣のようなスプリングを思い浮かべていった。

「スプリングはベッドの生命だというものね」

そういいたして、僕は兄の反応を待った。子供の頃いつもそうだったように、兄がこんな場合に何かいいアイディアを思い浮かべてくれることを僕は信じていたのである。

「まあもう一度物置に入ってみよう」しばらくして兄が答えた。

僕たちはまた物置の中へ入って行った。そして兄はどこからか竹の束を見つけ出して来た。竹には弾力があるからスプリングの代りになるだろうというのだった。

早速僕たちはその竹を木の枠にある間隔をおいて打ちつけた。畳をその上に載せ再び僕が寝てみると、成程思いなしかスプリングがついたみたいだった。

そのベッドが今僕の使っているベッドだった。相変らずみしみしいうところが欠点だったが、寝心地は概してよかった。兄の発案になる竹のスプリングが利いていたのかも知れない。寝ているると敷布団と畳の向うにそれらを支えてくれている竹の弾力のようなものを感じることがあったからである。

僕があの〈秘密の儀式〉に耽るようになったのもこのベッドだった。少くともこのベッドだけは僕が毎晩眠りに入る前にあの〈秘密の儀式〉に耽らないことはないということを知っているのだ——。

兄と僕の机は庭に面した窓辺に置かれてあったが、お互に覗き見が出来ないように机と机の間には充分過ぎる程の距離がとってあった。幼年学校から復員して来た時に祖父から譲られた兄の机は両袖のある実に豪華なものだった。僕のはそれに較べると並べて置くのが気がひけるような貧弱な机だった。椅子も兄のは机にふさわしい豪華な皮張りの回転椅子だった。

その椅子に坐って兄はよく僕に詩を読んでくれた。一緒に住むまで僕は兄が詩を作っているということをまったく知らなかった。

「詩が一つ出来た。読んでやろうか」と突然兄が回転椅子を少し僕の方へ回転させていうのだ。

「うん、読んでよ」と僕は勉強の手を休めていう。

ところで最初はつき合いで聞いていたその兄の詩がだんだん僕を感動させるようになってしまったのだ。

「とてもいいよ」と兄が読み終ると、僕は内心の感動を隠し切れずにいうのだった。

「すばらしいといってもいいかも知れない」

「そうか。お前にもこの詩のよさは分るか」

と兄はいって、また回転椅子を元に戻してしまう。

そしてある日僕は思い立ったのだ。兄に作れるものが僕に作れない筈はないと思ったのである。しかし僕の詩が兄のそれと比較にならない代物だということが、口惜しいけれども僕にも分るのだった。しかし僕は兄に見つからないように詩を作ることを止めずにいた。ある日突如として天才的な霊感（インスピレーション）が僕を襲い、僕に詩の傑作を書かせてくれないものでもないと思っていたのだ。それに何よりも、創造に関与しない者は虫ケラのように無意味な存在である、という兄の思想が僕の心を捉え始めていたからだった。詩以外で創造に関与出来る道があるとは思ったが、さしあたり兄と同じように詩を通じて創造の女神に愛されたいと僕は希っていた。

兄と一緒に住むようになってから一ヵ月と経たないうちに、僕は兄の影響に侵される一方の自分に気づいて脅威を感じた。傷心の兄を慰めいたわる保護者のつもりでいた僕は、その発見に自尊心を傷つけられたが、事実はいかんともなしがたかった。現実の僕はまさに一個の模倣の虫になり下っていたからである。

兄は〈断想録〉という日記をつけていて、時々その一節を僕にも読んでくれた。それはさまざまな要素を含んだ万華鏡のような日記だった。兄の内面の表白であると同時にそれは時代批判の書であり、未来の計画書でもあった。たとえば兄の革命計画案もその中で検討されたし、革命成功後にラジオ放送をする予定の演説の草稿もその中で練られた。そしてその日記の真似をして僕もまた〈瞑想録〉という日記をつけ始めたのだ。しかし兄の日記の千変万化する内容に較べて僕の日記の内容の何と貧弱なことだったろう。そしてまた兄の文章に較べて、僕の文章は何と語彙に乏しく無味乾燥なものだったろう。

僕はその原因を僕の読書の貧しさに求めた。そしてまた兄の模倣をして読書に励むようになったのだ。兄は家にいる大半の時間を読書に費しているのだった。兄が学校の勉強をしているのを見ることは稀だった。祖父も、母も、兄が部屋に引きこもって机に向っているのを、高等学校（旧制）の受験に備えて勉強をしているとばかり信じていたから、家で真実を知っているのは、僕だけだった。しかし僕はこの発見を誰にも告げなかった。それは僕までが学校の勉強などは下らない、天才は独自の勉強に携わるべく運命づけられている、という兄の思想に侵されて来ていたからである。ただ僕には、まだ天才の証しが与えられているとは思われなかったから、用心深く振舞って、兄のように全面的に学校の勉強を放棄したりはしなかった。予習・復習の時間は据置きにして、今まで遊んで過した時間を読書に向けたのである。

僕が兄のために祖父の家に移ってから二ヵ月にならない頃のことだった。

「これから本を売りに行くけれど、一緒に行く気はないか」とある土曜日、突然僕は兄に声を掛けられた。

「いいよ」と僕はあわてて日記帳を閉じていった。兄の真似をして樹てた読書計画の改善を、日記帳で検討しているところだったのだ。

「でも何を売るの」と僕はたずねた。本、特に戦死した真彦さんの蔵書は、遺品だから大切に扱うようにとふだん厳命している兄にそぐわない提案だと思ったからである。

「同じ本があるんだ」といって兄はすでに机の上に積んである何冊かの本を目で示した。それは滝沢敬一の〈フランス通信〉だったが、そういえば祖父の本箱にも同じ本があった。

「でも、売ってどうするの」と僕は重ねて聞いた。

「それはいずれゆっくり話す」と兄は短く答えた。

僕らは古本屋が何軒か固まってあるマーケット街へ行くことにした。電車で行っても一駅なので僕らは歩くことにした。道すがら僕はこの頃よく学校の帰りにも駅で逢う少女にどこかでばったり逢いはしないかと惧れた。前の晩友だちから教わった寝押しをズボンに試みてものみごとに失敗していたのだ。筋が一本ではなくて三本も四本もついてしまっていたのである。

兄のあとから最初の古本屋へ入って行く時僕は赤くなった。この頃よく僕は赤くなった。それも何のいわれもなく。あの〈秘密の儀式〉に耽るようになってからのことである。

兄は黙って店の奥の帳場へ行き、風呂敷包みをほどいて中の本を見せていった。

「これを売りたいんだけれど」

本の表紙にチラッと目を走らせただけで男は答えた。

「要らないね」

兄はまた黙って風呂敷を包み直すと僕をうながして外へ出た。

「今の店は自然科学を主に扱っている店だから買わないのかな」と僕は独り言のようにいった。

「そうだな、あっちの店なら買うかも知れない」と兄は感情を交えない声でいった。

兄のいった通り、次に入った店の主人は明らかに興味を示した。

「フランス通信ね。これはひところ評判になった本だよ」彼はなつかしそうに一冊一冊を手にとって撫でまわすようにしながらいった。

「七十円でどうだろう」

「五冊でですか」と兄がいった。

「そうだよ」

「もう少し高く買えないかな」

「いや、駄目だ」と主人は首を振った。

「じゃあ、止めた」といって兄は僕をうながした。

「九十円じゃどうだね」と主人があわてていった。

「百二十円は欲しいんだ」と兄は冷静沈着な声でいった。

「よろしい、それで買おう」と主人はいった。

「時に君たちは」と急に主人は声をひそめていった。

「身分証明書を持っているだろうね。米穀通帳でもいいんだが」

「いや持っていないけれど」と兄はいった。

「なくては駄目ですか」

「警察がうるさいのでね。わたしはどうでもいいんだが」

僕はだらしのないことに胸がドキドキして来た。顔が火照って来る。盗品を売りに来たような気持がする。兄は黙ったままだった。

「じゃあ、しようがない」と主人はいって、机の抽出(ひきだし)から薄汚れたノートを取り出していった。

「あんたたちを信用することにしよう。ただ念のためここに住所と名前を書いてくれないか」

兄が住所と名前を書き終えると、主人は一瞥しただけでノートを元通り机の抽出に納め、それからおもむろに机の上の手提金庫を空け、中から十円札を十二枚取り出して机の上に並べた。

「よかったね」と店を出るなり僕は兄にいった。

「ああ」と兄はこともなげに答えた。僕は改めて兄の物に動じない態度に感心した。

「七十円で売らなくてよかったね」と僕はいった。

「もっと高く売ってやってもよかったんだが、まあこれで買えるだろう」と兄はいった。

「何を買うの」

「兎を買うんだ」

「つがいの兎を飼って殖やすんだ」

そういって兄は、それから家に歩いて帰るまでの間に、兎の飼育計画の概要を僕に喋ってくれた。

——兎は繁殖力の強い動物だから殖え始めたらどんどん殖えるに違いない、それを売って本代にあて、同時にまた適当な数の兎を我家の台所に提供して、我家で今もっとも不足している動物性蛋白質の有力な供給源としよう。僕にもしやる気があるならば、共同経営者にしてやろう。その代り必要な労力の半分を負担してくれ、出資は免除してやる、というのである。

「本代は僕ももらえるんだね」と僕はたしかめた。

「ああ」と兄は短く答えた。

「半分は僕に使わしてもらえるわけだね」

「本代として計上する分はな」

「ほかにもあるの」

「こまかいことは先の話だ」と兄は少し不機嫌にいった。「ともかく参加する気はあるのか、ないのか、それをいえよ」

「もちろん参加させてよ」

「但しこの計画は絶対人には喋るなよ」と兄は強く念を押した。

「家の者にも、ただ楽しみに兎を飼うんだということにしておこう」

それから兄はいった。

「そうと決ったら今日は小屋作りだ。手伝ってもらえるだろうな」

家に帰り着くと、僕らは早速材料探しに物置へ行った。暗闇の中にたたずんで目が慣れるのを待ちながら、僕は時間が逆行し、自分が再び幼年時代に連れ戻されるような気がした。その頃どんなにしばしば僕は兄と一緒に、兄の創案した遊びの材料探しに、この物置を探検したことだろう……

しばらく物を動かしたりどかしたりしているうちに僕らは期待通りかっこうの材料を大体見つけ出した。まずそのままで小屋になりそうな茶箱、錆びた金網、板切れ一束などである。

それらの材料を使って、僕らは日が暮れるまでに、かなり立派な小屋を完成した。僕の発案になる兎のふんを自動的に回収出来る装置も加えられた。床を張る時に床板と床板の間に兎のふんが丁度落ちる位の隙間をあけたのである。落ちて来るふんを下で抽出が受けるようになっている。ふんがいい加減溜ったら、抽出をぬいて中味を捨てれば、掃除は完了という仕掛だった。

完成すると兄がいった。

「お前は中々手先が器用だな」

「うん」と僕は得意になりたいのを抑えながらいった。「疎開する前模型飛行機に熱中したことがあったでしょう。きっとあの時に鍛えた腕前だよ」

「しかしこの装置なんか」と僕は抽出を出したり入れたりしていった。「特許をとる価値があるかも知れないね。特許料は兎小屋の建築費に使ってもいいよ」

「まあ、どの位うまく行くか見てみようじゃないか」と兄は僕の調子に乗らないでいった。

その晩僕はいつものように兄より先にベッドに入ったが、今度の大計画のことを考えると寝つけなかった。地下に眠っている真彦さんも、こんな大計画のために本を手離したのだから許してくれるに違いないと僕は考えた。兎の増殖が軌道に乗れば、僕ら二人の本代を賄うどころか、祖父の家の経済を支えることも可能かも知れない。もしかすると兄さんの意図もそこにあるのかも知れない。いやきっとそうに違いない。そうすればこの家も手離さないで済むかも知れないではないか……。

敗戦後軍人恩給を停止されてからというもの、祖父の家は筍(たけのこ)生活をしていた。もうすでに大分色々なものが祖父母の身近から消えていた。祖母の持っていた二台のピアノのうちの一台、虎の毛皮、金屏風、花瓶……。祖父の家が売りに出されるのはもはや時間の問題だった。兄が高等学校に入ったら家を手離そうかと祖父が母と話をしているのを僕は聞いたことがあった。祖父も母も、兄が翌年の旧制高校の入学試験に合格することを信じていた。しかし僕だけは知っているのだ。兄が一向に勉強をしないで、読書に耽り、詩を書き、断想録を記し、天才の道を歩もうとしていることを――。

次の日は日曜日だった。僕は十一時過ぎに目を覚ました。頭が冴えなかった。あの〈秘密の儀式〉に耽るようになってから朝の目覚めが爽快なことは珍しくなってしまっていた。

お昼をすますと、兄と僕の二人は兎を買いに行くことになった。兎を買う先はあてがついているというので僕は黙って兄について歩いていたが、そのうちにそれが友だちの家の近くにある〈あけぼの童話会〉という看板を出している家に違いないということに気づいた。その看板の下にもうずっと前に〈子兎安く頒けます〉という貼紙がしてあったことを不意に思い出したのである。

その家を僕は一度友だちと一緒に訪ねてみたことがあった。

友だちを訪ねるたびに、その家の前を通って、童話会というのがどんなことをする会か興味を持った僕は、ある日のこと友だちを誘って、その家を訪れたのだ。

玄関の前に立って「御免下さい」というと何の答もなかったが、根気よく繰返すと顔色の悪い女の人がノッソリと出て来た。僕と友だちの二人は、どちらも何もいい出せないでもじもじしていたが、とうとう僕が勇を鼓していったのである。

「あけぼの童話会って何をする会でしょうか」

昼寝をしていたのかその女の人は眠そうな声でいった。

「童話を作ったりね、読んだりする会よ」

童話を作ったり、という言葉に僕はにわかに力づけられ、友だちに囁いた。

「どうだい、入ってみないか」

「そうだなあ」とその友だちはあいまいに答えた。「入ってもいいけど……」

兄に対抗出来るような天才の証しを手に入れたいと考えていた矢先だった。詩は書けなくても童話ならば作れるかも知れないではないか……

「作るってどんなふうにですか」と僕は友だちのたしかな答を待たずにたずねた。

「そうね」とその女の人はうるさそうにいった。

「家の人がいないとよく分らないわ。今度の日曜日にもう一度来てごらんなさい」

「じゃあ」といって僕らは外に出た。

しばらく僕らは黙って歩いていたが、まもなく友だちがいった。

「今の女の人はお腹が大きかったね」

「そうかい」と僕はいった。「ちっとも気がつかなかったけど」

するとにわかに僕の心の中で〈あけぼの童話会〉というものが色褪せた存在に変ったのだ……。童話作家の奥さんが妊娠していることがどうも童話作家にふさわしくないことのように思えて来たのである。それから友だちと一緒にその家の前を何度も通ることがあったのに、どうしたものか僕らは〈あけぼの童話会〉のことを二度と話題に上らせたことがなかった……。

道々僕は日曜日だから〈あけぼの童話会〉の主宰者はきっといるに違いない、と考えた。その人は世に隠れた天才的な童話作家なのかも知れない。もしそうだったら入ることを考え直してもいいな。童話作家に子供が出来たっておかしくはないだろう。でも僕らが次の日曜日に行かなかったから不愉快に思っているかも知れない……

その家の門をくぐり兄が低い声で「御免下さい」というと、まもなく庭に通じる木戸の向うに、背の高い飛行服を着た男が姿を現わした。

「何の用」と男はいった。

「兎を頒けて頂きたいんですが」と兄がいった。

「ああそう」と男は木戸を内側から開けていった。

「何羽位？」と男はいった。「子兎かい」

「つがいが欲しいんだが」と兄がいった。「ちょっと見せてくれませんか」

「そうね」といって男は僕たちについて来るようにうながした。

庭の隅に二坪位の小屋があった。その小屋からお腹の大きな女の人が出て来て家の勝手口の方へゆっくりと歩いて行った。彼女が僕らの方を見なかったので僕はホッとした。僕がいつか訪れたまま来なかった中学生だということを気づかれることを惧(おそ)れていたのである。それにしても、と僕は思った。岡本のいったことは本当だった……。もう妊娠何ヵ月位だろうか。

男は小屋の中に僕らを招じ入れた。真中に通路があり、その両側にかけられた三段の棚に、兎が一羽ずつ入れられた小さな箱が並んでいる。箱の前面の金網には兎の生年月日と種属名が書かれた小さな木札がつけてある。

「こうやって飼うんだね」と僕は兄のうしろからそっといった。色々なことを聞いてみたらどうだろう。

「アンゴラと日本白色種がほとんどだけどね、ベルジャンとフレミッシュもある」と男が説明するようにいった。

「兎を飼う時はどんな点を注意すればいいんでしょうか」と僕がとうとう意を決して聞いた。

「清潔にすることだな、それから、ぬれた草や、水分の多いものをやらないことだ。少し乾かしてからやるといいな」と男はいった。どんな草がいいか聞こうとする前に兄がいった。

「いくら位で頒けてもらえますか」

「そうね」と男は言葉を濁したが、やがて「何の目的で飼うんだい」といった。

「いや」と兄が口ごもった。「いったら」と僕が小さな声でいった。「相談してみたらどう」

兄は僕の言葉に取り合わずにいった。

「百円前後でつがいが欲しいんだけど、ないですか」

男は無愛想に答えた。

「百円前後じゃとうてい無理だね。一匹でも駄目だ」

「だけど」と男は言葉を続けた。「生態観察をさせるために、ただで貸出して子供に世話をしてもらう仕組があるから、それを利用したらどうだい。あけぼの童話会の会員には、そういう特典があるから入ってもらえば……」

兄はしばらく黙っていたが、やがて、

「どうしても駄目ですか」といった。

「駄目だね、家のは高級種ばかりでね。一羽でよければないこともないが」

「潔、帰ろう」と突然兄は僕をうながした。

男に挨拶もしないで兄は僕をせかして小屋の外へ出ると、そのままさっさと庭をつっきり、開け放しの木戸を通り抜けて、一気に門の外へ出てしまった。

外へ出てしばらくしてから僕はうしろを振り返って男が追いかけて来ないことを確かめた。僕らの非礼を怒って男が後から追いかけて来はしまいかと不安だったのである。もう〈あけぼの童話会〉に入ることは出来ないな、と僕は考えた。

「渋谷に行こう」としばらくして兄がいった。

「渋谷の露店市場に行けば、きっと買えるだろう」

「そうね」と僕はいった。露店市場には必ずといっていい位、子兎やヒヨコを売る店が出ていた。

「あいつはインチキな会を作って子供を喰いものにしている」と兄が突然いった。

「貸出して世話をさせる制度のこと?」と僕がいった。

「そうだ」と兄はいった。

兄の天才的な直観力はここでもたちまち働いて仮面にかくれた不正を剔抉(てっけつ)したのだ、と僕は考えた。兄の天才的な、異常ともいえる潔癖で純粋な精神は、寸毫(すんごう)たりとも不正には耐えられないのだ。普通の人には耐えられても兄には耐えられないのだろう。そこが僕とは違うところだ。僕はすぐ周囲のことを考えてしまう。兄のように徹底して自己に忠実に振舞うことは出来ない……

僕らは電車に乗って渋谷に出た。露店市場は人で賑わっていた。

僕は兄と並んで歩きながら、兄が悲しみに耐えない顔をしているのを見た。兄が今どんな思いに沈んでいるか、僕には分るのだった。

みじめな祖国、道義地に堕ちた祖国、その祖国は今一人の天才の出現をひたすら待ち焦がれているのだ。彼は幼年学校の古びた制服をまとって、今この敗戦の象徴ともいうべき露店市場の雑踏を歩いている。彼は時機が到来するのをひそかに待っているのだ。祖国の栄光の回復は一に彼の双肩にかかっているのだから……

僕は彼を理解する弟だった。天才は稀にではあるが、そういう弟を持つことがある、ということを兄が僕に話してくれたことがあった。ヴィンセント・ヴァン・ゴッホの弟がそうだった……

僕らの目指す店は市場の外れでようやく見つかった。

予科練の制服を着た、予科練帰りと一見して分る若者が二人、子兎とヒヨコを売っていたのだ。浮浪児のような子供が二人ふかし芋をかじりながらしゃがんでヒヨコを見ているだけで客らしい影はなかった。

兄は二人の若者の前に立っていった。

「兎が欲しいんだけど」

「何羽だい」

「ひとつがいでいいんだけれど、いくらだろう」

「百二十円に負けとくよ」と若者のうちの一人がいった。札には一羽八十円～百円と書いてあった。

「何か入れ物を持っているかい」ともう一人がいった。

兄がまず風呂敷包みをほどき家から中を空けて持って来た蓋つきのくず籠を差出した。

若者は黙ってくず籠を受け取ると、子兎がたくさん入っている箱の一つからたちまち一羽の兎をつかみ出していった。

「これが雄だよ」

「雌は捜し出さなくちゃならねえ」と彼はいって別の箱の中を覗き込んでいたが、やがて一羽を選り分けた。

「横に持った方がいいよ」と彼は僕のくず籠にその兎を入れる時に注意した。

「よかったね」と歩き出してしばらくしてから僕がいった。

兄は黙ってうなずいただけだった。

あの予科練帰りの若者たちは、一体何の目的があって兎やヒヨコを売っているのだろう。生活費を得るためであろうか。それとも、と僕は考えた。軍事革命の資金を確保するためではないだろうか。僕はその想像をすぐに兄に喋りたい欲求に駆られたが、思い留った。ちょうどその時MPのジープが僕らの前に突然停り、拳銃を腰に吊るした二人のMPと二世の兵隊が一人降りて来たかと思うと、露店市場の中へ大股な足取りで消えて行った。兄はそんな光景を無視して歩き続けた。見物したい欲求をこらえ僕も兄に従った。それにしても、と僕はまた考えた。進駐軍がいなかったとしたら、兄のいう革命は成功の可能性があったかも知れない。兄は生れるのが遅かったのだ、もっと早く生れていたら、日本のナポレオンになれたかも知れないのに……

家に着くと早速僕らは葡萄棚の下に据えて行った兎小屋へ直行し、くず籠の中の兎を入れてやった。兎は二羽とも思ったよりも元気だった。それから僕らは物置へ行き、鎌と籠を見つけ出すと、裏の林に草を刈りに行った。草を刈って帰って来ると、僕は早速ふんが溜る仕掛の抽出を引いてみた。すると褐色の煮豆大のつややかなふんが二つもうちゃんと溜っていた。

その日の晩僕らは仕事の分担を協議して大まかな点を決めた。週の前半、月曜から木曜までを僕、週の後半、金曜から月曜までを兄が責任を持ち、食事の世話と小屋の清掃にあたる、ということになった。

当番を一日おきとしないで、週の前半と後半に分けたのは、僕が週末には大抵泊りがけで父母の許へ帰ってしまうからだった。それにひきかえ兄は父母の所へほとんど行かなかった。三ヵ月か五ヵ月に一度位行ったが、そんな時でも絶対に泊らないで早々に帰って来てしまった。受験勉強で忙しいという理由からだったが、それが口実に過ぎないことを、だれよりもよく僕が知っていた。本当は兄は母をひどく慕っていて、出来ることなら僕と同じように毎週でも母に逢いたかったのだ。しかし兄は、兄弟の中で自分だけが祖父の養子として母と別れて暮さなければならないのを、天才に課せられた悲劇的な運命と考えこの運命に殉じようと考えているのだった。僕はそんな兄の不幸に同情を感じ、その兄の慰め手である自分の立場に満足と意義を見出してはいたものの、時々兄が羨しくなった。僕は悲劇的なものに憧れを感じていたのだ。悲劇的な運命が天才につきものだとすれば、僕は天才でないのだった。詩人になれる筈がないのだ。僕には悲劇的なものの一切が欠けていたから。僕は幸福そのものだったから。

兎の飼育は順調に進行した。兎の食欲は旺盛で、実によく食べ、目に見えて大きくなって行った。僕らの計画は実現への道を一歩一歩確実に辿っているみたいだった。兎が子供を孕むこと、それが待たれた。兎の妊娠待ちというところだった。ただひとつ、僕の新案になる兎のふん自動回収装置がうまく働かなくなってしまったことが、予期しなかった蹉跌のようだった。初めの一週間はうまく行っていたが、そのうちに草の食べ残りがふんとまざり合って、床の隙間をすぐ塞ぐようになりふんが下へ落ちなくなってしまったのだ。——僕は〈あけぼの童話会〉で見た兎の箱を思い出し、兎の小屋はやっぱり単純な作りが一番いいのかも知れないと思った。兄は何もいわなかったが、もし兎が子供を産んで小屋を殖やさなくてはならなくなった時には、残念だが僕の方から僕の誇った新案を引込めようと思っていた……

しかしふん自動回収装置がうまく働かなくなったことは、もちろん僕らの計画の進行にとってたいして大きな障害を意味するものではなかった。それよりも僕らは、兎が僕らの計画に入っていなかった意外な副産物をもたらしてくれることに気がついたのである。ふんの肥料としての価値に気がついたのだ。

戦争中の食糧不足以来祖父が手がけていた家庭菜園は今ではすっかり本格化して、最初は庭先の花壇を野菜畠に変えた程度だったのに、戦後は人を雇って裏の林の一部を開墾して一反近い畠を作り、野菜の類は、祖父の家と僕の家の二軒分をほぼ完全に賄える程になっていた。しかし目下の祖父の願いは、主食の代りになる芋、麦の類の本格的な生産を計り、育ち盛りの孫たちに、ひもじい思いをさせたくないということにあった。しかし問題は肥料の不足だった。祖父の言によると技術が拙いのはいうまでもないが、良質の肥料が得られないために、思うような増産が出来ない、というのだった。だから僕らが兎を飼い始めて三週間目に祖父に提供した、みかん箱一杯分の兎のふんは、僕らが予想しなかった程祖父を喜ばせたのである。

――もしかすると僕らは〈自給自足の王国〉を建設することが出来るかも知れないとある日僕は考えた。僕らは祖父の農園から人間には食べられないが兎の飼料には役立つものの一切、たとえばキャベツの外側の葉、人参の葉、芋の蔓、などを全部提供してもらうことにしよう。その代り僕らは祖父に兎のふんの一切を肥料として提供することにしよう。その結果祖父の畠の収穫は画期的に増大するに違いない。そうすれば我家の食糧問題は、僕らの兎によって約束される動物性蛋白質のことを考えれば、米を除いて解決されたも同然ではないか。いやそれだけではない。祖父が必要とする肥料を上廻る程のふんが、僕らの数を増した兎から出るようになったら、そのふんを袋に詰めて、農家とあらかじめ契約を結び、主食と交換に提供すればいいかも知れない。そうなれば祖父はこの家をもう絶対に売らないですむだろう。食糧さえあれば天下にこわいものなしなのだから。兎が子供を生んだらこの予想を兄に話すことにしよう。兄のことだからもう同じ事をすでに考えているかも知れないが……

第二章

中間試験が終った日の帰り、僕は校門を出たところで偶然星と一緒になった。彼とは同級だったがそれまでに親しく口を利いたことは一度もなかった。彼はクラスでは一寸目立った存在だった。まず彼だけがクラスで頭の毛を伸ばしていた。二年生になると同時に伸ばし始めた髪を今ではポマードをつけてオール・バックにしていた。ほかのクラスや上級生に頭の毛を伸ばしている者はいないではなかったが、僕のクラスでは彼一人だけだった。いやもしかすると学校で一番最初に頭の毛を伸ばしたのは彼だったかも知れなかった。第二に彼は背広を着てネクタイまでちゃんと締めていた。

彼には一年の時から〈哲学者〉という仇名がついていた。強度の近眼の彼が掛けている黒縁の大きな眼鏡が、彼に哲学者のような雰囲気を与えているからだったが、頭の毛を伸ばしてから益々彼の風采は哲学者のそれに近くなって来た。しかも仇名だけでなく、実際に彼は哲学書を耽読し、古今東西の哲学に通じているという噂さえあった。しかし彼に好意を持っていない級友も多かった。取っつきにくく、無愛想で、衒い(てら)が多く、厚かましくて、嫌な奴だというのである。彼には親しい友だちがだれもいないみたいだった。彼は孤独な独行者で、しかもそうであることをいさぎよしとしているようなところがあった。

彼と連立って歩きながら、何を話題にしたものか僕は迷った。その頃クラスでは寄ると触ると中間試験のことが話題になっていた。あの問題の正しい解き方はどうなんだろうかとか、今度の物理の試験では八十点以上取れた者が一人しかいないそうだ、といった類の話題である。しかし僕はそんなことを今ここで話題にしまいと心に決めていた。彼がそういう話題を軽蔑していることは明らかだったし、僕自身もそんなことに一喜一憂するのは下らないと思うようになっていたからである。

「この頃何か面白い本を読んだかい」と僕は話題を見つけていった。

「そうだな」と星はいった。「今ちょっと物理学に関する本を読んでいる」

「物理学?」と僕は聞き返した。〈哲学者〉の彼にふさわしくない読み物だという気がしたからである。

「うん」と彼はいった。「アインシュタインの相対性原理に関する本だけどね」

僕は黙ってしまった。物理学の本というと僕には教科書か参考書しか思い浮ばなかったのだ。アインシュタインの相対性原理というのは名前だけは聞いたことがあった。

「君はどうなんだい」としばらくして彼がいった。「相変らずコツコツ勉強かい」

「そんなことはないよ」と僕はつとめてさりげない調子でいった。

「この頃はもっぱら日本文学と外国文学の乱読というところだ」

「今何を読んでいるんだい」

「この間岩波文庫でツルゲーネフの猟人日記を読み終ったところだ。ロシア文学をしばらく読んでみようと思っているんだ。それから日本では白樺派の作家のものをね」

「ふうん」と彼はいった。「これは意外だな。君が文学に親しんでいるとは知らなかった」

「どうして」と僕がいった。

「いや」彼は笑いながらいった。「君は学校の成績しか念頭にない優等生だと思っていたんだ」

「そんなことはないよ」

「そうらしいな。少し君に興味が出て来たよ」と彼はいった。

彼に興味を持たれたことは、僕には、僕が兄もまたよく軽蔑的に語る優等生的な存在を脱して何か高次の存在へ上りつつあることを証明するように思われた。ことによると僕の中に何か天才的なものが芽生えて来たのかも知れない。兄のいう無価値に等しい凡人の存在から天才への道を歩き出したのかも知れない……


その日から僕は星としばしば口を利くようになり、だんだん親しくなって行った。評判に反して星は人なつっこく、照れ屋で、いい男だった。

中間試験の結果は思わしくなかった。級長であるてまえ一番になりたかったのにクラスでは依然として二番だったし、学年全体では一年の最後の試験では八番だったのが二番下って十番になっていた。思うように成績が上らなかった理由を僕はあの〈秘密の儀式〉に求めた。何としてもあの悪習を絶たなくてはならない……

中間試験が終ると追いかけるように定期試験の日程と時間割の発表があった。試験準備が計画的に出来るように、いつも試験が始まるかっきり二週間前に発表されるのである。これまでこの二週間という時間はいつも僕に十分過ぎるほどの準備期間を与えてくれていたが、今度初めて僕は自分で納得出来るような準備を終えないうちに定期試験を迎えてしまった。兄の真似をして試験前なのに読書を止めなかったのがいけなかったのである。

トルストイの〈復活〉が僕の試験準備の時間を喰い荒してしまったのである。

読み始めてまもなくこの小説が僕を魅惑し僕の心を虜にしたのだ。僕はネフリュードフの偏執狂に近いような徹底した贖罪の態度、自己の良心に忠実な態度に心を打たれた。僕は毎日試験準備にあててある時間を少しずつ喰い込んでこの小説を読んだのである。しかし試験準備が十分に出来なかった理由はそれだけではない。夜ベッドに入る前にかならずといっていい程僕はネフリュードフがカチューシャの部屋に忍び込んで行くところを読み直したのだ。それらの部分は伏字が多かったがそれが反(かえ)って僕の想像力を刺戟しないではおかなかったのだ。ベッドに入ってから僕は考える。ネフリュードフはカチューシャに何をしたのだろうか。カチューシャを抱きかかえ自分の部屋へ運び何をしたのだろうか。その結果カチューシャに子供が出来てしまうかも知れないようなことをしたというのは、禁じられた、いけない、容易ならざることをしたに違いない。……そんなことを考えながら僕の手は下腹部へ滑って行きすでに充血し猛々しく膨れ上っている生き物に触れ、その生き物が満足するように掌や指で愛撫する〈秘密の儀式〉に従うのだった。この専横な生き物が解放・弛緩に類した何かを熱望しながら結局それを得られないで諦め半分に漸く儀式に飽きて来ると、僕は疲れ果て、頭の中が綿のようなもので詰まって来たことを感じながら、朝駅でよく会う少女に赦しを求める。そして彼女の神聖な純潔を冒瀆するようなこの恥ずかしい行為を二度と繰返さないことを心に誓って眠りに陥るのだった。その誓いにもかかわらず、とうとう僕は試験が始まるまでの二週間というもの、一晩も欠かさずこの〈秘密の儀式〉に耽ってしまった。

案のじょう定期試験の結果は悪かった。中間試験よりよかったのは国語の成績だけで、あとは全部二三点ずつ落ちていた。クラスでは三番になってしまったが、平均点が二番と三点も開きがある上、同点が二人もいる三番だった。学年では何と十五番だった。しかし自分でも不思議な程この成績の不振は僕にはこたえなかった。原因が分っているからいつでも取戻せると思っているからだけではなかった。兄と一緒に生活してから僕の内面に起きた変化と密接に関係しているのだった。

僕にとって今もっとも価値があるものは学校の成績ではなかった。そんなものは、僕が天才であることが証明されたら、犬にくれてやってもいいとさえ思える程だった。

兄が隠れた天才詩人かも知れないと僕が信じ始めてからすでに久しかった。兄が時々僕に読んで聞かせる詩が僕にそのことをすっかり確信させるようになってしまったのである。すべての点で、兄は詩人に生れついているようだった。兄だけが兄弟の中で孤独の幼少時代を送って来たのだ。養父である祖父のような陸軍の将官を夢見て幼年学校に入学した兄は、未来の大将軍を夢みたのも束の間、僅か半年で夢を無惨にも破られてしまった。中学に復学したものの、学校の勉強は退屈以外の何物でもないし、先生も同級生たちも、天才である兄を理解しないのだ。彼を理解する者はただ一人、僕あるのみだった。

「俺が死んだら詩稿はお前に贈るからいいようにしてくれ」と自己の夭逝(ようせい)を信じているらしい兄は僕にいうのだった。——兄の詩は生前遂に認められることがない。天才は往々にして不当に扱われることがあるからだ。例を挙げればきりがない。スタンダールがそうだったし、石川啄木がそうだった。……

僕はやがて兄の遺稿詩集の出版に成功する。その時人々は兄の死が一人の類稀な天才詩人の死であったことを悟るのだ。それから僕は兄の遺稿一切の忠実な管理者となる。僕は兄の回想録を書くかも知れない。そうすれば、と兄はいうのだった。

「お前の名前も天才詩人の弟として、彼の生前の唯一の理解者として、文学史上不朽となるだろう」

悲しいが僕はそれぐらいのところで満足するより仕方がないかも知れない、と僕は思ってみることがあった。兄の真似をして何度か試みた僕の詩はすべて不成功に終っていた。いくら書いてもまったく才能の一かけらも窺えないような詩しか出来なかったのである。考えてみると実際僕には詩人になるような条件は何一つとして備わっていないようだった。蒼白い顔をして長身で痩せている兄と違い、僕は血色がよく身体つきもどちらかといえばずんぐりしている。食欲は人一倍ある。兄弟の中で一番大食といってもいいかも知れない。大食漢の詩人などというのは、滑稽ではないだろうか。この頃よく夜熟睡出来なくなったことが、僅かに、詩人の条件に合致していそうにも思えないでもないが、あれも結局はあの〈秘密の儀式〉に耽っている報いに過ぎない。そもそも、一体いつになったら、僕の意志力は僕にあの悪習をきっぱりと絶たせることが出来るのだろう。こんな意志力の弱い人間にどんな非凡なことが出来るというのだろうか。

それにしても僕はやっぱり自分が兄のいうように、兄という一人の天才の理解者としての地位に甘んじることを潔しとすることが出来ない気がした。何とかして僕独自の道を開拓し、歴史上不朽の仕事を残したいと、心ひそかに、だが熱烈に希っているのだった。

夏休みに入る前の日、星と僕の二人は駅まで一緒に帰った。その時僕は兄に口止めされていた僕らの兎の飼育計画を星に喋ってしまった。夏休みに入ったら、三週間ばかり弟妹を連れて和歌山の田舎へ食糧疎開に行く予定だ、と星がいったのがきっかけで、食糧難のこの時代に画期的だとしか思えない僕らのこの計画を喋らないではいられなかったのである。

「兎ねえ、いいかも知れないなあ」と星は僕の話を聞き終るといった。「家でもね、鶏を飼う計画を樹てたことがあるけれど、鶏は食べ物が人間と重なって好ましくないという結論に達して止めてしまったんだ。それで兎か山羊なら飼料が草でいいから飼おうかと考えたことがあったけれど、家は周りが広くないし、郊外でもないから、肝腎のその草が確保出来ない、というわけで止めてしまったんだけど、君の話を聞いてみると実現の可能性が大いにあるような気がするな」

「そう思うかい」と僕は喜んでいった。

「うん中々いい計画だよ。アイディアがいいな。まったく今は食糧難の時代だから兎の買手はきっといくらでもあるに違いない、特に〈動物性蛋白質〉の欠乏にはどこの家も悩まされているからな。僕の家にも頒けて欲しいよ。兎のふんを提供する先は、僕の家で買出しに行く農家を紹介して上げてもいいよ。実際農家じゃあ、肥料を欲しがっているからね、中々面白い計画だよ。本代だったら、きっとあり余る程出るだろう。今に人手不足になったら、僕も仲間に入れてくれないか」

「うん」と僕はいった。「その時はよろしくたのむよ」

「僕は出資していないから」と星は冗談めかしていった。「分け前は三分の一でなくてもいいよ」

「ところで君は」と彼は話題を変えた。「兎の肉というのを食べたことがないだろう?」

「ないけど」と僕はちょっと不安になっていった。「うまいんだろうね」

「うまいよ」と星は笑いながらいった。「安心していいよ」

「何しろ」と星は続けた。「フランス料理では兎の料理は高級料理に属するそうだから。残念ながら僕はまだフランス料理を食べたことがないんだけれどもね」

「君はどうやって食べたんだい」と僕がいった。

「色々さ」と星はいった。「味噌汁に入れたり、ジャガイモや玉ねぎと煮込んだのや、照焼きや、それから兎ドンブリというのもあったな。何しろうまいことはたしかだ。鶏の肉にちょっと似ているよ」

「いつそんな風にして食べたんだい」

「信州に集団疎開をした時だよ」と星は答えた。

「ふうん、集団疎開の時に、兎をどうしてそんなに食べたの」

「兎をね、みんなで飼ったんだよ。一人がね、一匹ずつ責任をもたされて飼わされたんだ。先生が農業組合から子兎を預けてもらって来てね、工作の時間にリンゴ箱で、信州だからリンゴの産地だろう、兎の小屋を作らされてね、各自一匹ずつ飼うことになったんだ。餌を採りに行くのが面倒だったけれど、兎が少しずつ大きくなって行くのを見るのは、少くとも退屈まぎれになってよかったたな。元来僕は兎という動物は余り好きじゃないんだけれどもね」

「どうして」と僕がいった。

「可愛くないんだよ」

「そうかな」

「そうだよ」と星は力んでいった。

「兎という動物はね、ちっともなつかないんだな、目をよく見ろよ。可愛くない目をしているよ。外の動物はもっと美しい目をしている。兎の目はトゲトゲしていてちっとも可愛くない」

「そうだね、たしかに」と僕はいった。僕がふだんボンヤリと感じていたことを、星が今はっきりと指摘してくれたように思えたのである。

「兎というのは、子供の絵本なんかでは人気者で、童話や絵物語の主人公になって、一般に可愛い動物とされているだろう。僕らはそういう一般的な概念に囚われて、現実を本当に、じかに、見ていないということが、ずい分あると思うんだ」

「面白いな、君のいうことは」と僕はいった。たしかに星は哲学者だと僕は心の中で思った。それに反して僕は何だ。〈詩人〉でもなければ〈哲学者〉でもない平凡な優等生に過ぎないではないか。僕が存在するということがこの地球にとって何の意味もない、謂わば無に等しい存在ではないか……。

「しかしね」と星は続けた。

「兎を僕らに飼わして食糧不足のタシにしたというのは、僕らの先生の中々卓抜なアイディアだった、と思うよ。当時君のいう〈動物性蛋白質〉にはまったく欠乏していたからね。嬉しかったな、兎の肉が食膳に出た時は」

「毎日食べたのかい」

「最初は土曜日だけだったけどね。終戦になってしまったものだから、それから一日おき位に食べたかな。自分の兎の番になるとおいしいものを食べさせて別れを告げたものだけれど、不思議にみんなそれ程可哀想にも思わなかったようだな」

「それだけ飢えていたんだろう」

「そうだな。当時の僕らの夢はね、一度兎を丸焼きにして食べたい、ということだったからね。兎が一匹逃げたことにして、山に入って火を作り丸焼きにして食べてしまおう、なんてよく話したことがあったけれどね、結局は実行しなかった。みんな夢を実行に移す元気がなかったんだな」

「僕はね」としばらくして星がいった。

「小説を書いていたことがあってね、この時代のことを小説にしてみたことがあるんだ」

「君は小説も書くの」と僕は驚いたようにいった。

「いや今は書いてないよ。小説を書く能力に自信がなくなったから。今でも時々小説を書いてみたいと思うけれどね」

「時に」と星はいった。「君は小説を書いたことがないのかい」

「ないな、どうして？」と僕はいった。

「いや君は文学が好きなんだろう。小説を読んでいると、自分でも書いてみたい気持が起るものじゃないか。そうしたらその可能性をためしてみたらいい。僕らにはあらゆる可能性をためすことが許されているんだからね。僕たちはそういう時代に生れ合わせたんだからね」

その時僕にある考えが啓示のように閃めいた。小説を書いてみたらどうかと思ったのである。詩でうまく行かなかったからといって絶望する必要はないのだ。詩以外にだって創造に従う道はあったのだ。どうしてこんな簡単なことに気づかなかったのだろう。すばらしい小説の傑作をものにして兄に僕もまた天才であることを認識させてやらなくてはいけない……

「今は面白い時代だよ」と星は続けた。「僕らを縛ることの出来る権威は一切ない。僕らは一種の混沌の中に生きているわけだけれども、この混沌に呑まれてしまうか、この混沌に形を与えてやるかが問題なんだ」

「そうだね」と僕はいった。「今は真に創造的な才能が必要な時代だと思うよ」

「そうだよ」と星はいった。「混沌に形を与えてやる創造的で天才的な人を必要としている時代に僕らは生きているんだよ。天才というのはいつの時代にでも出るというわけじゃないんだ。折角生れて来たんだから、僕はね、天才として生きてみたい、もしそれに失敗したら」と彼はいってちょっと口をつぐんだのち、

「むしろ僕は自殺を選ぶよ」

「天才でなくたって存在する権利はあるだろう」と僕は少し不安になっていった。

「そりゃあ、そうだろう」と星はいった。「しかし僕は可能性に賭けて、その賭けに負けたら自殺しようとひそかに心に決めているんだ」

「可能性って、どんな可能性にだい」と僕はきいた。

「それは一言ではいいつくせないな。もしかしたら一生かかったって可能性を究めつくせるものではないかも知れないな。そうしたら僕は結局自殺しないで生きてしまうことになるけれども」

その日僕たちは駅で電車を何度もやりすごしたのち夏休み中に一度会うことを約束してとうとう別れた。八月の中旬頃星が食糧疎開から帰ったら電話で連絡する、そうしたらどちらかの家で会おう、ということになったのである。


夏休みが始まった日に僕は夏休みの日課を樹てたが、それはあらまし次のようなものだった。

午前六時起床。洗面。冷水摩擦。朝食まで読書。朝食後三十分休憩し新聞を読む。主として政治の動向、海外の状勢に注意を払う。昼食まで勉強、主に英語と数学。昼食後一時間休憩。三時まで読書。三時おやつ、その後散歩または兎の飼料確保。夕食まで読書。夕食後一時間休憩。読書または執筆。十二時就寝。

この日課は自分でも呆れる程前の晩聞かしてもらった兄の日課の焼直しだった。日課を樹てたこと自体兄の真似だったが、内容と来たら兄が午前中読書または執筆としているのを学校の

勉強に変えた以外あとはほとんど同じといってよかった。ただ読書の対象は兄と大分違ってい
た。兄の方は、政治、歴史、革命に関するもの、ということになっていたが、僕のは、世界文
学と日本文学の古典的作品ということになっていた。それから兄の執筆が断想録と詩だったの
に対して、僕のは瞑想録と小説ということになっていた。星の話が機縁で僕は詩を放棄し小説
に転向することにしたからである。

兄はナポレオンの崇拝者だった。兄が古本屋で買って来る本は詩集でなければたいていナポ
レオンに関する本であった。ナポレオンに関する日本の文献はほとんど集めた、と兄が自慢す
る程、兄のナポレオン文庫は膨れ上っていた。兄の机のわきの壁にはナポレオンの写真が二つ、
それぞれ額に入れて懸けられていた。白馬にまたがった意気軒昂のナポレオンとセントヘレナ
に流された憂愁のナポレオンとである。しかしどうしてこう一人の人間に傾倒出来るのか、僕
には納得が行かないところがあった。

しかし、もしかすると兄はナポレオンに匹敵するような天才なのかも知れないと思えること
もあった。それを裏付けする非凡なところが兄にあるのを僕は否定するわけには行かなかった
のである。たとえば夏休みの日課にしてからがそうだった。午前六時起床というのは、僕の方
が三日坊主で終ったのに対して、兄はほとんど完全に履行していた。食後の休憩時間も僕の場
合は大抵ズルズルに延びてしまうのに、兄の守り方は徹底していた。夜の就寝はしばしば十二

時が一時あるいは二時に延びた。そんな日の翌日は、特に午睡を三十分乃至一時間とるというのが、最初樹てた日課に兄が加えた唯一の変更だったといえるかもしれない。

夏休みに入ってから一週間余り経ったある日の晩、兄は僕に〈国家改造私案〉というものものしい題の文章を読んでくれた。それは、夏休みに入ってまもなく兄が真彦蔵書の中からみつけ出して来た北一輝著〈国家改造法案大綱〉という表紙にカビの生えた本が刺戟になって、出来たものであることは間違いなかった。

大綱は次のようなものだった。

一、天皇制ヲ廃止シ、直接選挙制ノ大統領制度ニ変エル。天皇ノ立候補ハ一定期間禁止スル。

一、議会ハ一院制トスル。大統領ニ法案ノ拒否権ヲ与エル。

一、重要基幹産業ハ国営トスルホカ、国家ハ全産業ヲ必要ニ応ジテ国営化スル権利ヲ留保スル。

一、労働者ノ争議権ハ禁止スルガ、労働問題調整ノ機関ヲ設ケル。

一、土地改革ハ山林ニマデ及ボス。

一、軍備ハ復活スル。

僕が驚いたのは、この大綱の各項目が、細部に亘って検討され、詳細な計画がすでに樹てられていることだった。大統領の任期とか選挙の方法とか、国営とする重要基幹産業の種類、没収の方法などに至るまでである。それだけではない。それからいく日か経ったある日、兄は大統領就任の折に全国に向けて放送する演説の草稿を僕の前で読んでくれたのである。

それはすこぶる格調に富んだ名文で書かれてあった。国を憂うる至情にみなぎっていて聞いているうちに胸がジーンとして来るほどだった。兄が自分を革命成功後の大統領に擬していることは明らかだった。

その日の夕食後だった。兄は僕に重大な秘密を洩らした。この革命計画に関して幼年学校の同志たちとひそかに連絡をとっているが、ただまだ時期尚早と思われるので、集まって協議を凝らすのは避けているけれども、時至らば、一堂に会し、革命の時期、方法など具体的なことを検討し実行に移すつもりであるというのだ。幼年学校の同志だけでなく、もちろん縦横に連絡を拡げ、全国の愛国者を糾合するつもりだ。革命成功の暁には、乞われれば大統領選挙に自ら出馬し祖国の危急に一身を挺する用意があるというのである。

この兄の秘密を聞いて僕は緊張の余り身体が引緊るのを感じる程興奮してしまった。

「ちっとも知らなかった」と僕はいった。「今まで僕はお兄さんのいうことは単なる机上の計画だとばかり思っていたよ。幼年学校の同志と連絡をとっているなんて本当にちっとも知らなかった。もう大分前からなの」

「ああ」と兄は答えた。「復員して間もなくさ」

「革命の時機はいつ来るだろうね」

「それはまだ何ともいえない。ひょっとすると意外に早くやって来るかも知れないな」

「進駐軍は大丈夫なの」

「これは内部工作をして事前に了解をとる、ということも考えられる。しかし革命が成功したら認めざるを得ないだろう。もちろん時期としては進駐軍が撤退した直後が一番いいだろうがな」

「僕も仲間に入れてもらえない？」と僕は思い切っていってみた。

「お前は幼年学校出身者でないからな。今の段階ではまだこの地下組織の一員にすることは出来ない。しかしいずれお前にも祖国の危急を救うために一臂の力をかしてもらうこともあるかも知れない。ともかく今は真面目に勉強していることだ」と兄は答えた。


次の日僕は久しぶりに父母の家へ出かけた。学校がある時は試験の際を除いて週末には必ず泊りがけで帰っていたのに、夏休みに入ってから十日近く父母の家へ行かなかったわけは、兄に対抗して樹てた夏休みの日課のためだった。父母の家へ行けば遊んでしまい日課を守ることが出来なくなってしまうからだった。僕は兄との共同生活をテーマにした小説を書き始めていたし、夏休み中に読了すべき厖大な量の本のリストも作成してあったのである。


父母の家で僕は、母から、兄が高等学校の試験準備を真面目にやっているかどうか聞かれて、こう答えた。

「しているんでしょう、いつも机に向っているから。でもお互に一切干渉しないことにしているからよく分らないけれど」

「そう」母は不安の去らない表情でいった。「それならいいけど」

僕には分った。兄の成績が余りよくなくて母が心配になり始めたことを。しかし兄は天才として運命づけられているのだ。詩人になるつもりだったら、兄のいうように、学校を出てもつまらないし、革命を起して大統領になるつもりなら、学校を出る必要もないだろう。学校は平凡人のための機関なのだ。それに兄はその気になれば、幼年学校を中学一年なのに首席で受かったのだから、すぐに遅れを取戻し、数ヵ月で受験勉強を済ましてしまうことだって出来るだろう、但しその気になればの話だけれども……

兄が僕に洩らした〈秘密〉は僕にとって自分で予感した以上に影響力があった。それを聞いた時はそれ程でないだろうと思ったことが、あとから段々そうでなくなって来ることがある。兄の洩らした秘密もそうだった。それを聞いた時僕が緊張したことはたしかだったが、こんなに僕の心に喰い込んで行くとは実のところ予想していなかったのである。今まで何気なく見過していたポスターやプラカードや街頭演説や看板などが僕の関心を惹き始めた。僕の知らないどんなところで、革命計画が練られ、そのための地下運動が組織され、進行しているか分らないのだ……

僕にはまた、兄が革命が成功した暁には大統領に選ばれるということも決してあり得べからざることではないと思われて来たのだ。あの兄の厳しい生活態度、禁欲的な戒律を励行する意志力、非凡な文才、天才的な構想力は、ナポレオンのように兄に何かきっと異常な大事の実現を可能にする筈だと思われるのだった。問題は革命が成功するか否かである。僕に力をかすことが出来るものならかさないでもない、と僕は考えたのだ。

嘗てはひそかに兄の保護者をもって任じていた僕だったのに、最近の僕と来たら、兄の影響に脅かされるばかりだった。兄の天才主義に対抗するために、国木田独歩の短篇小説の題名を冠して〈非凡なる凡人〉主義という思想を作り上げて信奉したこともあったが、兄の光彩陸離たる天才主義に較べると、僕のそれは何とみすぼらしく力なく色褪せて見えたことだろうか。僕は自分が兄の天才主義に惹きつけられて行くのをどうすることも出来なかった。そして天才を理解する弟の役割に満足しようという気持と、そんな役は御免蒙るという気持とが間歇的に僕を襲い苦しめていた。しかしある日僕は机の上に開かれたままになっている兄の〈断想録〉を盗み読みして、こんな文章に触れてしまった。

〈潔は天才になろうとしてもがいているが、天才はなろうとしてなれるものではない。彼に天才の称号を与えるとすれば、模倣の天才というところかも知れない。〉

日附からいうとこれは僕が樹てた夏休みの日課に関連して書かれたものだった。それからまたこんな文章もあった。

〈潔を一言で批評すると、創造性皆無の男、天才であろうとして、永久に天才になれない滑稽な存在、しかし世間的には俺より出世するかも知れない。俺は革命家として薄倖な生涯を送る

に違いないから。〉

この日記は僕の自尊心をいたく傷つけた。僕はおのれの天才を証明するために夏休みに入ってトルストイの〈少年時代〉を念頭において書き出した小説になおいっそうの力を注ぎ出した。

ある朝新聞を読んでいると小さな広告が僕の注意を惹きつけた。

〈全国の青年諸君よ、結集せよ。

大日本独立青年革命同志会第二回演説会に来りて憂国の志を新たにされよ。

日時　昭和二十二年八月十日正午

場所　日比谷公園小音楽堂〉

もしかすると、と僕は思ったのだ、兄たちの運動と相つながる運動がすでに陽の目を見てこうして厳然と展開されているのではないだろうか。兄を誘ってこの演説会に出席してみたらどうだろう、そしてもしすばらしい可能性を感じさせるものだったら、兄たちの地下組織も連絡をとることにしたらどうだろう。

すでに夏休みに入ってからまもなくのこと、僕は兄に誘われて徳田球一の演説を聞きに、近くの小学校の校庭で行われた共産党の演説会に行ってみたことがあった。

その日夕飯を早々に済ますと、僕たちは散歩をすると称して家を出た。目指す小学校に着いてみて僕は驚いた。校庭は正に立錐の余地がないといっていい程、ぎっしり聴衆で埋まっていたのだ。僕らは遠くの方で聞いているより仕方がなかった。呼び物の徳田球一の演説がもう始まっていたのだ。壇上で開襟シャツの腕を振り上げて大きな身振りで喋っている、頭の禿げ上った小肥りの中年の男が徳田球一らしかった。

彼が咆哮するたびに、群集はどよめき拍手を送った。何をいっているのかよく分らなかったが、とぎれとぎれに聞える言葉の断片から、天皇の戦争責任を追及しているらしい、ということだけは分った。

しばらくして僕らは校庭をあとにした。聞えない演説をいつまで見ていてもしようがないと思えたのである。それに僕にはその会場に満ちている人いきれがひどく圧迫的で、それ以上耐えられそうにもなかった。

「徳田球一はなかなか演説がうまそうだね」と校門を出てからしばらくして僕がいった。

「そうだな」と兄がいった。

「いっていることのわりに愛嬌があるようだな。憎めない男なんだろう。しかし」と兄は続けた。

「所詮あれはあれだけの男だな」

この言葉は兄の最後通牒のようなものだった。この言葉をつきつけられたら終だった。

「でも」と僕は敢えて徳田球一を弁護した。

「獄中十八年節を枉(ま)げなかったのは偉いね」

「それは俺も認める」と兄は意外に素直に同意した。

「しかし」と兄は予言者のようにいった。

「彼によって革命は成就しないだろう」

それはこうもいっているようだった。

「革命は俺によってしか成功しない！」――

新聞の広告が僕の注意を惹いた日の午後僕は兄に誘われて散歩に出たが、駅前の電柱に新聞広告と同じ文章の広告が貼りつけられてあるのに、再び注意を惹かれた。そればかりか改札口のそばの電柱には同じ文面の大きな立看板さえ縛りつけられている。僕にはこの演説会の重大な意義がもう疑いもなくたしかなものに思えて来た。

僕が立ち止ったのに釣られて兄も立ち止ってその立看板を見ていたが、黙ってまた歩き出した。僕も従ったが、しばらくして僕がいった。

「僕はね、行ってみようと思うんだけど、兄さんも一緒に行かない」

「あの演説会にか」

「そうだよ」

「まあ、考えてみよう」

「兄さんが行かなくても僕一人で行ってみるよ。ものはためしっていうからね」

それから僕は熱情をこめて語り出したのである。

――僕はぐずぐずしていられないと思い出した。もしこの〈大日本独立青年革命同志会〉という会が、真に日本の将来を憂うる青年たちの、可能性に満ちた会だということが分ったら、参加することも考えられないではない。ただ名前から行くとどうも日本だけのことを考えて世界的な視野に欠けているところがあるのではないかという不安があるけれども、それは行って演説を聞いてみれば分るだろう。今は日本の将来を考える時に世界的視野に立って考えなくては意味がないと思うから。人類の究極の理想は世界連邦政府の実現だと思う。そのためにも早く日本が復興を成し遂げ、民衆の生活を向上させ、国際社会に復帰し、この人類の究極の理想にイニシァティブを取る位の意気込みでなくてはだめだと思う。しかるに日本の現状はどうだろうか。闇商人は横行し、道徳は低下し、民衆は塗炭の苦しみに喘いでいるではないか。既成政党は信頼するに足らない。今こそ新しい理想を掲げた新しい政党が誕生し、真の実行力をもって、敗戦後の日本の社会を根本的に改革しなくてはならないと思う。そのために必要ならば兄さんの考えるような一時的な独裁も止むを得ない。しかしそれは飽くまで一時的な手段であって、独裁制の方が民衆の生活の向上を計るために思い切った手を打つことが出来ると僕にも信じられるからだ。僕が兄さんの革命案を支持するのも飽くまでそうした留保があってのことである。ともかくこの〈大日本独立青年革命同志会〉の運動がどのようなものであるか、僕一人だけでも行って確かめて来る。

僕はこれらの発言の中に、最近の僕の考え方の基本を盛り込んだつもりだった。僕が無条件に兄の革命案を支持しているのではないこと、兄の革命案の背後に、危険な個人的野心、名誉心の充足を計る独裁政治へのナポレオン的な嗜好を嗅ぎつけていること、僕には僕の理想があって、兄の思想を修正して行く用意のあることなどを仄めかしたつもりだった。そればかりか場合によっては兄との思想的訣別をも辞さないものであることを言外に匂わせたつもりだった。

　僕の熱弁を黙って聞いていた兄は、僕がしゃべり終るのを待っていった。

「いつからお前はそんなことを考え出したんだ」

「いつからって」と僕は不満顔で答えた。

「大分前からだよ。僕がいつも学校の成績しか考えていないと思ったら、それは兄さんの認識不足だよ」

「いやそんなことは考えていない」と兄はいった。「しかしお前はこの間文学者になるつもりだっていったばかりじゃないか」

「うん、いったよ」と僕は答えた。「しかし考えてみると今の民衆の苦しみを救えるのは文学じゃないかも知れないと思い出したんだよ。今一番要求されているのは政治だと思うんだ。だから場合によっては、文学を捨てて政治に赴くことを、僕は辞さないつもりでいるんだ」

　兄は返事をしなかった。

　その日がやって来た。僕は正午にあるという演説会に遅れないために、十時頃から支度を始めた。そんな僕の気配に気がついた兄は、机から顔を上げていった。

「お前本当に行くつもりか」

「うん、行くよ」と僕は平然として答えた。

「じゃあ俺も行こう」と兄はいった。

祖父にはもちろん秘密だった。二人で郊外に散歩に出るということにした。兄は一度祖父に野坂参三の演説会を聞きに行ったのを知られて以来、演説会に行く時は祖父の許可を得ることをいい渡されていた。

電車の中で僕は興奮を抑え切れないようにいった。

「たくさん集まるかな。国を憂えている青年はたくさんいると思うんだけれどね」

日比谷の交叉点にある入口から僕らは日比谷公園に入ったが、肝腎の小音楽堂がどこにあるのか二人とも知らなかった。僕らと志を共にする青年たちが続々と会場に向って歩いて行くだろうからそのあとに従って行けばいいと僕は考えていたのだが、そんな青年たちの姿はどこにも見あたらなかった。散々迷った挙句、僕らは公園の中をパトロールしている警官に小音楽堂の場所をたずねることが出来た。

道々僕らはたびたび、唇を口紅で毒々しく塗った女たちが、ぶら下るようにしてアメリカ兵と手を組んで歩いて行くのに出くわした。そのたびに僕は心ひそかに考えた。

「君たち、可哀想な戦争の犠牲者よ、君たちにも今にきっと、僕らが、真面目な生活と未来への希望を与えるからな」

浮浪者らしい身なりの男たちにも何度か会った。

「君たち、可哀想な戦争の犠牲者よ、もうしばらくの辛抱だ。僕が今にきっと立派な政治を実現して、君たちに住むべき家と励むことの出来る職を与えるからな」

小音楽堂の前に着いてみると、定刻十分前だというのに、まだ聴衆の姿は一人も見あたらなかった。それどころか、小音楽堂にも、演説会が始まる気配は何もなかった。それでここが果して小音楽堂なのかさえ疑わしくなって来た程だったが、どうみても間違いなさそうだったから、兄と僕の二人は一番うしろのベンチに腰かけてしばらく待ってみることにした。

しばらくすると小音楽堂のうしろに奇妙な物が姿を現わした。警視庁の装甲車が二台、小音楽堂を両側から挟むように止ったのである。何事かと思ったのか、通りがかりの二人連れが立ち止った。

この装甲車が〈大日本独立青年革命同志会〉の演説会を監視に来たことは間違いなかった。僕は緊張して待った。

正午を二十分位過ぎ兄も僕も待ちくたびれた頃になって、漸（ようや）くそれと覚しい一台の小型トラックが小音楽堂の前に横づけになった。荷物台から鉢巻をした三人の若者がバラバラと下りて来て、運転台の前に直立不動の姿勢で立ち、助主席から降りて来るヒットラーのようなチョビ髭を生やした中年の男を手を挙げて迎えた。

兄はナポレオンを尊敬していたが、ヒットラーを嫌い軽蔑していた。ヒットラーには品位がない、というのが兄のヒットラー評のすべてだった。僕は兄の方を窺ったが、兄は黙って見ていた。

やがて音楽堂にマイクが据えられ、小型トラックに積まれて来た立看板が立てられると、チョビ髭の男の演説が始まった。いつの間にしたのか〈大日本独立青年革命同志会総裁〉と墨で入ったタスキをかけていた。

彼はさっそく同志会の三大政策というのを発表した。

一、海外資産の即時返還

一、アメリカから五十億ドルの即時借款

一、オーストラリアの西半分五十年賦割譲

彼がその政見について喋っている間に、若者の一人が、その三大政策を一つずつ書いた長い紙を柱の一つに順に貼りつけて帯のように垂らした。

チョビ髭の男の演説が雄弁から程遠いことが僕を失望させた。それが僕の最後の期待だったからである。

突然兄が立上るといった。

「潔、帰ろう」

僕は素直に従った。僕の期待が愚かだったこと、僕の抱いた想像が滑稽な幻想に過ぎなかったことはもう明らかだった。

帰りの電車の中で僕らは口を利かなかった。兄は不機嫌に黙りこくったままだったし、僕はひどい幻滅感と、そんな幻滅感を抱く羽目に陥った自分に対する羞ずかしさの余り、兄に語りかける気がしなかった。

その日帰ってからも、兄と僕の二人は諜し合わせたように、〈大日本独立青年革命同志会〉の演説会のことをいい出さなかった。それぱかりかその後ずっとそのことは僕らの話題に上らなかった。申合わせたようにどちらもそのことについて触れなかったのである。僕は兄を誘った時に気負い込んでいた自分を思い出すのが恥ずかしかったし、兄は兄で、そんな風に僕を気負い込ませた責任のようなものを感じているのかも知れなかった。

その後僕の小説は一向に捗らなかった。小説というのは書いてみるとひどくむずかしいものだった。書き出しばかりいくつも出来た。原稿用紙五枚までは何とか書けるが、その先が一向に進まないのだ。

ある日待っていた星から連絡があった。翌日兄がなぜか父に呼ばれて父母の家へ行くことが分っていたので、僕は彼を次の日に祖父の家の方へ招待することにした。

第三章

打合わせた時刻より五分遅れて星がプラットホームからの階段に姿を現わした。彼は近眼なので僕がいることに気がつかなかった。彼はなかなかお洒落をして来た。糊のよく利いたアイロンのかかったYシャツに、いつもしているネクタイとは別の、青のネクタイを締め、ズボンはいつもと同じだったが、折目が正しくピシッとついていた。ただ靴だけが磨いても光沢が出ないようなはき古されたドタ靴だった。

改札口を出た時に漸く彼は僕に気づいていった。

「どうも有難う。ちょっと遅れて御免」と彼は嬉しそうな笑いを浮べていった。

歩き出してからしばらくして僕がいった。

「〈食糧疎開〉はどうだった」

「どうということもなかったな。毎日米の飯が食べられたのが有難かったけど」

「あんまり陽に焼けていないね。海が近くなんだろう」

「僕はね金槌なんだ。運動神経が零に近いんだよ」

そういえば体操の時間の星は無能力者に近かった。走ればビリだったし、跳び箱は跳び越せなかったし、鉄棒はつかまってぶら下っているのがようやくであった。

「それじゃあ、毎日何をしていたんだい」

「毎日本を読んでいたよ。もっぱら物理学と哲学の本だけど」

物理学と哲学、この二つが一体どこでどうつながるのか僕には見当もつかなかった。しかし僕は分ったような風をしていった。

「そう。そのほかは何もなかったかい」

「そうだなあ、そのほかに特別なことといえば、年上の従姉に恋をしてベーゼをしたよ」

恋と聞いて僕は思わず赤くなった。赤くなりながらどうして僕はこんな風に赤くなるのだろうとほとんど絶望的になって考えた。こんなことでは星に毎晩耽っているあの悪習を感づかれてしまうではないか。僕はベーゼというのが何のことかかいもく分らなかったにもかかわらず、あたり前のことを聞いたようなふりをした。

しばらく僕らは黙って歩いた。やがて星がいった。

「君は何をした?」

「僕かい、僕はね、小説を書き出したよ」

「そう、それは面白い」と星はいった。「どんな小説だい?」

「いずれ出来上ったら見せるよ」と僕は依然として書き出しのところで停滞している小説を思い出しながら覚束ない声で答えた。

「ぜひ見せてくれよ」

「時に」と星は急に思いついたようにいった。

「兎は子供を産んだかい」

「それがね、まだなんだ。お腹が少し大きくなって来たけれどもね」と僕はいった。片方の兎のお腹が少しふくらんで来たらしいことに気づいてまだ二日と経っていなかった。しかしふくらんで来たことは事実なのだ。それは兄も見て確認したことだった。

「そりゃあよかった。愈々君のいう〈自給自足の王国〉建設が迫って来たな」と星はいった。いつの間にか僕らは家の前まで来ていた。まだ兄が出かけていなかったので、僕らは一まず応接間に落着くことにした。

「君のネクタイは中々いいね」と応接間のソファーに腰をおろすと僕がいった。

「そうかい」と星は褒められたことが満更でもなさそうにいった。

「これはね、戦争で死んだ叔父貴の遺品なんだ。いつもしているだろう、あのネクタイとこのネクタイと背広一着をね、叔父貴の形見に僕がもらったんだ」

「そう」と僕は感慨深くいった。

「僕はね」と星はしばらくして秘密を打ち明けるようにいった。

「このネクタイや背広をもらったばかりに頭の毛を伸ばすことになったんだ」

「僕はもっと何か哲学的な理由があるのかと思ったよ。みんなもそう噂しているしね」

「ふうん」といって星は面白そうに笑った。

「そんな理由もないではないけれどね、直接的動機はやっぱり背広を着てネクタイを締めるには坊主頭は似合わない、と判断したからなんだ」

「だれも反対しなかったかい？」

「親父はもう少しあとの方がいいっていったけれど、おふくろはむしろ積極的に賛成だったよ、それに僕は長男だろう。学生服のお古はないし、配給服のくじには外れてばかりいるから、どうしても叔父貴の形見でも着ないことには着るものがなかったんだ」

「そうなのか」と僕はいった。「しかし君の坊主頭なんか、今となっては考えられない程、今の君のオール・バックの頭は君によく似合っているよ」

「そうかい、そう思うかい」

「時にどうだい」と星はいった。

「君も頭の毛を伸ばしたら」

「えっ」と僕がいった。「僕がかい？」

「うん」と彼はいった。「君も伸ばしたら、きっと似合うんだけどなあ」

「そうかなあ」と僕はいった。星にいわれるその時まで僕は一度として頭を伸ばしたらどうかなどということを考えてみることがなかったのである。

「きっと似合うよ。よく考えてみろよ」

「うん、考えてみよう」と僕はいった。たしかに星がいうように似合うかもしれない、と思えて来たのだ。そしてあの僕が思い焦がれている少女は、そんな僕をいちだんと好ましく思うかも知れないではないか……

「僕はね、自分が頭を伸ばしてみてね、明治の鹿鳴館時代の連中が猿真似のように西洋の真似をしたことの意味がよく分るような気がしたよ。あれはね、西洋に通じるための一番手っ取り早い道だったんだと思うな。外面というのは、案外大事なものじゃないかと僕は思うんだ。頭を伸ばすということは外面の変化だけに留まらず、内面の意識にも影響を与えるということを僕はいいたいんだけどね。詰襟の学生服を着て、頭をヨーロッパやアメリカでは囚人しかしていない坊主刈りにしていては、本当の意味での近代的思考というものが出来ないのではないかという気さえするんだよ」

「………」

「頭の毛があるのに、これを伸ばさないのは不自然だしね、それに坊主頭では恋愛も出来ないじゃないか」

星が恋愛のことに触れたので僕はまた赤くなった。そして赤くなったのを隠そうとあわてていった。

「そうだね、そういうことはいえるよ。たしかに。まあよく考えてみることにするよ」

そういって僕は頭を伸ばした時の自分の顔を思い浮べた。あの楕円形の鏡の前に立って頭の毛に櫛を入れている姿が浮んで来た。そうすれば僕はずい分立派になるかも知れない。ネクタイでもしたら案外よく似合うかも知れない。これは今まで思いつかなかった可能性だ……

「もしかすると」と僕はいった。「本当に頭を伸ばすことにしようかな」

「君の頭の毛は大分伸びているな」と星はいった。

「月末に刈上げにしたら丁度いいだろう」

「刈上げって?」と僕がいった。

「そういえば分るよ。頭を伸ばしたいから刈上げにしてくれといえばそれで分るよ」

「そう、じゃあ月末に伸ばそうか」

「ぜひそうしろよ。そうしたら学校で会った時の君はもう坊主頭ではなくなっているわけだな。どんな風に変っているか楽しみにしているよ」

ふと兄のことが思い浮んだ。兄は何というだろうか。アメリカニズムを唾棄し、敗戦後の無節操な西洋かぶれを軽蔑して止まない兄は、何と思うだろうか。きっと愚劣な真似をしたと思うに違いない。そしてそんな僕を軽蔑するに違いない。――しかしその想像は意外に僕にはこたえなかった。兄には兄の考えがあるだろう、しかし僕には僕の考えがあるのだ、いつまでも兄の思想的な支配下にあるのは御免だ。たとえ兄が天才であったとしても、僕は天才に奉仕して自分を犠牲にする気はまったくない。そんなことを天才が要求するのは実に傲慢で、非人間的ではないか。それは人間の尊厳を謳う民主主義の原理に反するではないか。僕はもっと自分というものを大切にしたい、僕は僕で僕の内なる独自性を育てて行きたい……

「ところで君の部屋はどこだい」と星がたずねた。

「隣だけど」と僕がいった。

「ちょっと見せてくれないか」と星がいった。

「興味があるんだよ」

「うん、ちょっと待ってくれよ」といって僕はまだ兄がいるかどうかを確かめて来るために立ち上った。

隣の部屋に行ってみると兄は丁度出かけようとしているところだった。

「ちょっとお前の家へ行って来る」と兄はいった。自分の両親の家なのに、兄はいつも〈お前の家〉というのだった。その〈お前の家〉に兄が行くのは何ヵ月ぶりかだった。

「夕飯は済まして来るでしょう」と僕が聞いた。

「多分な」

それから兄は気がついたようにつけたした。

「兎に餌をもう一度やってくれないか」

応接間に戻ると僕は星を早速兄と僕の共同の勉強部屋兼寝室に案内した。

「君もベッドかい」と部屋に入ると立止って星がいった。

「兄貴と一緒に作った手製のベッドだ」と僕は説明した。

「中々寝心地がよさそうだな」と手で押してみながら星がいった。

僕はなぜか星に僕が毎晩のようにあの恥ずかしい〈秘密の儀式〉に耽っていることを見透かされはしまいかという不安に襲われた。

「君もベッドかい」と僕は内心の不安を押し隠すようにいった。どうしてこの頃僕は些細なことで不安を覚えたり、ちょっとしたことで赤くなったりするのだろうと考えながら。

「親父はね。僕は押入れをベッドのように改造してもらって使っているんだ」

「それはいいね」と僕がいった。

「あれが例の君の兄さんの蔵書という奴だな」と星はいって奥の壁に塡め込みになっている本棚の方へつかつかと歩み寄った。

「なるほどずい分あるな」と星はいった。

「ちょっと見せてもらうよ」

しばらくして星がいった。

「これみんな君の兄さんが集めたもんじゃないだろう」

「うん」と僕は答えた。

「改造社の現代日本文学全集と新潮社の世界文学全集はお祖父さんから譲られたものだし、あとの大部分は、母の戦死した従兄の遺して行ったものだ。しかし兄貴が自分で買ったものも五十冊位はあるだろうな。何しろ兄貴は古本屋を漁るのが好きでね、僕も感化されて大分その味を覚えて来たよ」

「それで本代を稼ごうと思って兎を飼い出したわけだな」と星がいった。

「まあね」

「僕もね、親父やおふくろや戦死した叔父貴の本を読んでいたけれど」としばらくして星がいった。

「こんな感想を抱いたことがあったよ。そうしているとね、読書に関する限り親父たちが昭和の初めに若くて読んでいたものとまったく同じものを読む結果に陥ってしまうとね。それではまるで時間がせき止められてしまっているみたいなんだな。昭和初期の円本が相変らず僕らの読書の糧なんだからね。それでね、僕はこの頃、新本の類、特に雑誌を注意して読むことにしたんだ」

「どんな雑誌を読んでいる」

「色々あるよ、今度貸そうか」

「うん」と僕は考え込んでいった。「でも僕はもう少しこの機会に古典の類を読んでおくことにするよ。せっかくこれだけ揃っているから」

「それは安全で賢明なやり方だろうな」と星は少しませた口の利き方をした。

「君ねえ」としばらくして星がいった。

「兎がねずみと一族だということを知っているかい」

「それは初耳だな」と僕は意外な指摘に驚いていった。

「ネズミは単歯亜目でウサギは重歯亜目なんだけれども、両方ともとにかくゲッ歯目に属しているんだよ」

「そのせいかな、ウサギも繁殖率がいいのは」

「うん、そうかも知れない。僕の調べたところでは」と星はいった。

「妊娠期間は一ヵ月余りでね、一年に八回位までのお産が可能なんだよ。母体の健康を考えると春と秋に三回位がいいのだそうだけれどね。一回の分娩で六匹前後生むというから、半分育ったとしても、相当に殖えるね」

「そうだなあ」と僕はいった。

「だから君たちの兎の飼育計画も前途は洋々だよ」

「時に君は兎のお産というやつを実地に知っているかい。もうお腹が大きいんだから、妊娠期間が一ヵ月とすればもうそろそろ生まれる頃だろう」

「実地は知らないな。何しろ僕らは集団疎開で子兎をあてがわれて大きくし、大きくして食べちゃっただけだからね。しかし出産間際になったらわらを入れて小屋を暗くしてやればいいということは聞いたことがある」

「わらはむしろをきってやればいいだろうね」

「そりゃあ、いいだろう」と星はいって、いつの間にか坐ってしまった兄の皮張りの回転椅子

から立ち上って、

「ちょっと君たちの兎を見せてくれないか」といった。

　僕は彼を表の葡萄棚の下に置いてある兎小屋へ連れて行く前に、家の周りを一巡して見せた。僕らの兎の飼育計画が飼料の面でも十分に研究され検討されていることを示すために、裏の林や、兎のふんを提供して食べられない部分を一切もらうことになる野菜畠などを見せたのである。

「なるほど」と全部見終って星は少し感心したようにいった。「これだけ広ければ、君たちの計画はきっと実現出来るな。たしかに卓抜なアイディアだよ。もし人を殖やすんだったら、ぜひ僕を入れて欲しいな」

「うん」と僕は曖昧に答えた。たとえそうなったとしても、人嫌いな兄に星が果して気に入るかどうか問題だった。

　葡萄棚の下の兎小屋の前に立つと彼はいった。

「これが君たちの作ったという小屋かい」

「うん」と僕はうなずいていった。出来たての頃はあんなに立派に見えた小屋も、今ではあんまり見映えがしなかった。

　星は中をじっと覗き込んでいたが、やがて僕の方を振返っていった。

「どっちが妊娠している方だい？」

「お腹の大きい方だよ」

「お腹の大きい方って？」と彼はいいながらなおもじっと二匹の兎に目を光らせていたが、やがて、

「分らないな、ちょっとこの兎を手にとって調べてみてもいいかい？」と聞いた。

「いいよ」と僕はいって星に小屋の屋根に設けてあるスライド式の滑り戸を示した。

星は戸を開けると手をつっこんで一匹の兎の首の根をつかまえて取り出したかと思うと四本の足をひとつかみにして逆さにつるした。僕は驚いて目を見はった。兎が死にはしまいかと思ったのである。

彼は兎のお尻に顔を近づけ指まであててじっと観察した。そして、

「これは雄の方だな」といった。

「ふうん、よく分るな」と僕は感心しながらいった。

彼はその兎を最初したように持直すと、小屋の中に入れ、もう一匹の兎を取り出して来た。

「この兎がお腹の大きい方というわけだな」と星はいった。

「そうだと思うな、どうだい、お腹が大きいだろう」と僕は少し不安を覚えながらいった。

彼は返事をしないで、また同じように四本の足をひとつかみにすると逆さに吊るし前と同じことをした。

それからいった。

「君、これも雄じゃないか」

「えっ」と僕はいった。「本当かい。どうしてそんなことが分る?」

「性器で分るよ」と星は落着いた声でいった。

「それもそうだな」と僕は顔を赤くして要領を得ない返事をした。

「あれもたしかに雄だったかい」と僕は小屋の中の兎を見ていった。

「間違いないよ」と星はいった。

「兎を入れ替える時に最初の兎をまたつかまえてしまったということはないだろうね」

「そんなことはないよ」といって星は笑い出した。それから急に真顔になって、「何だったらあの一匹も取り出して両方の性器を見せようか」

「いいよ」と僕は再び赤くなりながらいった。僕はそれ以上赤くなるのを防ぐために、星から兎を受取り小屋の中に入れてやった。

「僕と兄貴の計画は御破算か」

「このままにしておけばね」と星は冷静な声でいった。

「そりゃあ、そうだね」と僕は少し元気づいていった。「雌を二匹買いたせばいいわけだな、そうすればつがいが一挙に二つ出来るわけだから」

「君、雌一匹に雄一匹いる必要はないんだぜ」

僕が黙っていると星は続けた。

「雌を二匹買いたすにしても、雄は一匹食べてしまえよ」

「そうだね」と僕は曖昧な返事をした。

星の指摘は正しかった。星に指摘される今まで、僕は僕らの計画が軌道に乗った暁には、兎の雄と雌が一匹ずつ仲よく入った箱がずらりと並ぶ光景を思い浮べていたのだ。そういえば〈あけぼの童話会〉の兎は一匹ずつ箱に入っていた……

「よく考えてみるよ」と僕はいった。

「君たちはマーケットで買ったっていったね。だまされたんだよ。今度買いたす時は、ちゃんとした所で買った方がいいな」

〈あけぼの童話会〉の兎の方がやっぱりよかったのだ、と僕は思った。しかしあそこには二度と買いに行けないだろう……

その日星は薄暗くなるまで話し込んで行った。

彼は兄に劣らぬ天才主義者で、今度も、もし天才でないことが明白になったら、甘んじて死を選ぶつもりだ、すでにそのための睡眠薬も用意してある、といって僕を驚かせた。兄もまた死についてよく僕に語って聞かせることがあったが、それは自己の早過ぎる死、ロマンチックな夭折についてであって、自殺についてではなかった。自殺の想念を僕に語ったのは彼だけだった。

僕は彼を駅まで送って行った。線路沿いの小道を歩いていると、僕は前方から僕の恋い焦がれている少女が歩いて来るのに気づいた。僕はその僥倖を喜びながら、その偶然が一人きりで散歩している時に訪れないで今訪れたことを運命の女神の意地悪のように感じた。彼女との距離が狭まるにつれて僕は上気して来てうろたえた。そして夢にまでも会いたいと願った少女の顔をろくろく見もしないですれ違ってしまった。

「今の子はなかなかシャンだね」とすれ違いざまに星がいった。

「もっと小さな声で話してくれよ」と僕はいった。

「何だ」と星は合点していった。「失敬、失敬。あの子が君がいつか話していた女の子かい」

「そうだよ」と僕はいった。

「なかなかいい子だね」と星はいった。「それにしてもまだ言葉を交してないというのはだらしがないな。何かきっかけをつかんで話してみるんだよ」

「うん」と僕はいった。「それが出来れば話は簡単なんだけれど」

「あの女の子はもう女だな」と星は独り言のようにいった。

「えっ」と僕はいった。

「もう子供じゃない、という意味さ」

「そりゃあ、そうだろう、女学校二三年には違いないはずだから」

「君はまったくウブだね」と星はいった。

「月経が始まったか、どうかということをいっているんだぜ」

「ああそうか」と僕は分ったような返事をした。

星はしばらく黙っていたがやがて突然いった。

「君だってもうあれを知っているんだろう」

「あれって何だい」といって突然僕は、もしかすると星が、毎夜僕が脱れられないでいるあの〈秘密の儀式〉のことをいっているのではないかということに気がついた。

「知らなければいいんだよ」と星はいい出したことを後悔しているような調子でいった。

プラットホームで、星は僕に本当に夏休みが終るまでに頭を伸ばすつもりかどうかを確かめた。僕は「もちろん伸ばすつもりだ」と答えた。

その晩僕は、その日星によってもたらされた重大発見を兄に一刻も早く告げたいと兄の帰宅を待っていたが、とうとう待ちくたびれて先に寝てしまった。

朝目を覚ますといつものようにもう兄は起きていて机に向って何か書き物をしていた。

「昨日いつ帰ったの」と僕は聞いた。

「十二時過ぎだ」と兄は机から顔を上げずに答えた。

「向うの家はどうだった」と僕はさらにたずねた。

「ああ、みんな元気だ」

何の用だったのか聞こうと思って僕は止めた。恐らく高校受験に関してのことだろうと思ったからである。今度の学期末試験の成績がよくなかったらしいことを僕は兄の日記〈断想録〉

を盗み読みして知っていた。兄は通信簿をだれにも見せないはずだったが、母が学校へ行って確かめて来たのかも知れない、そして父が説諭したのかも知れない。しかし兄が毎日詩作に耽り、革命計画案の作成に憂身をやつしていることを知っているのは僕だけなのだ……。

僕は早速星によってもたらされた重大発見を兄に語ることにした。

兄は聞き終るとあっけなくいった。

「あの兎はお前にやるよ」

「えっ、兎の飼育計画はもう止めてしまうの」

「ともかく興味がないんだ」と兄は不機嫌な声でいった。

「さっきもいった通り、雌を二匹買いたせば一挙に二つのつがいが出来るんだよ」

「よかったらお前がやれよ。但しこの家は売られるがな」

「えっ」と僕は愕然としていった。

「それはもう決ってしまったことなの」

「ああ九分九厘はな。俺も承諾することにした。あとでお祖父さんからお前にも話があるだろう」

そう兄はもうこれ以上は答えられないぞというようにいった。肩が嗚咽をこらえているようだった。僕は部屋を出て祖父の所へ行ってみることにした。

茶の間で朝の新聞を読んでいる祖父から僕は詳しい話を聞いた。かねてから僕の父を通じて家屋敷を銀行の社員寮に売らないかという話があったが決心しかねていた、ところが最近S銀行の斡旋で売ってから住む家も、世田ヶ谷の郊外に見つかったので、愈々売ることに決め、九月一杯でこの家を明け渡すことになった、というのである。

「お前にはまたお父さんの所へ帰ってもらうことになるが」と祖父はいった。「この家を出るまではお兄さんと一緒にいてくれのう」

「ええ、もちろん」と僕は兄が嗚咽をこらえていたのを思い出しながら答えた。

その日僕が当番だったのに兎に餌をやるのを忘れてしまったのを皮切りに、僕らの兎の世話はだんだんいい加減になって行った。しかしそれも仕方がなかった。家を売ってしまっては僕らの描いた壮大な兎の飼育計画は実行不可能だったから。いや何よりも、家を売らないようにするための兎の計画ではなかっただろうか。

まもなく訪れる家屋敷との別離は兄に詩をたくさん書かせる機縁となったように見えた。彼はよく屋敷の中を散歩し、そしてさまざまなものを詩に歌っているのだった。和風玄関の前の鈴蘭の植え込みを歌った愛すべき短い詩もあれば、ある時棕梠皮(しゅろがわ)を買いたいという男が現われ、それを受け入れて売ったために哀れにも丸裸かにされてしまった、洋玄関の脇の棕梠の木たちを歌った散文詩もあった。それからまた幼少時代恰好の山岳戦の戦場となった、庭石、築山、苔むした石燈籠、池などのある座敷の前の庭を歌った詩もあれば、ヴェランダのそばのグミの木にまつわる思い出を歌った長篇詩もあった。兄が出来上るたびに読んでくれる詩が僕に兄の詩人としての天才を改めて確認させるように思えた。

夏休みの最終の日、僕は予定通り、頭を刈り上げにしてもらうために床屋を訪れた。大分待たされた挙句、僕の順番が来て、理髪台に上った時、はずかしいことに僕の身体は小刻みに震えていた。僕は努めて平静を装いながら、頭の毛を伸ばしたいので刈り上げにして欲しいといった。薄汚れた白衣を着た女の人は無愛想にうなずいただけだった。

自分の頭の毛が刈り上げにされて行くのを鏡の中に見ながら、僕は昔武士の子弟は前髪を切り落した時やっぱり震えただろうか、と考えた。それにしてもこの女の理髪師の作業衣が純白でないのは残念なことだ、と僕は思った。頭を伸ばすための刈り上げは僕にとっての神聖な儀式だと思われたからである。

刈り上げが終って洗髪に移る頃になってようやく僕の震えは止まった。最後に女の人は僕にポマードをつけるかどうか確かめた。僕は一寸迷ったのち断わった。僕はポマードの匂いが嫌いだったのである。

「それじゃあ、チックだけでもつけておきましょうか」と若い女がいった。

「ええ」と思わず僕は答えてしまったが、その実チックがどういうものかは知らないのだった。

チックをつけられて鶏冠(とさか)のようになってしまった頭の毛を鏡の中に見て、僕は女の人のいう通りにしたことを後悔したが、今さら後悔しても後の祭りだった。帰ったら早速洗い落さなくてはならないと僕は考えた。

床屋を出てしばらくして僕はあの恋い焦がれている少女に、道端でバッタリ出くわしてしまった。僕が彼女に特別な関心を抱いていることを明らかに意識している少女は、僕の鶏冠のようにそそり立った頭の毛を逸早く見て、目を見はったように思えた。「あら！」というかすかな声が洩れたような気がしたのは僕の空耳だったろうか……

彼女とすれ違ってから僕は、これで彼女の僕に対する好意が永遠に失われてしまったのだという絶望感に陥った。しかしどっちみちあと一ヵ月で祖父の家が売られ父母の家に戻らなくてはならない以上、僕の恋は悲しい終末を遂げる運命にあるのだ……

家に戻ると僕はすぐ洗面所へ行きチックを洗い落したが、頭の毛はやはり鶏冠のようにそそり立っていた。

部屋に入ると兄は机に向って何か本を読んでいたが、僕が頭の毛を刈り上げにして来たことに逸早く気づいていった。

「おい、街のアンちゃんみたいになって来たな」

その批評は僕には痛かった。今もあの楕円形の鏡の前に立って僕自身それと同じことを考えて来たからである。

「今はね」と僕は言訳のようにいった。「まだ中途半端だからそう見えるんだと思うよ。完全に伸び切ればちゃんとなるから」

僕が頭を伸ばしたことに対して、祖父も祖母もばあやも、前の方がよかったのに、と口を揃えていっただけだったが、学校が始まった週の土曜日に久しぶりで父母の家に帰った僕は、役所から帰った父に頭を伸ばしたことをたちまち見咎められ、早速書斎に呼びつけられた。「中学生は中学生らしくしろ」という理由で父は僕に即刻床屋へ行きもと通り坊主頭にして来ることを命じた。が僕がその命令を拒否したために、父はふだん素直で温和しい息子の意外な態度に一瞬戸惑ったようだったが、その次の瞬間怒り出した。

僕は書斎を出てしまい、弟の部屋に隠れた。父が母に「昇も頭の毛を伸ばしたのか」と聞いているのが聞えた。父はきっと僕が兄の真似をして頭を伸ばしたのかも知れない、と想像したのである。

「いいえ潔だけらしいんですよ。でもね、学校でお友だちがみんな伸ばし出したらしいんですのよ」と母がいうのが聞えた。「そうか」と父が低い声でいった。少し怒りが解けて来たらしい、と僕は感じた。母がいったことは事実だった。夏休みが終って学校へ出てみると、僕のほかにもクラスで三人も頭を刈り上げにして来た者がいたのである。そのなかの一人は刈り上げにしてから大分時間が経っているらしく、もう七三に分けていた。

その日僕はいつものように父母の家に泊ったが、日曜の午後祖父の家に帰るまで、なるべく父と顔を合わせないようにした。父は僕の反抗が忌々しいらしく、いつまた怒りを爆発させるか分らない状態にあったからである。

僕の小説はその後少しずつ進行していた。僕はその小説を兄と二人で飼っていた兎をほふり食べてしまうところで終えようと計画していた。僕はもう夏休み前のように学校の勉強に熱意を傾けなくなってしまった。そんな時間があったら創造に費さなくてはならない、と思えた。小説がうまく捗り始めて以来、僕は自分がそうすることによって創造に携っているのだと信じるようになっていたのだ。そうして長い間僕を悩ましていた兄に対するコンプレックスからも解放されそうな気がした。僕には詩は書けないかも知れないが、小説を書くことによって、天才の道を歩んでいるのだという気がしたのだ。創造に参与しない者は虫ケラのようなものだ、という兄の超人思想が、僕の存在の基盤を揺るがし、僕の心に浸潤し、僕の魂を征服してしまってからもうどの位の時が経っていただろうか……。

引越の日が段々と迫って来るにもかかわらず、兄はまったく準備に手を貸そうとはしなかった。兄が机に向っているのを受験勉強をしているものと信じ込んでいる祖父は、兄の勉強の邪魔をしまいとして、何も兄にたのまなかった。代りに僕が時々力仕事の手伝いをたのまれた。そんな時僕は兄の悲しみを増す犯罪に加担しているような疚(やま)しい気持に囚われるのだった。兄の日記を盗み読みしている僕は、兄がこの家との別離をどんなに悲しんでいるか、つぶさに知っているのだった。家が売られることが決ってからの兄の日記は、家への愛惜の念と、その家と分ち難く結びついた幼年時代、少年時代への思い出で塗り潰されていた。そしてその家と別れなくてはならない運命を呪い、その運命をどうにも出来ないでいる己の非力を嘆いているのだった。そして兄がその後も時々僕に読んでくれる自作の詩は兄の天才を証明しないではおかない絶唱のように思われることがあった……。そんな時僕は祖父母の家が売られることに対して感じている僕の悲しみが兄のそれに比して小さいことを内心ひそかに恥じ、この天才詩人の兄の悲しみを少しでも分ちたいと考え、兄と一緒にいる間は最後まで僕に与えられた使命に忠実であろうと希っているのだった。

時々僕には自分の天才が疑わしく思われる時があった。それは僕が書き進んだ小説を読み直してみる時であった。それがどうも天才の手になりつつある小説だとは信じられない気がするのだ。先へ進めばよくなるかも知れない、という望みはあった。しかしその望みも余りあてにはならないような気がするのだ。すると僕には兄と一緒に住むようになり兄の影響を蒙って優等生として安定した生活を、すっかり根底からくつがえされてしまったことを兄に呪詛したくなるのであった。結局馬鹿を見たのは僕だけではないか、犠牲を払ったのは僕だけではないか。四月から九月までの六ヵ月間、常に僕は兄の詩のよき聞き手だったし、兄の天才の理解者だった。それなのに僕の得たものは何だったろうか。兄の影響でありもしない天才を自分に夢み、学校の勉強をつまらないと思い出し、予習復習に勤勉の美徳を失い、優等生の座から転落しつつある僕、〈秘密の儀式〉に馴染み、今や自分の意志力と自制力を信ずることが出来ない程悪習の虜となり奴隷となってしまった僕あるのみではないか……

しかし兄との共同生活が僕にとって、僕の成長と発展にとって、ある決定的な意味を持ったということだけはたしかだった。そのことで僕が兄に感謝すべきか、兄を呪うべきか分らなかったが、とにかく僕は優等生でなくなってしまい、以前の安定していた僕ではなくなってしまったのである。もはや僕は以前のように、生をその日暮し的に自足して、直接的に、調和的に、滑らかに生きることは出来なくなってしまった。僕は自意識の苦しみを知るようになってしまった。ただたしかなことは、この道をまた元に引き返すことは出来ないということだった……

夏休み後も星とはよく逢って話をした。星は僕と兄の目論んだ兎の計画の挫折を聞いてひどく残念がったが、僕が本当に頭を伸ばし始めたことを、まるで僕がそれで星の言葉を借りれば〈精神的離乳〉を終ったように喜んでくれた。星が予想したように伸ばした頭は僕にかなりよく似合いそうだった。「君はポマードをつけているね」とある時星がいった。「それは有難い。僕は余りポマードをつける必要がない程柔らかい毛をしているんだ」と僕は答えた。彼に勧められて買った櫛で僕は、あの楕円形の鏡の前に立つ時、必ず髪をとかすようになった。着ているものは相変らず見すぼらしい配給服だったが、頭の毛を伸ばした僕は少し魅力を増したように見えた。それなのに恋の結着をつけずにまもなく父母の家へ帰らなくてはならないのはまったく残念なことだった……

頭を伸ばしてから丁度四週目の土曜日に、再び僕は床屋へ行ったが、今度は前のように震えないですんだ。チックもつけてもらわなかった。今度は逢いたかったにもかかわらず少女にも出くわさなかった。

家に帰って部屋に戻ると、兄は僕の帰るのを待ち受けていたように、

「潔、あした、兎を殺して食べようと思うがいいか」といった。

「いいよ」と僕は当然のことを聞いたように驚かないでいった。

「どうやって食べよう」

「スキヤキにしよう。兎のスキヤキだ。明日はこの家で過す最後の日曜日だ。夕食を別れの宴にしよう」

「いいね」と僕はいった。何年も前に、疎開に行く前日家で晩餐会にしてくれたスキ焼が、僕が食べた最後のスキ焼だった。もうスキ焼のうまい匂いが嗅げるような気がした。舌に唾がこみ上げてくる。

「どうやって殺す」とそれから少し不安になって僕はたずねた。僕の小説はまだ終りにまで達していず、従って兎をどうほふるかはまだ未定のままだった。

「庖丁で頸動脈を切るのだ」と兄は事もなげにいった。

「お前にも一匹殺してもらうからな」と兄は始めて机から顔を僕の方に向け、僕の床屋へ行って来たばかりの頭をじろりと見ていった。

「うん、いいよ。あした何時頃殺そう」と僕はいった。

「そうだな、早く殺した方がうまいから、早朝に殺そう。料理はばあやがしてくれるそうだから、殺しさえすればいいんだ」

「それじゃあ簡単だね」と僕は強がりをいったが、その場に臨んで兎を殺せるかどうか考えると何だか覚束なかった。

朝六時に起きて兎を殺すことに決ったので、その日僕は十時頃ベッドに入った。そして珍しく〈秘密の儀式〉に従うことを僕の意志力は拒否して眠りに入った。

夜中に僕は目を覚ました。月明りで部屋の中は仄明るかった。しかし気がついてみると僕の手はまたしても僕の下腹部をもてあそんでいた。寝る前にしないと夜中に夢現のうちにそうしているらしいことに僕はぼんやりと気づいていたが、今夜始めて僕は現場を押えたことになる。早速止めなくてはならない、すぐに。しかし僕の意志力は弱かった。考えてみるとこの半年間僕は毎晩のようにこの悪習の奴隷だった。この点に関して僕の意志力たるや弱いどころか不能に近かったではないか。僕の全体がこんな風に一つの誘惑に打ち克てず、一つの欲望の餌食になってしまうということ、この事態を僕はどう考えるべきだろうか。これはひどく恥ずかしいことではないだろうか。しかしこの快感はどうだろう、と僕は夢心地に考えた。この快感にもっと強烈に身を委ねるすべはないだろうか。この快感の向うにもっと高度な快感が隠されているような気がする、いやこの快感は悪魔の誘いだ、この快感に打ち克てないことには僕には何も約束されない。しばらくまどろんだのち、夢の中で、僕の手は兎の柔らかな首筋に庖丁の刃を喰い込ませていた。鮮血がしたたり落ちる。その時夢心地の僕は全身を貫くような快感に襲われた。そして僕の弄んでいたあの不逞な生き物が、烈しい痙攣を繰り返したかと思うと、ドロドロした液体をほとばしらせたことに気がついた。手で触ってみるとぬるぬるしていた。血糊に違いない……。ああ、と僕は夢から覚めてほとんど絶望的に考え込んだ。僕はあそこをとうとう収拾のつかない程傷めてしまったのだ。六ヵ月間この躰の小さな一部を専横に振舞わせていたことへの罰が遂に下ったのだ。兄はかすかな寝息を立てて眠っていた。兄を起そうか、と僕は考えた。どっちみちあした医師を訪れなくてはならないだろう。六ヵ月間にわたって続けたこの恥ずかしい行為を、僕は遂に明るみへ出さなくてはならない羽目に追い込まれたのだ。何という失敗を僕は演じてしまったのだろう。ともかく僕は枕許のスタンドをつけて、血糊の状態をそっとたしかめてみることにした……

翌朝僕は兄に起されてようやく目を覚ました。眠り足りないせいか頭の中がぼんやりしていた。洗面を済ますと少しはっきりして来た。夜中のことがまるで夢のように思い起された。裸足で地面に立った時、地肌の冷たさが心地よかった。夜中のことが大分はっきりと蘇って来た。まだ理解出来ないことだらけだったが、しかしおぼろげながら分っていたことは、僕の身体にある変化が起きたこと、僕がもう前の僕ではなくなったということだった……

兎を殺す場所は前の日すでに選んであった。物置の裏の柿の木の下に水道栓がある。そこで殺すことにしてあったのである。肉切庖丁もばあやによく研いでもらってあった。

僕たちは太いなわを二本持って、葡萄棚の下の兎小屋へ出かけ、兎を取り出した。兎は温和しく身を任せた。二匹とも、前足と後足を二本ずつ強くなわでしばって更に一つにまとめてしばりあげられた。僕らは一匹ずつぶら下げて殺す場所に連れて行った。空になった兎小屋をじっと眺めながら、僕は兄と一緒に生活したこれまでの六ヵ月のことを思い浮べた。僕らが夢みた壮大な兎の飼育計画、僕が夢想した自給自足の王国もあえなく潰れてしまったのだ。そう思うと僕には何もかもすべてが子供染みた夢だったような気がして来た。兄の革命計画も兄の天才詩人説もみんな子供染みた夢、兄の白昼夢だったような気がした。兄もまた兎を殺すことによって自分の白昼夢を殺し、現実を直視して新しい一歩を踏み出さなくてはいけないのではないかと思えて来た……

すると何だか兎を殺す行為が僕らの夢想に満ちた生活への訣別のための儀式のように思えて来た。兎を殺すことがもはやそんなに恐ろしいことではなくなってしまった。そしてさっき兎の足をしばる時あんなにこわごわと振舞った僕が、今度はいとも大胆に平静に振舞った。水道の蛇口の首にまず一匹をぶら下げると僕がいった。

「最初に僕がしようか」

「そうか」と兄はいった。

「この頸動脈を一気に切ればいいんでしょう」

と僕は兎の首の内側に触れながらいった。

「そうだ」と兄は低い声でいった。

「しっかり持ってやるから切ってみろ」

「その前にもう一匹の兎には見えないようにしてやろう」と僕は武士の情に似た感情を覚えて立ち上った。

もう一匹の兎は地面に横たえられていた。僕は畠から人参を一本抜いて来て食べさせてやり、それから物置へ行って大きな籠を探し出して来て同胞（はらから）の死を見ることが出来ないようにすっぽりかぶせてやった。

「さあ殺そうか」と僕はいった。それから目をつむり引導を渡してやるようにこんなことを心の中でひとりごちた。

兎よ、君は君たちの意志ではなかったにせよ、僕らを欺いたのだ。残念ながらほかに術もないから殺一等を減ずることは出来ないが、なるべく苦しくない瞬間の死を僕は与えてやるつもりだから覚悟しろ。どうか運命と諦め従容と死について欲しい。そして家と別離を惜しんで行う今日の晩餐会のよき材料となってくれ──

しかし庖丁があてられ強く引かれた途端、兎は猛然と暴れ出した。身体中を振動させ、すでに口がパクッと開いた首を振った。

「早く強く切るんだ」という兄の言葉を夢うつつに聞きながら僕は夢中で庖丁を何度も引いた。

生温いぬるぬるとした血が僕の手を伝わって流れた。三度目に引いた時、兎は動くのを止めた。首が、半分切られた首が、ざくろのような切口を開けて、ダランと下がった。

〔昭和41（1966）年7月「NEUE STIMME」5号 初出〕

幼年時代

1

ある夏の晩、父が胆だめしを計画した。

父が最初に行って、八幡様の神殿の正面の石の階段の上に、新聞紙を置いて来るから、そこへ兄弟が上から順に一人ずつ行って、行った証拠に新聞をちぎって来る、というのである。

その八幡様は、嘗て私が「信太(しのだ)の森」と思い込んだことのある、昼でも薄暗い杉林に周りを取り囲まれた古い社で、私の家からは、子供の足では、どんなに速く行っても往復十五分はかかった。

私がその杉林を「信太の森」と思うようになったのは、家に手伝い代りにいる父の姪の多鶴さんから、「葛の葉狐」の物語を本で読んでもらってからのことだった。人間の男と結婚して子供までもうけた女狐が、正体を知られて姿を消してしまうというこの動物譚に、私の心は深く魅せられたが、ふとした機会に、もしかすると私の母こそ葛の葉狐の化身かも知れない、という疑惑を頭に浮かべてしまったのが、私の不幸のそもそもの始まりであった。なぜかというとそれからずいぶん長い間その疑惑は強迫観念となって私につきまとい、私の幸福を滅茶苦茶にしてしまったからである。

私は母といると、よく母に気づかれないようにそっと母のうしろに廻り、母のお尻を見た。もしかすると母がうっかり気を許して尻尾を出しているかも知れない、と思われたからである。

多鶴さんと散歩に出ると、帰って来て母がいるのを確認するまで不安だった。もしかすると母は兄たちに狐であることを悟られて、もう姿を消してしまっているかも知れない。そして唐紙か、障子紙に、

恋しくば　尋ね来て見よ　和泉なる
　信太の森の　うらみ葛の葉

というあの歌が書かれているかも知れない。

八幡様に行く道の途中にある小さな菓子司の名前が「和泉堂」というのだったのは、私にとっては不幸な偶然の一致だった。それを発見した時を期して、薄気味悪い、暗い杉林が「和泉なる信太の森」であることは間違いない、と信じられてしまったからである。

私の考えによれば、葛の葉狐であることを誰にも悟られない限り、母は姿を消さないで済む筈だった。だから私は、母と一緒にお風呂に入っても、母のお尻を見ないで、私の可愛い弟か妹の生まれることになっている、既にふくらみを帯びて来ている母のお腹だけを見ていようと心した。きものを着ていればうまく隠せる尻尾も、裸の時はきっと隠しようがないだろう、と思えたからである。しかし最後にどうしても堪え切れなくなって母のお尻を見てしまうのがきまりだった。そして母のお尻に絶対に尻尾のないことを確認して、私は束の間の幸福感に浸った。というのは風呂から上って母がきものを着てしまうと、私はまたもや母は着物の下に尻尾を隠しているかも知れないという強迫観念の虜になっていたからである……

父の提案を聞いて、虎雄兄さんは早くも泣き出しそうな顔をしていた。治郎兄さんは、「嫌だなあ、僕は」といって逸早く茶の間から遁走しようとしたが、父に睨みつけられて、逃げるのを思い留まった。母は困ったような顔をした。父が一旦物ごとを思い立ったら絶対にあとへ引かないことを知っていたからである。

この胆だめしの最大の目的が、父がつけた名前を裏切って気の弱い泣虫の虎雄兄さんを鍛えてやろうという点にあることは、疑いなかった。だから虎雄兄さんがもし父の期待に叛(そむ)いたら、父はどんなに怒り出すか知れないのである。私は虎雄兄さんが勇気を出して父の期待に応えてくれることを心ひそかに願った。

父がその日の朝刊をゆかたのふところにつっこんで、庭先から下駄をつっかけて行ってしまうと、案の定、虎雄兄さんはぐずつき出した。しかし母は相手にしない。そればかりか「ぐずぐずいわないで、男らしく勇気を出して行って来るんですよ」と珍しく厳しい声を出して叱った。

父が帰って来る足音が聞えたが、虎雄兄さんはまだめそめそしていた。庭の裏木戸から入って来た父は、自分の趣向に満足している機嫌のよい声で、「さあ、虎雄、行って来い」といった。虎雄兄さんは立ち上ろうとしない。「何だ、お前、泣いているのか」と父は縁側に腰をおろしていった。

「さあ、行ってきなさい」

父の声はもう大分不機嫌である。父が怒り出さないうちに、早く覚悟を決めて行けばいいのに、と私は心の中でひそかに思う。

「虎雄、行って来るんだ」

もう父の声は怒気を含んでいる。

やがて父は縁側に上ると、つかつかと虎雄兄さんのところへ近づいて行き、やにわにその腕をつかんだ。

「さあ行って来るんだ」

そういって父は虎雄兄さんを引き立てるようにして連れ出した。

虎雄兄さんは泣きじゃくりながら庭から出て行った。

虎雄兄さんはなかなか戻って来なかった。いつまで経っても戻って来ない。母が心配になって様子を見に行った。

やがて母が戻って来た。虎雄兄さんは物置の蔭で泣いていたのだ。しかし母にあとでかならず行くことを約束したというのである。

「しようがない奴だ」と父は吐き出すようにいった。——父親を早く失い、幼い弟妹を抱えた母親を助けて苦労した少年時代を送った父には、虎雄兄さんのすべてが歯がゆくてならないらしかった。それでことあるごとに父は虎雄兄さんの根性を鍛えようと試みるのであったが、大抵虎雄兄さんは父の期待を裏切ってしまった。

「治郎、お前は行けるだろうな」

父は物置の蔭で泣いているという虎雄兄さんに聞えるような大きな声でいった。

「虎雄兄さんに模範を見せてやれ」

「はい」

いつの間に勇気を起したのか、治郎兄さんは元気よく出て行った。

私は縁側から空を見ていた。幸い月が皓々と照っていた。星もたくさん輝いている。この分なら道はそんなに暗くはないだろう。

「もう帰ってもいい頃だな」と父がいった時庭の裏木戸が開けられる音がした。治郎兄さんが走って来る足音が近づいて来る。治郎兄さんは死物狂いで走って来たと見えて、縁側に着いてからも、はあはあいう息をなかなか止めることができない。

小さな紙っぺらを父に差出して、治郎兄さんは息せき切っていった。

「もっと、たくさん、ちぎって、来ようと、思ったんだけど、こわくて、こわくて、これしか、ちぎれなかったんです」

それは、端にちょっと活字があるので、ようやく新聞の切れ端であることが確認できるに過ぎない、小さな紙っきれだった。

「まあ、いいだろう」と父は満足そうにいった。

「さあ、今度は潔の番だ」

「行って参ります」といって、私は立ち上った。

怕いことは何も考えないことにしよう、と私は自分にいい聞かせながら、庭の裏木戸を出た。走ると怖くなるから、一歩一歩踏みしめるようにして歩くことにした。

角の八百屋の店先まで来た時、私は吻とした。その前だけ明るいからである。八百屋は店仕舞を始めているところだった。包み紙に使った新聞紙の切れ端や野菜の残りを店員が掃いていた。この新聞紙の切れ端を拾って帰っても見分けがつかないのではないかという考えが、私の頭をちょっとだけ掠めた。店員は私にまったく気づかなかった。

八百屋の前を通り過ぎると道はまた月と星に照らされるだけとなった。菓子司の「和泉堂」はもう店を閉めていた。やがて私の前方に、八幡様の杉林の黒い姿が現われた。葛の葉狐の不安に苛まれていた時、私はこの杉の林を愚かにも「信太の森」と信じていたのだ。あの強迫観念が私を襲わなくなってから、もうずいぶん長い時が経過していた。もうあの不安に苦しめられることはないだろう、と私は自信をもって考えることができた。

私は一歩一歩踏みしめながら、鳥居を通って神殿への道を丹田に力を籠めて歩いて行った。階段の上に白いものがうずくまっているのが見える。悪い犬だったらどうしようか、と私は考えた。しかし近づいて行くうちに、それが犬ではないことが分った。それは新聞だった。父が置いて来た新聞紙だったのである。

新聞紙の前に立った時、私の心は不思議に落着いていた。治郎兄さんがどうしてそんなに怖かったのか、分らなかった。私はたくさん破ろうと思って新聞紙を手にとった。神殿の軒についている電燈の光でよくみると、奇妙なことに新聞紙には破られたり、ちぎられたりした跡がまったくないことに、私は気がついた。

これはどうしたことだろう、と私は思った。治郎兄さんはどこをちぎったのだろう。ふと私の頭に、八百屋の店先で店員が野菜の残りと共に新聞紙の切れ端を掃いていた情景が浮かんで来た。その時犬の遠吠えが聞えて来た。急に私は怖ろしくなり、それ以上新聞をあらためることを打ち切り、自分の掌の大きさ位を新聞からちぎり取ると、すぐに引き返すことにした。私はしかしゆっくりと歩いた。本当をいうと駆け出したかったのだが、そうすればますます恐ろしくなり、収拾のつかないような恐怖に陥るだろうということが予想できたからである。

私の次に、夜学から帰って来た、父の郷里から出て来て私の家で書生をしている鹿児島さんが行き、最後に虎雄兄さんが新聞紙の回収に行かされることになった。

虎雄兄さんは覚悟を決めて出て行った。虎雄兄さんが出かけてしばらくすると、雲が出たのか月が翳り始めた。やがて虎雄兄さんは、真蒼な顔をして、新聞を持って戻って来た。もうその頃は、月は完全に姿を消し、月夜ではなくなってしまっていた。

父は虎雄兄さんから新聞を受け取ると、満足そうにそれを、先陣の三人が運んで来た新聞の切れ端の上に置いた。そして母に、書斎机の抽出からオランダ製のチーズを持って来るように命じた。

母が球型の赤い皮をかぶったエダム・チーズを持って来ると、父は褒美だといってそれにナイフを入れて、夏蜜柑の一房位の大きさのかけらを一つずつ、鹿児島さん、虎雄兄さん、治郎兄さん、私の四人にくれた。

それから父は勉強するためか、赤い球型のチーズとナイフを持って書斎に引き揚げて行った。するとそれを待っていたように、治郎兄さんは、虎雄兄さんが最後に行って引き上げて来た新聞紙を取ると、

「ああ、ひどい目に遭ったよ」と小さな声でいって、それをびりびりに破いてしまった。


父の書斎の机の抽出には時々珍しい食べ物があった。父は朝六時半には起きて、朝食まで書斎に閉じこもって本を読んでいた。書斎に入って一時間すると母が珈琲を入れて行く。そんな時父はそれを母と二人だけで食べるらしかった。それは舶来のチョコレートだったり、チーズだったり、ビスケットだったりした。日曜日の朝など母は父に特にたのんで、父の書斎を退出する時、それらを少し分けてもらって来て、私たちにお裾分けしてくれることがあった。するとそれらは私たちに、世の中にこんなにおいしいものはないと思われるような味がするのだった。

父の書斎に入ることは厳重に禁じられているにも拘わらず、私たちは時々父の書斎に忍び込み、父の書斎を「探険」した。そんな時はかならず書斎の机の抽出を開け、どんなおいしいものが蔵（しま）われているかを確かめたが、それを食べる勇気はなかなか出なかった。

父の書斎に忍び込んだ時、私はかならず、いつも父の大きな机の右の隅に置かれているウエ

ブスターの辞書をそっと拡げて、グラビアの図版を眺めて楽しんだ。その辞書を私は本の王様と呼んでいた。そんな大きい厚い本を持っている人は、どこを捜してもいないのだ、父だけがそんなすばらしい本を持っているのだ、そして父だけがこの本に書かれてあることを全部知っているのだ、と私は信じていた。

図版の大部分は目の覚めるように美しい天然色の写真だった。各国の旗、勲章、銃器、飛行機や自動車の歴史的変遷、鳥、魚、蝶、花、貨幣、――私の目を楽しませてくれる図版の種類をその辞書は無限に蔵しているように思われた。

しかしある時私は図版を見て楽しむほかに、この辞書の重大な利用価値を発見した。この辞書に花びらをはさんだらすばらしい押花ができるだろうと思いついたのである。治郎兄さんが夏休みの宿題に押花をしたのを見てから、私は押花の美に目覚めていた。そして真似をして自分でも試みたが、私の持っている絵本の類では幾冊重ねても重しの効果が上らないので、兄が作ったような綺麗な押花ができたためしがなかったのである。

私は早速その思いつきを実行に移すことに決め、庭へ行って花びらの種類をできるだけたくさん集めて来た。そしてそれらをウエブスターの辞書の中に種類ごとに分けて挾んだ。――十日位私はそのことを忘れていた。思い出した時私の胸はたちまち期待にふくらんだ。今度こそ押花の成功疑いなしと思えたからである。私はそっと父の書斎に忍び込み、ウエブスターの辞書を拡げ、花びらを挾んだ頁を捜したが、それは意外にも大変な仕事だった。しかし漸く真紅の薔薇の花びらを数枚挾んだ頁を見つけた時、私は思いもかけなかった失敗を発見し、恐ろしさに一瞬目の前が暗くなってしまった程だった。——花びらの色が花びらの形そのままに頁にくっきりと映ってしまっていたのである。

押花は申し分なくよくできていた。その点で私の見込みに狂いはなかった。しかしこのくっきりとついた染みを父が見つけたら——。父が大切にし、自慢にしているこの辞書に、私がそんな瑾をつけてしまったことが発覚したらどうしよう。私はほかの花びらが挾まれている頁を捜した。しかし花びらを挾んだ頁はどの頁も無事ではなかった。ただ一番くっきりと色がついてしまったのは真紅の薔薇の花びらを挾んだ頁だった。ゴム消しで消したら消えないだろうか、という考えが浮かんで来た。私はその考えに飛びついて、机の上のペン皿にあるゴム消しで消してみたが、色は一向に落ちなかった。それればかりかゴム消しで強く消し過ぎたために紙が少し破れてしまった。ああどうしよう、と私は思った。私は絶望的な気持で辞書を閉じ、ゴム消しの屑を吹いて、痕跡を留めないように注意したのち、回収した花びらを掌に載せて、父の書斎をそっと出た。今となってみると、その花びらが憎らしかった。捨ててしまいたい程だったが、それも惜しく、私はそれを目に触れるところから遠ざけたいばかりに、私が一番読みそうにもない絵本の中に挾んだ。

それから私は善後策をゆっくり考えることにした。今夜にも父に告白して父に赦しを乞おうかという考えがまず浮かんだ。しかし父の書斎には絶対に入ってはいけないことになっているのではないか。その禁をすでに犯した上に、更に私は父があんなに大切にしている辞書を台なしにしてしまったのではないか。父はどんなに怒るか知れない。そう思うと私にはその考えを実行に移す勇気は到底出そうにもなかった。もしかすると父に分らないで済むかも知れない、という考えがその次に浮かんで来た。私が捜そうと思っても花びらを挾んだ頁はなかなか容易に捜せなかったのだから、ひょっとすると父がその頁を開くことはないかも知れない。もしあったとしても、ずいぶんあとのことかも知れない。そうすればそんなに叱られないで済むかも知れない。そう思うと私は救われたような気持となった……

それからしばらく私は父の書斎から遠ざかっていたが、ある日再び父の書斎に忍び込んだ。いつものようにウエブスターの辞書を開いて図版のいくつかを見て楽しんだのち、花びらの染みのついた頁を一頁、苦心して捜し出したが、染みの色は期待に反して一向に褪せていなかった。ふと私は父の書斎机に、蔵うのを忘れたのかチーズが蓋を開けたまま、ナイフと共に置かれているのを発見した。私はチーズが大好きだった。おやつにチーズを挾んだパンを食べることはよくあったが、父のチーズはそれとは比べものにならないようにおいしい気がした。薄く切ってひときれ食べても分りはしないだろう、という考えが頭に浮かんだ。盗みぐいは罪悪の一つだという考えがすぐ続けて浮かんだが、一回位はいいだろうという考えがその考えを打ちまかした。

私はすでに四分の一位減っているチーズにナイフをあてた。しかし下まで届かないうちにナイフはチーズの薄片をそいでしまっていた。当然の結果としてチーズの切口は凹凸になってしまった。余り薄く切ろうとしたからそうなったのだ。今度は思い切って厚く切ることにした。切り落してみると、チーズの減り方はかなり目立った。私はこんな大それたことを思いついたのをはげしく後悔した。

しかしチーズはおいしかった。それは後悔の念を雲散霧消させる程であった。

次の日幼稚園から帰って来た私は、おやつを食べたのち、また父の書斎に忍び込んだ。今度は机の上にチーズはなかった。机の抽出を開けてみるとちゃんとあった。昨日私が最後に見届けたのよりもかなり減っている。あれから父はきっとまたチーズを切って食べたのだろう。しかしその時私が食べたために減っているのには気づかなかったに違いない。私は安心してひときれ切って食べることにした。しかしどうしてもあとを引く。私は思い切ってもうひときれ切って食べた。

二日おいて私が父の書斎に忍び込んだ時は、チーズはもう半分以下に減っていた。私が二日前に食べたことは見つからないで済んだのだ。なぜなら父がナイフを入れる時に、前回ナイフを入れた時よりも減っていることに気づけば、当然私たち兄弟のうちの誰かの仕業だということが分る筈だったからである。私は安心してひときれ切って食べた。しかしどうしてもあとを引く。私は思い切ってもうひときれ切って食べた。

それから二三日経ってまた父の書斎に忍び込んだ時、チーズはもう四分の一位に減っていた。

今度は用心して、あとを引くのをこらえ、私は薄いひときれで我慢した。

ある日曜日の朝、父は一勉強したのち母と珈琲を飲みながらふとチーズを蔵い忘れていたことを思い出した。十日程前にナイフを入れて以来忘れていたのである。机の抽出を開けて、チーズの箱の蓋を取ってみて、彼は自分の目を疑う。母とひときれずつ切って食べたきりだった筈のチーズが、もうほとんどないのだ。「お前、料理にでも使ったのか」と父がいう。「いいえ」と母は答える。「子供たちだな」と父は気づく。「そうかも知れませんわ」と母はいう。

「みんなをここへ呼び寄せなさい」と父は母に命令する。――そんなわけで、その朝私たち兄弟に時ならぬ召集がかかった。

「正直にいいなさい」と父は三人を並ばせて怖い顔をした。

「お前たちのうちの誰か、お父さんの留守中に書斎に入って、お父さんが机の抽出に蔵っておいたチーズを食べたろう」

みんな黙っていた。

「虎雄、食べたか」と父はいった。

「はい」と虎雄兄さんは小さな声で承認してうつむいた。

「治郎はどうだ」

「はい、少し食べました」と治郎兄さんはわざと畏ったような態度でいった。

「少しってどの位だ」

「一日おきにひときれ位です」

「虎雄はどうなんだ」

「僕も同じ位です」

「二人でやったのか」

「いいえ」と治郎兄さんがいった。

「いいえ」と虎雄兄さんもいった。

「潔、お前は食べなかったろうな」と父は私に向かっていった。

「いいえ、食べました」と私はいった。

「どの位だ」

「二日おきに二きれ位です」と私はできるだけ真実を告白しようとしていった。

母がふき出したいのをこらえているのが分った。

父は怒るのを諦めたようだった。そして怒る代りに、もう僅かしか残っていないチーズを三等分してひときれずつみんなに与え、今後無断で絶対に書斎に入らないことを私たち一人一人に誓わせると、私たちを放免した。

2

私は幼い頃一度だけ映画を見たことがある。多鶴さんが田舎から出て来た兄さんと一緒に、母には内緒で、私を映画に連れて行ってくれたことがあったからである。

その映画は私に甚大な影響を与えた。私はその映画に出て来る、父の仇を討つために、母と共に旅を続ける健気で可憐な美少女に、燃えるような恋心を抱いてしまったからである。その映画を見たあと数日間というもの、目をつむるとその少女の面影がすぐに浮かんで来るのだった。そしてかなり長い間、私はよくこの映画の夢を見て、夜中にうなされた。しかし私は多鶴さんとの約束を守って、映画を見たことは秘密にし続けた。

私が幼稚園の友だちの葉子ちゃんが好きになってしまったのも、葉子ちゃんがその映画のヒロインによく似ていたからであった。葉子ちゃんは目元の涼しい、色が雪のように白い、どこか愁いを漂わせた、可憐な印象を与える女の子であった。

夜眠りに入る前に、私はかならず布団の中で葉子ちゃんのことを考えた。私は葉子ちゃんをお嫁さんにもらって、朝から晩まで同じ家に住むことができたらどんなにいいだろうかと思い、そうなった時のことを色々と空想して楽しむのだった。

空想の種には事欠かなかった。葉子ちゃんと一緒にすることなら、それがどんなにつまらない、些細なことであっても、幸福に満ち溢れていたからである。しかしそうした空想に耽りながら、私はいけないことをしていた。その空想に耽り始めると、なぜかかならず固くなり起き上って来るあの秘密の部分を愛撫する楽しみにも、同時に従うようになっていたからである。その部分をいじることは母によって厳重に禁止されていた。隣の信夫ちゃんとしていたお医者さまごっこを、虎雄兄さんに見つけられ、母に告げ口されてひどく叱られたことがあったのである。

しかし私は相変らずそのお医者さまごっこを止めていなかった。診療室にできる場所は数知れずあった。私の家の庭の大きな石燈籠の蔭でもよかったし、信夫ちゃんの家にある写真の暗室でもよかったし、父の書斎机の下でもよかった。しかし一番安全確実な場所は納戸だった。二つ積み重ねられてある剥製の孔雀のガラス・ケースの裏に理想的な空間があったのである。

その二羽の孔雀は、父の洋行中母が飼っていたつがいの孔雀であった。

父の欧米留学が決った時に、ある人からお祝いとして、桐の箱に入れられた孔雀の卵が二つ贈られた。オムレツにでもして上って下さいといわれた卵だったが、食べてしまうのも惜しかったので、父はそれを知り合いの孵化場にたのんで孵してもらった。すると運のいいことに雄と雌の孔雀が孵った。もしかすると父は、自分が留守をしている間新婚早々の若い妻を退屈させないように、たくさん仕事を残して行った方がいいと思って、その卵を孵したのかも知れない。父は母にそのほかに百の盆栽の世話を託して行ったので、母は父の留守中退屈を感ずるどころか、外に遊びに出ていても、孔雀の餌や、盆栽にかける水のことが気になっておちおちしていられなかったというからである。

出発の前夜、父は母に、「自分たち夫婦だと思って、この孔雀のつがいを大切に世話して欲しい」といい残して行ったということだった。母は父のこの言葉を胸に抱いて、二年間の父の留守を孔雀のつがいを大切に飼いながら立派に守ったのだ。しかし父の帰国後半年程して、一つがいの孔雀は、任務を無事果した疲れが出たかのように、原因不明の熱病に罹って死んでしまった。母は父と相談してその孔雀を剝製に出して、自分たちの思い出を永久に残すことにした。——その孔雀にはそんないわれがあったのである。

その剝製にされた孔雀はしばらくの間わが家の玄関を飾っていたのだが、子供が成長して歩き出すと、ガラス・ケースの上にのろうとしたりして危いので、子供が大きくなるまで納戸に蔵われていたのだ。

その孔雀のガラス・ケースの裏で、お医者さまごっこをしていると、二羽の孔雀の黒い目は義眼に違いなかったから、何も見える筈はなかったが、私には、孔雀はみんな見ているのだ、私たちのお医者さまごっこも一部始終見ているのだ、と思えてならなかった。しかし孔雀は絶対に見たことを秘密にしてくれるだろうと思えたので、それは私を脅かす不安とならなかった。

お医者さまごっこをするたびに、私が心ひそかに願ったのは、一度葉子ちゃんとお医者さまごっこをしてみたい、ということだった。私がお医者さまになり、葉子ちゃんの躰を隅々まで診察することができたらどんなにいいだろう、特に幼稚園のプールの脱衣所で垣間見たことのある葉子ちゃんのお腹の下の桃のような割れ目を診察することができたら、どんなにいいだろうか、と考えると、そう思うだけで私の心は甘美な憧れの念に包まれたのであった。そしてそのある時私はこのことを葉子ちゃんに思い切って打ち明けてみようと思い立った。

思いつきを早速実行に移してみた。すると葉子ちゃんは難なく承知してくれた。彼女はお医者さまごっこという遊びがあることを知っていて、一度してみたいと思っていた、というのだった。私たちは早くもその日の昼休みに、幼稚園の庭のトンネルの奥を診察室にして、診察を交すことを約束し合った。

弁当を早々に済ませると、私は先に行って準備を整えておくことにした。幼稚園の庭の隅に、子供の目にはすばらしく大きく映る築山があったが、トンネルはその築山に穿たれているのだった。そのトンネルの向うの口まで潜って行く者はふだんはほとんどいないといってよかった。しかもその向うの口はトンネルを潜って行く以外に到達できないようになっていた。私が診察室にその向うの口を選んだのもそのためだった。私は大きな積木を何本も苦労してそこへ運んだ。その積木は私のものよりも大きな積木であったから、その積木をトンネルの中に積んでしまえば、もう誰も絶対に私たちの診察室に入って来ることはできないのだ。

しかし私が用意万端を整えた時になっても、葉子ちゃんは姿を現わさなかった。いくら待ってもやって来ない。とうとうしびれを切らして私が捜しに出かけようとした時、鐘が鳴って昼の休み時間が終ってしまった。私は大慌てで積木を元の場所に戻して、遅刻して教室に入ったが、葉子ちゃんの姿はどこにも見あたらなかった。

次の日にも葉子ちゃんは来なかった。昼休みの時間に突然私は園長先生に呼び出された。行く途中私の足は鉛のように重かった。胸が大きく鼓動を打っていた。もし園長先生に問い糺(ただ)されたら、すべてを正直に告白してしまおう、と私は決心した。そしてもう二度とお医者さまごっこをしないと誓おう、と思った。しかしそれにしても解せないのは、どうして葉子ちゃんが私を裏切って園長先生に告げ口したのだろうか、ということだった。私には、葉子ちゃんがそんなことをするとはどうしても思えなかったのである。

私が園長室に入って行き、園長先生の前に立つと、黒いきものを着た園長先生は私の頭をやさしく撫でて、まったく私の予期していなかったことを喋った。先生の話したことは、航空少佐で飛行隊長だった葉子ちゃんのお父様が支那の上空で敵機と戦って名誉の戦死を遂げられたこと、これから先生と、葉子ちゃんと特に仲のよい私が、幼稚園全体を代表して、葉子ちゃんの家にお悔みに行く、ということだったのである。

途中の小間物屋で、園長先生は私のために腕に巻く喪章を買った。子供用がなくて大人用を買ったから、それは私の小さな細い腕にはまったく不釣合に大きかった。しかし園長先生の説明で、それが悲しみの心を表わす徴しだということが分ると、私は私の腕の半分を蔽ってしまうようなその喪章の大きさを喜んだ。葉子ちゃんの不幸を悲しむ私の心は、その喪章の大きさでも表わし切れない程大きなものでなくてはならなかったからである。

葉子ちゃんの家で、私は園長先生と共に、凜々しい軍服姿の葉子ちゃんのお父様の遺影の前で焼香をした。葉子ちゃんはレースの襟のついた真黒な天鵞絨（ビロード）の洋服を着て、葉子ちゃんによく似たお母様の隣に坐っていたが、私と目を合わせると、目だけで寂しそうに笑って見せた。

服の黒い色はもともと白い葉子ちゃんの肌の色を一層白く見せた。そしてもともと可憐な葉子ちゃんの印象を一層深めるのに役立っているようであった。

卒園の日が近づいて来ると、園児たちは、たたみ半畳大の画用紙を渡されて思い思いの絵を卒園記念に描かされた。私は汽船の絵を描いた。それは父の書斎に額に入れて飾ってある、父が洋行する時に乗ったという、日本郵船の汽船の写真を思い浮かべながら描いたものだった。汽船を全部描いてから、私は海の色を塗った。それから空の色を塗ろうとして、煙突に煙が出ていないことに気づき、慌てて煙を描き込んだ。しかし煙が紙からはみ出して行きそうな危険が感じられたので、私は煙を途中でちょん切ってしまった。

私の隣では葉子ちゃんが人形の絵を描いていた。その時、私は葉子ちゃんの口から、幼稚園が終ったら、金沢という遠い所へ行ってしまうということを聞いた。それは汽車に乗って一日もかかるという遠い所だった。私はもう葉子ちゃんとは永久に逢えないということを、心ひそかに予感した。しかしそれも仕方のないことだ、と私は思った。

今私の手もとに、疎開してあったために戦災を免れた卒園記念アルバムがある。そのアルバムには、卒園制作の絵も全部写真に撮って収められているが、卒園制作の絵を描き終った時に、同じ大きさの画用紙二枚に自分の名前を思い思いの場所に書かされたサイン帳も写真に撮られて載っている。私の名前は、舞葉子と書いた隣に書かれている。葉子ちゃんが先に書いて私が書いたのか、それとも私が先に書いて葉子ちゃんがあとから書いたのか、今となっては思い出すよすがもないが、思い思いの位置に雑然と書かれた名前の中で、ただ二人の名前だけが、仲よく並んで書かれているのだ……

幼稚園の最後の一年を私は省電で通った。家が阿佐ヶ谷から千駄ヶ谷に移ったためである。電車で通うのは嬉しかった。パスを持てたことが嬉しかったし、大人のように電車に独りで乗れるのがすばらしいことだと思えたのである。しかしそれにも増して嬉しかったのは、いじめっ子の恐怖から解放されたことだった。幼稚園に行く途中に原っぱがあって、その原っぱで遊んでいるいじめっ子たちに時々追い駆けられたのである。そのいじめっ子たちは幼稚園に行けなかったものだから、幼稚園に行っている私に敵意を持っているのだ、ということが私には分っていた。そして彼らがそのために私に対して怨みを抱くのも無理はないと感じていたので、私は彼らに追い駆けられることを避けられない運命のように思っていたのだった……

電車で通うようになった初めの一週間は、母が付添ってくれた。そしてその一週間のあいだに、私は途中の駅の名前と特徴を全部憶えることができた。

行きは千駄ヶ谷から終点までを独りで乗ればよかった。終点は中野で、降りたプラットホームの真中のベンチで、椎葉先生と待ち合せたのち、更に電車を乗り換えて阿佐ヶ谷まで行くことになっていたからである。——椎葉先生は、背の高い、私には薔薇の花のように美しく思われた人だった。歯並びの綺麗な、真白い歯が魅力的だった。彼女は大抵、私より早く来ていて、ベンチに坐って、文庫本であったのだろう、小さな本を読んでいるのが常だったが、私がどんなにそっと近づいても、近づく前にかならず顔を上げて、ニッコリと皓い歯を見せて微笑むのだった。

帰りは独りで家まで辿り着かなければならなかったが、降車駅を間違えなければよかったから、ちっとも怖いことはなかった。しかし電車で通うようになってから三ヵ月目に、私は失敗を演じてしまった。

それは六月末のある蒸暑い日のことだった。前に腰かけた人が余りに気持よさそうに居眠りを始めたので、私もちょっとの間だけ、その真似をしてみようと思い立ったのである。そして私は実際に目をつむってみたのだが、きっと私は疲れていたのに違いない、私はそのままあっけなく眠りに落ち込んでしまったのだ。

隣の人に揺り動かされ、目を覚ました時、私は自分が大変な失敗を犯してしまったことを感じた。窓外の景色に目をやると、案の定まったく見覚えのないものだった。そのうち突然電車の外が暗くなり、車内の電燈がついた。私は千駄ヶ谷の先にトンネルがあることを思い出した。しかしそれと同じトンネルかどうかは分らない。

トンネルを出ると電車は知らない駅に停った。私が降りる決心をつけないうちに、電車は走り出してしまった。まもなくボートを浮かべた堀が窓外に見えた。と電車が停まりそしてまた発車した。堀はまだ続いていた。その時私は鹿児島さんに連れられて兄たちとその堀にボートを漕ぎに行ったことがあったのを思い出した。それで私は少し落着きを取り戻した。次の駅で降りて、駅員のおじさんに私の降りるべき駅の名前を告げて、どの電車に乗ったらよいのか教えてもらうのだ。

「どこまでいらっしゃるの」

と私を起してくれた中年の婦人が心配そうに私の顔を覗き込んでいった。

「千駄ヶ谷です」と私は答えたが、次の瞬間、もしかするとこのおばさんは人さらいかも知れないという考えが心に浮かんだ。母から新聞紙上を賑わしたいくつかの誘拐事件を聞かされていたので、私は人さらいを極度に恐れていた。親切そうに見えても絶対に油断はならないのだ。

「乗り越しちゃったのね」と中年の婦人はやさしい声でいった。

その手にのるものか、と私は思った。私は黙って聞こえないふりをすることに決めた。

「もしよかったら電車に乗せて上げましょうか。次の駅で降りて反対側の電車に乗ればいいんだけれど」

私は沈黙を決め込んだ。本当にこのおばさんは人さらいかも知れない、と私は思った。親切そうに見せて私を拐し(かどわか)、サーカスに売るのかも知れない。サーカスに売られた私は、この間靖国神社のお祭りのサーカスで見たように、蠟燭の火を呑まされたりするかも知れない。

女の人は、不思議そうに私の顔を覗き込んだ。

私は電車が次の駅に入る前に黙って席から立つことにした。おばさんは私をだまして連れて行くことを諦めたのか、ついて来ない。私はドアのところに立って、電車が次の駅に入るのを待っていた。駅に着いてドアが開いたらすぐに降り、駅員のおじさんを捜すのだ。

プラットホームに降り立つと、私は金モールのついた帽子をかぶった駅員を見つけた。彼は親切だった。まもなく反対側に入って来た電車の車掌に私を託し、私を車掌室に乗せるように取り計らってくれたからである。

お蔭で私は私の夢の一つを叶えることができた。私はもう長いこと一度省線電車の運転室か車掌室に乗ってみたいと思っていたのだ。

千駄ヶ谷の駅前は、いつものように静まり返っていた。幣原(しではら)喜重郎邸の門に設けられてある特設交番のお巡りさんが私を見て、今日はずいぶん遅いんだね、といった。私は彼とすっかり親しくなっていたのである。

私は居眠りをして乗り越してしまったことを、少し誇らしげに告げた。

「それでちゃんとひとりで戻って来られたのかい」

「うん、まあね」と私は大きな冒険を無事切り抜けて来たような喜びを味わいながら答えた。

3

小学校に入学した時に、私は学童服を新調してもらった。それは私が新調してもらった初めての服だった。それまで私は兄たちのお古ばかりを着せられていたのである。

しかし出来上って来た服は、ひとつだけ私に気に入らないところがあった。ズボンに居敷あてがついていなかったからである。それまで私のはいていたズボンで、ハート型の居敷あてがお尻にぺったりとつけられていないズボンはなかったのだ。それで、私は居敷あてというものはズボンに不可欠のものだと信じて疑わなかったのである。

居敷あてをつけて欲しい、という私の強硬な注文を聞いて、

「内側からつけたらどうでしょうか」と洋服屋さんが妥協案を出したが、私はいうことを聞かなかった。

とうとう母が折れ、新調のそのズボンにも外側から居敷あてがつけられることになった。母はそれを洋服屋さんに恥ずかしそうにたのんだ……

二学期から私は級長に任命された。副級長は町田恵子ちゃんといった。私の入った小学校は二年生まで、男女半数ずつの男女混合クラス編成をしていたのである。恵子ちゃんは、葉子ちゃんと違って、下ぶくれの頬をした、丸顔の、目のぱっちりした、あでやかな印象を与える女の子だった。私は彼女の中に、葉子ちゃんとは違った美を見出したように思った。

ある日のこと、私は健君と彼女の家に遊びに行った。私たちは遊びに飽きて角力（すもう）をとることにした。

健君は恵子ちゃんと角力をとってあっさり負けてしまった。

「強いんだね」と私は感心していった。勝抜きだから、次は私が恵子ちゃんと取り組む番だった。

恵子ちゃんと取り組んでみて、私は彼女の躰が華奢でやわらかなのに驚いた。そんなやわらかな躰に触れたのは初めてだった。しかも石鹸と乳の香りの入り混ったような匂いが、彼女の髪の毛とうなじから立ち昇って来て、私の鼻孔を擽り、私をうっとりとさせた。私は気が遠くなってしまいそうな危険を感じた。しかし勝負である以上負けてはならないと思った。

恵子ちゃんはそんな華奢な躰にも似ずかなりよく頑張ったが、とうとう私の足かけがうまく決って、彼女を倒すことに成功した。しかしその時私も躰の平均を失って、彼女の上に折り重なって倒れてしまった。それで痛かったのか、負けたのが口惜しかったのか、彼女は泣き出してしまった。しかもなかなか泣き止まないのだ。女の子のようにめそめそするんじゃない、と父がよく虎雄兄さんにいうのはこのことだったのだな、と初めて私は理解した。

私と健ちゃんは困ったが、とうとう泣き止むのを待つことを諦めて先に帰ることにした。

帰り道に健ちゃんがいった。

——君は馬鹿だな。

——どうして？　と私は驚いて問い返した。

——本気でとったんだろう。

——そうだよ。

——だからさ。

——どうして？

——相手は女の子だよ。手加減してやらなきゃ。

——君は本気でとらなかったのかい、と私は愕然とした思いでいった。

——そうだよ、相手は女の子だもの。

私は道々健ちゃんがいったことを心の中で反芻していた。もしかすると健ちゃんのいう通りかも知れなかった。そもそも私は角力の一事に限らず真面目過ぎて融通が利かないのかも知れなかった。それに比べて健ちゃんの行き方はその日の角力に限らず、ずっとスマートで、世慣れしていた。長い人生には健ちゃんのように生きなくてはいけないことがあるかも知れない、ということを私はぼんやりと予感した。しかし私がそんな場合そのような振舞い方をするかどうかは、また別問題だった。私には私の行き方があるのだからと思ったからだった。

次の日恵子ちゃんは私に逢うといった。

「昨日は泣いたりして御免なさいね」

「いいんだよ」と私はいった。

「あとでお母様に叱られたわ。女の子はお角力をとったりしちゃいけないって」

「そうだね」と私は答えた。

私たちの担任の先生は、私たちの学校にその年に赴任した、小柄な、うら若い女の先生だったが、恐ろしく怖い上に、ひどく乱暴な口の利き方をした。「静かにしないとお前のオケツをぶんなぐってやるぞ」などと女の子に向かってもいうのである。それは彼女の前任地が言葉の乱暴な所だったことから来ているらしかった。言葉づかいを注意して欲しいという申込みをする相談が、女の子の父兄の間に持ち上りかけたが、結局沙汰止みとなった。時と共に直って行くだろうという意見が一部から出たためである。

実際に半年も経つと先生の言葉は大分きれいになった。しかし怖い点は相変らずであった。けれども彼女には人気があった。よく怒る代りにさっぱりしていたのと、できる生徒も、できない生徒も、家のいい子も、そうでない子も、決して分け隔てしない態度が生徒の人気を呼んだのである。

彼女は乱暴な言葉遣いに似ずお洒落だった。洋服をしょっちゅう取りかえて来たし、いつも香水のかおりをほんのりと漂わせていた。私たちは先生のそばに寄ってこの香水の香りを吸い込むのが好きだった。

私たちはこの先生に、休み時間、特に朝と昼にはかならず便所へ行って用を足して来ることを口喧しくしつけられていた。寒い季節に入ってから、毎日かならずといっていい位、授業中に「先生おしっこ」といって立つ者がいたからである。その時の先生は怖かった。「この馬鹿たれめ、また行かなかったな」と恐ろしい顔をして容赦なく怒鳴ったからである。中には教室を出ないうちにこらえ切れなくなって洩らしてしまう者もいた。すると絶対に洩らした本人が、次の休み時間にそのあと始末をしなくてはならないのだった。

——私は、自分がいつかそうした失敗を犯す当の本人になることを、心ひそかに恐れていた。私は級長だった。級長ともあろうものが、そんなみっともないことをしてはならなかった……

ところがある日、その恐れていたことが私の身の上に起った。

昼休みが終って、五時間目の授業が始まった途端、私は尿意を催して来たのである。考えてみると、私は遊びに夢中になって、あんなに先生にいわれ、自分でも注意していたこと、便所に行くことをすっかり忘れていたのだ。

授業が終るまでどうにか我慢できるような気もした。しかし我慢できないような気もした。そのうちに、そのどちらでもあるような、ないような気がして来た。早く今のうちに立って、勇気を奮い起して先生の許へ出て行き、便所へ行く許可を求めるのが、何といっても一番安全な道であるような気がして来る。しかし先生は大きな声で怒鳴るだろう。「何だ、おしっこだと。級長のくせに何だ。休み時間に行ったのか？　行かなかったんだろう！　それみろ、さあ、とっとと行って来るんだ！」そういわれるのが辛かった。しかしもうこらえきれそうもなかった。立とう、と私はようやく決心した。

しかしもうその時は遅かった。既にズボンの中が生温かくなって来ていたからである。私は奇蹟を願った。もしかすると自分の場合はズボンの中を濡らすだけで済み、下までおしっこが流れることがないのではないかという奇蹟を――。そうすれば授業はこの五時間目で終ってすぐ家に帰れるのだから、誰にも見つからないで済むかも知れない。

しかしやがて床を伝わって流れる水を見て私は絶望した。水は一条の流れとなって、机と机の間の通路をゆっくりと、先生の立っている前の方へ流れて行った。

先生が気がついた。

「またやったな、誰だ」と先生は怒鳴った。

僕です、と立ち上っていおうと思うが、それ以上怒鳴られるのが怖くて身体がいうことを聞かない。それに気持が悪くて立つ気になれない。濡れたズボンが腰かけにぴったりとくっついているのだ。

先生にはまだ誰だか分らない。水の流れの源が分らないからだ。

先生はようやく見当をつけて、私と同じ机に坐っている私の隣の女の子の名前を呼んだ。

「丹下、お前か」

女の子はかぶりを振った。先生は次に私のうしろの男の子の名前を呼んだ。その時やっと私は立ち上ることができた。

「なぜ洩らさないうちにいわないんだ」と先生は怖い顔をして怒鳴った。

「もう全部してしまったんだろう。こんなに出たんだからな」

私がうなずくのを見て先生はいった。

「授業が終るまでそのまま坐っておれ」

授業が終ると、私はバケツを提げて長い廊下の端にある洗面所まで水を汲みに行った。そして掃除当番が机を全部うしろに寄せたために、はっきりとその全貌を明らかにした私の粗相のあとを、冷たい雑巾で拭き取らなくてはならなかった。

その日私は町田恵子ちゃんが、親類の結婚式に出るために早退していたことを、神の救いのように感じた。少くとも恵子ちゃんには私の醜態を見られないで済んだのである。

その後時たま、同級生の中の悪童たちがこの日の私の粗相に触れて、私に嫌がらせをすることがないではなかったけれども、そんな時でも恵子ちゃんは常に何も知らないようなふりをしてくれるのであった。

二年も終りに近づいたある日の放課後、私は健ちゃんと松浦君と運動場に残って鉄棒をしていた。

ひとわたり技を競い合うと、私たちは三年になってからのことを話し合っていた。

「三年になると女の子たちともお別れだね」と健ちゃんがいった。

「そうだね」と私は感慨深くいった。

その時松浦君が提案をした。女の子と別のクラスになるこの機会に、お互にクラスで一番好きな女の子の名前を打明けることにしないか、というのである。

「いいな」と健ちゃんが早速賛成を表明した。

「いいね」と私もいった。

もう大分前から私は、自分独りの胸に恵子ちゃんが好きだという想いを秘めておくことが苦しくて耐らなくなっていたのである。恵子ちゃんに打明けることができれば一番よかったが、その勇気がないとすれば、せめて誰か外の人に打明けたかった。

「杉君。君からいえよ」と健ちゃんがいった。

「そうかい」と私はいったが、少し不安を覚えたので、二人に念を押した。

「君たちも本当にいうんだぜ」

「そりゃあいうさ」

松浦君と健ちゃんは顔を見合わせながらそういった。

「僕はね」といって私は深呼吸をした。

「僕はね、町田恵子ちゃんが好きで好きで耐らないんだ」

松浦君と健ちゃんは顔を見合わせた。

健ちゃんがいった。

「聞いちゃったぞ」

松浦君がいった。

「聞いちゃったぞ」

「さあ、今度は君たちがいう番だ」と私がいった。

「健ちゃん、君からいえよ」

「僕かい」と健ちゃんはいった。

「僕はね、いいたくても、残念なことに好きな人がいないんだ」

「そんなのずるいよ」と私はいった。

「松浦君はどうなんだい」

「僕も残念ながらいないんでね」

私はようやく二人にかつがれたことを知った。私は人が好すぎたのだ。

二人は私が怒り出すのを見越して、私から逸早く遠のいて囃し立てた。

「あした、いってやるぞ」

「杉はね、町田恵子が大好きなんだってさ」

「いってやろう、いってやろう」

私は、あした二人が本当にこのことを言い触らすのはもう間違いのないことだ、と思った。そうしたら恵子ちゃんが泣き出してしまうだろうということも、まず確実に予想されることだった。

そう思うと、私はいくら苦しくても心の奥深く蔵っておかなくてはならなかった秘密を、軽率にも洩らしてしまったことに対して絶望的な後悔を感じた。私は恵子ちゃんに赦しを乞わなくてはならないのだ。しかし一方で私の心は恵子ちゃんが泣いてしまうだろうということにいうにいわれない悦びを感じているのだった。

4

私が三年生になった春私の家は珍しい人の滞在で賑わった。満州に行っている叔父が、お嫁さん捜しに日本に帰って来て、私の家に三週間滞在したからである。――彼は父の末弟だった。田舎の中学を卒業したのち、長兄である私の父に学資を出してやるといわれ、地元に近い金沢の高等学校（旧制）を受験した。しかし三度も失敗して進学を諦め、父の手によって満鉄の傍系の商事会社に入れられたのであったが、入社後はなかなかの有能さを発揮して、今では課長にまで昇進しているのだった。

彼は三週間の滞在中気前のいい叔父さんぶりを発揮したので、私たち兄弟は思い思いに念願の品を彼から買ってもらうことができた。兄たち二人は小型カメラを、弟は豆自動車を、私は小型顕微鏡と動植物図鑑を買ってもらった。私は夏休みの宿題で、昆虫と海草の採集をしてから、動植物に興味を抱き始めていたのである。

叔父は三週間の東京滞在中にとうとう気に入った人にめぐり合うことができなかった。彼は嫂（あによめ）にあたる私の母に万事たのんで、甥たちには気前のいい叔父さんという印象を残して、捲土重来を期して、また満州へ帰ることになった。ところが彼が東京を立ったその日のうちに、まったく彼にぴったりと思われる縁談が持ち込まれたのだ。もしかすると私の叔母になるかも知れないその候補者は、世話をする人の話によると、中程度の印刷所を経営する人の長女で、母親を早く亡くしていたが、継母との折合もよく、兄弟も揃っており、女学校の成績は上の部だった。性格は明朗でやさしい。しかしその次が肝腎な点なのだったが、写真を見たところ、母には、叔父から聞いていた叔父の好みの女性にぴったり一致するのではないかと思われたのである。

母は役所にいる父と電話で相談した結果、万事を任され、電報を打って叔父を呼び戻すことに決心した。叔父は門司駅頭で拡声器で呼び出され、再び東京に舞い戻って来た。そして朝東京に着いたその日の午後に、私の家の応接間でお見合があった。彼を呼び戻した母の予想に狂いはなかった。彼は一目で気に入ってしまったからである。先方も彼が気に入ったので、数日間のうちに話はとんとん拍子に進行した。

彼は一旦満州に帰り一ヵ月後に出直して来た。そして正式に結納がとりかわされてからというもの、叔父はまったく落着かなかった。彼はもはや前回のように私たち甥の相手をしてくれなかった。彼の心はもう完全に婚約者のものだった。彼は毎日のように婚約者に逢い、帰って来るとそのことを嫂である私の母に一部始終報告した。彼は幸福の絶頂にあった。

結婚式と披露宴は目黒の雅叙園で催された。私たち兄弟を代表して虎雄兄さんが出た。彼は新しい服を一着新調してもらって喜んだ。田舎から祖母も上京して来た。私たちは初めて逢う祖母を歓迎し、一生懸命相手をした。祖母を迎えて母は食事に苦労した。祖母は肉、卵、牛乳を一切食べなかった。それは彼女が熱心な信徒である仏教の宗派で固く禁じられている食べ物だったからである。彼女はまた精進食を励行しなくてはならない命日を余りにもたくさん持ち過ぎていた。それはずいぶん遠い親類の命日にまで及んでいたから、三日に一日は精進食を守らなくてはならなかったからである。その日には彼女は精進料理しか食べず、生臭いものは一切箸をつけなかった。味噌汁のお出しも煮干や鰹節でとってはならないのだった。鍋も別にしなくてはならないのだった。

結婚式の日は幸い彼女が精進を守らなくてはならない命日にあたらなかった。披露宴で彼女は虎雄兄さんに隣に坐ってもらって肉を使った料理はあらかじめ教えてもらうことにした。ところが祖母は牛肉を煮込んだものをぶりと思い込んで食べてしまった。虎雄兄さんが気づいた時はもう遅かった。祖母はもうその牛肉の煮つけを大部分食べてしまったあとだったからである。

「このぶりはおいしいねえ」と祖母は感心して兄にいったのだ。兄はそれが牛肉ですよといいかけてあやうく口をおさえた。あとでそれを虎雄兄さんから聞いた治郎兄さんは喜んだ。彼は牛肉を食べると地獄に落ちるという祖母の妄信を打ち砕きたいとかねてから願っていたのである。

「今日のぶりはおいしかったでしょう」と治郎兄さんはいった。

「おいしかったよ」と祖母はいった。「あんなうまいぶりは田舎でも食べられません」

「あれはね、牛肉だったんですよ」

「あら、どうしようのう」と祖母はいった。

「途中でそうじゃないかと思ったんやれどのう」

「地獄に落ちますよ」と治郎兄さんにおどかされてその日祖母はとうとう寝込んでしまった。

私が叔母に初めて逢ったのは、二人が満州に向けて出発するのを送った東京駅でだった。彼女は本当に美しかった。私は彼女が葉子ちゃんに似ていることを発見した。葉子ちゃんが大きくなったら彼女のようになるのではないか、と思われた。私の頭に、黒い天鵞絨の喪服を着た葉子ちゃんの姿が浮かんで来た。叔母は遠い所へ旅立つのが悲しいのか目を赤くしていた。叔父は嬉しそうに満面に笑みを湛えていた。彼は失った評判を取り戻そうとして、小さな甥たちにも一生懸命愛嬌を振りまき、夏休みにはみんなで満州にいらっしゃい、といった。


その年の秋も深まってからだった。ある日隣組から回覧板が廻って来て、戦地へ赴く兵隊さんたちを二日間民宿させるための打合わせ会が行われ、私の家でも二人の兵隊さんを引き受けることになった。

二人の兵隊さんには座敷の十畳が開放された。二人とも二泊して三日目の朝某方面に向けて出発することになっていた。二人とも埼玉県のお百姓で、一人は独身だったが、一人にはもう妻子があった。

そろそろ物資の不足が目立って来た頃だったが、私の家ではあたう限りの御馳走をした。一日目は天麩羅をし、二日目の晩は貰い物の鶏で、水たきをし、ビールと酒も出した。私は彼らの住所と名前を聞き、手紙を出すことを約束した。実際に私は手紙を出し、その文通は疎開してからも続けられたが、やがて返事が来なくなって絶えてしまった。

二日目の晩、ちょっとした事件が持ち上った。

会合があって遅い父の帰りを茶の間で編物をしながら待っている母のところに、多鶴さんが重大な告白をしに現われたのである。

私はその晩、兵隊さんと屋根を一つにしているという興奮のために、隣の部屋で床についたものの、なかなか眠れず、時計が十一時を打ってからももう大分経っていたのに、まだ目が覚めていたのである。

多鶴さんの話によると——

夕食のあと片づけをした時に、彼女は自分にも出征した兄がいるということを話した。すると妻子がある兵隊さんに、その兄さんはどの位の身体つきの人でしょうかと尋ねられた。多鶴さんは変なことを聞く人もいるものだなと思いながら、中肉中背です、ちょうどあなた位ですわ、と答えた。そのお兄さんの背広や靴はないでしょうか、と兵隊さんは続けて訊いた。益々多鶴さんは、不思議なことを聞くものだなと思いながら、ええ、ありますわ、と答えた。多鶴さんの兄さんは東京の果物問屋に勤めていたのだが、召集令状が来て帰郷する時に、身の廻りの品の保管を彼女にたのんで行ったのである。それを聞くと矢庭に兵隊さんは居ずまいを正して、正坐し、畳に両手をついて多鶴さんにたのんだ。

「そのお兄さんの背広一式と靴を明日の朝まで貸して頂けぬでありますか」

どうしてでしょう、と多鶴さんはびっくりしてたずねた。するとその兵隊さんがいうには、自分たちはあしたの朝船で某方面に送られると、もういつ帰ることができるか分らない、もしかしたらもう永久に帰れないかも知れない、あしたの朝かならず一番で帰って来るから、自分の命を助けると思って、その背広と靴を貸してくれまいか、両親や妻にもう一度逢って、あとのことを色々とたのんでおきたいのだ、というのであった。

多鶴さんは気の毒になった。出征した兄のことを考えると、その兵隊さんに同情しないではいられなかった。ともかく彼女は兄からあずかった背広を運んで来て兵隊さんに着せてみた。するとそれは兵隊さんにそうすることが神の思召しであったようにぴったりと合った。彼女は一切を自分の胸一つにたたんでおけば済むことだと思い、八時頃平服に着替えた兵隊さんをそっと裏口から出して上げた。しかし時間が経つにつれて、段々不安になり、とうとういても立ってもいられなくなった、というのである。

「なぜ、わたしに一言相談して下さらなかったの」と聞き終ると母が少し怨みがましくいった。

「相談しても許して頂けないと思ったものですから」と多鶴さんがいった。

「そうねえ」と母が溜息をつくようにいった。

「大丈夫よ」とやがて母が覚悟を決めたようにいった。

「帰ってみえますよ」

「もし帰ってみえなかったら」と多鶴さんがいった。

「脱走兵になるんでしょうか」

「そりゃあそうだけれど、そんなことになりませんよ」と母はいった。

「途中で憲兵さんに捕まりはしないでしょうか」

「大丈夫よ」と母は確信を籠めていった。

「でも、このことは叔父さまには黙っていらっしゃいね」

そのうちに私は眠ってしまった。夜中に目を覚ますと、まだ母と多鶴さんは茶の間でひそひそ話をしていた。

しかし次の日の朝、何事もなかったから、兵隊さんは約束通り一番で帰って来たに違いなかった。

南京虫が出始めたのは、兵隊さんたちを泊めてから一ヵ月位経った頃だった。まず最初に刺されたのは父であった。それから母が。兵隊さんたちを寝かしたのは座敷だったが、その隣が父の寝室だったのである。

父は南京虫らしいものを実際に捕えた。私はその南京虫の死骸を叔父に買ってもらった顕微鏡で観察し、叔父に買ってもらった動物図鑑で、それが南京虫以外の何ものでもないことを確認した。

早速専門の南京虫退治屋が呼ばれ、家中の大清掃が天井裏まで行われると、南京虫退治屋が請合ったように、兵営から兵隊さんが運んで来たとしか思えない南京虫はもう出なくなった。

南京虫退治の主人公は、もう少し遅れると、もっとおおごとになりましたよ、といった。この頃こういうケースが多いのだ、ということを彼は父母に色々な例を挙げて喋ったのち、しかしわしらもこの商売をそろそろ止めなくちゃなりません、職人がどんどん兵隊にとられて行くので、といった。

叔父が宣撫（せんぶ）工作中発疹チフスに罹り病院に入院し危篤という電報が満州の叔母から届いたのは、南京虫退治が一段落してからまもなくのことだった。

父は急遽満州に飛んだ。しかし父が着かないうちに叔父はもうこの世の人ではなくなっていた。そして三月の末には未亡人となった叔母が満州の新居をたたんで引揚げて来た。

叔母は当分私の家で暮すことになった。叔母はいつも陽気に振舞って、私たち兄弟のよい遊び相手になってくれた。しかし時々彼女にあてられた六畳間に籠ってひっそりと泣いていた。

叔母はいつも黒い着物を着ていた。それが私に園長先生と弔問に行った時の黒い天鵞絨の喪服を着た葉子ちゃんを思い出させるのだった。

〔昭和43（1968）年「文學界」3月号 初出〕

バラトン湖

腎臓結石を患って二ヵ月近い入院生活をベルリンで送ったのは、前の年の、五月と六月というドイツでもっとも美しい季節であったが、それ以来私の健康は医師の厳重な管理下にあった。二週間に一度、私は近くの病院に通って、その病院の内科の医長の診断を受けていた。

これまでにした旅行のすべてを、私はこの医師に黙ってしていた、いかにも慎重そうな、この医師の反対を惧れたからである。

ハンガリーへ行く三日前が、予約の受診日であった。

六尺近くの大男のドクトル・フロッシュは私と握手をしたのち、テーブルをはさんで私と向かい合って坐ると、

「もう大学は春休みですね、ヘア・ドクトル」と重々しい口調で私に訊ねた。彼は私の職業が大学の講師であることを知っていて、ドイツ流に私をそう呼んでいた。

「ええ」と私は答えた。

診断の結果は良好であった。再発の危険は今や遠のいた、と見ていいだろうと、医長は重々しい口調でゆっくりといった。

「実は」と私はいってしまった。「ハンガリーへ旅行する予定でいるのですが」

「いつですか?」と医長はいった。

「数日後です」と私は答えた。

ドクトル・フロッシュは重大な相談を受けたように、黙って考え込んでしまった。やがて彼

は重々しく口を開いた。

「少し早過ぎるように思えるが、まあいいでしょう」

「時にヘア・ドクトル」とドクトル・フロッシュは訊問するようにいった。

「乗物は何ですか？」

「汽車です」と私は答えた。

「それはいい、自動車旅行はもう少し控えた方がいいでしょう」

それからふと気がついたように医長はいった。

「もちろんホテルはとってあるでしょうね」

「ええ、もちろん」と私は嘘をついた。行きあたりばったりの旅行だと本当のことをいえば、きっとこの医長は、この医長特有の、それこそ一大事というような顔をして、そのような無謀な旅行を禁止するだろうと思えたからである。私の健康に一番危険なのは、無理と疲労と精神的緊張だというのが、この医長の常に力説して止まない主張であった。

「ハンガリー」と医長は煙草に火をつけながら思い出すようにいった。

「ハンガリーは美しい国です。ブダペストはすばらしい。ヘア・ドクトル、あなたはたしかウィーンに行ったことがあるといわれましたね。ウィーンに匹敵する町です、ブダペストは。いやウィーンより美しいかも知れない。ヘア・ドクトル、あなたはまだ、プラークへ行っていませんでしたね。これもぜひ行かなくちゃいけない。ウィーン、ブダペスト、プラーク、これは美しい町です」

「そうですか、それは楽しみです」と私は答えた。これから行こうというブダペストを除いて、今医長の挙げた町はみんなもう私の訪れている町であったのだが——。

「時に、ヘア・ドクトル、何日位の予定で？」

「一週間以内という予定でいます」

「一週間」とドクトル・フロッシュは繰り返して考え込んだ。それからおもむろに口を開いたが、それは私の惧れた異議申し立てではなかった。

「ヘア・ドクトル、一週間あれば、プラッテン湖までぜひ足を伸ばしてごらんなさい。美しい湖です。とても美しい湖です」

「ハンガリーにはいついらっしゃったのですか」と私が訊ねた。

「ずい分昔のことです」と医長はいった。

「戦争前です」と医長は強調するようにいった。

「戦争の始まる前です」とドクトル・フロッシュはくどいようにもう一度繰り返した。

「旅行なさったのですか」

「そうです」とドクトル・フロッシュは何かに怯えたように私から目をそらして答えた。それから急に「いや」といって訂正した。

「プラッテン湖には、学生時代にヨットの選手として行きました。あの湖で走らせたヨットは素晴らしかった……」

　それからドクトル・フロッシュはこうつけ加えた。

「戦争中わたしは東部戦線には行かなかったから、ハンガリーを見る機会はなかったのです、残念なことに——」

「では」そういって突然ドクトル・フロッシュは立ち上った。

「ヘア・ドクトル、よい旅を祈ります。ブダペストによろしくいって下さい。二週間後の今日同じ時刻にお会いしましょう。ヘア・ドクトル、くれぐれも無理をしないように」


　ブダペスト行の汽車は東ベルリンの中央駅から出る。七時四十一分に発車して二十二時二十八分にブダペストに着く汽車と、二十三時四十分に出て十八時三十八分に着く汽車と二本あったが、夜行は疲れるからという私の意見が通って、M氏と私の同行二人は朝の汽車で行くことにしてあった。ブダペスト着が夜の十時過ぎになる点が気になったが、中央駅は飛行場と違って、確実といっていい位市の中心部にあるのが常であるから、ホテルも大体その周囲の歩いて行けるような距離内にかならずいくつかはあるに違いないと思われた。

　Sバーンでフリードリヒ・シュトラーセに出ると、駅の中にある東ベルリンに入るための関門は、朝早いためにまだ閑散としていた。混んでいる時は三十分は待たされるのが普通なのに、三分と待たないで通過することができた。それから一旦外へ出てまた別の口から同じ駅の別のプラットホームに入って、東ベルリン用のSバーンに、再び乗る。Sバーンは東京の国電にあたるが、壁のためにこんな面倒なことを忍ばなければならないのであった。元来私の住んでいる西ベルリンのリヒターフェルデ・ヴェストから東ベルリンの中央駅までのSバーンの線はフリードリヒ・シュトラーセで乗換えないでも行ける線なのである。

ブダペスト行の汽車が出るプラットホームに行くと、もうM氏のがっしりしたいかつい姿が見えた。時計を見ると発車までまだ四十分近くあった。

M氏は九州の大学から教育心理を研究に来ている留学生でベルリンで初めて知り合いになった仲だった。年は私より上で、もうかれこれ四十近くの筈だったが、まだ独身であった。気むずかしかったが、その代り信頼のおける人物でもあった。知り合いといっても大学で顔を合わせると、どちらからともなく誘い合って、大学食堂でビールを飲み合う程度の仲だったが、たまたま話のついでに二人とも同じようにブダペスト旅行を計画していることが分ったので、一緒に行くことになったのであった。ブダペストでの行動は各自単独でする予定であった。M氏はブダペストから更にウィーンへ抜ける予定でいた。

私とM氏は、お互に会っていなかったここ二週間ばかりの近況を話し合ってしまうと、もう話すことがなくなってしまった。もともと話の合う仲ではなかったのである。

やがて巨大な蒸気機関車に率いられた、古色蒼然とした汽車が入って来た。

私たちは座席券を買ってあった。その番号の座席を漸く捜しあてて私たちは落ち着いた。窓辺の向かい合った席だった。

汽車はドレスデンまではがらがらだった。私たちは二人で六人がけのコンパートメントを占領していた。しかしドレスデンで座席が全部塞がってしまった。どやどやと団体客が乗り込んで来たのだ。

私の隣には二十五、六歳の女性が、その隣には六十過ぎの紳士が坐り、M氏の隣には三十代のでっぷり肥った女性が二人腰かけた。みんな陰気な程静かだった。

やがて汽車は東ドイツとチェコスロヴァキアの国境にさしかかった。まず東ドイツの最終駅のバート・シャンダウで東ドイツ側の検査があった。それが済むと汽車はゆっくりと走り出して両国の国境を越えて、チェコスロヴァキアの国境駅へ向かった。チェコスロヴァキア側の国境の様子は何だかものものしかった。線路の脇には高い物見台があって、銃を肩に負った背の高い兵隊が望遠鏡を目にあてて見張りをしていた。しかも草原には戦車が三台走っていた。何かものものし過ぎた。もしかすると演習中なのかも知れなかった。しかし同じ東欧の国々とはいっても、二つの国の過去の歴史を想い浮かべると、この国境風景にはうなずけるものがないではなかった。チェコスロヴァキア側のかなり厳重な税関検査が終ると、汽車は再び走り出した。

みんなは申し合わせたように昼食を取り出して食べ始めた。M氏も私も黒パンの弁当を用意して来ていた。六十位の老紳士だけが食堂車へ行くらしく立ち上った。黒パンは二枚を食べると不思議にお腹が一杯になるので、弁当にはもってこいであった。最初敬遠していたこのパンが、努力して食べているうちに、何となくうまくなって来たから不思議であった。ドイツ人が黒パンを好んで食べることはよく知られたことだが、冬太陽の乏しいこの国の人々は、このパンを常食とすることによって、太陽が乏しいと不足する栄養を補っているのではあるまいか、そういう力がこのパンに宿っているのではあるまいか、そんな気がして、私はこのパンをドイツ人と同じように食べることに努めていたのだ。マーガリンをたっぷり塗った黒パンにサラミとチーズをはさんだものを私は持って来ていた。黒パンにはマーガリンがよく合うのである。

私の隣の若い婦人だけは、チェコスロヴァキアに旅行する東独の旅行団の一員ではないようだった。車掌が検札に来た時に、彼女だけ個人で買った普通の切符を差し出したからである。彼女は黙ってゆっくりと昼食をとっていた。彼女の昼食は黒パンの塊と小さなペーストの罐詰とチーズのかたまりと、西洋梨一つと、しなびたゴールデン・デリシアスのリンゴ一つとから成り立っていた。彼女の食事のしかたには人の注意を惹きつけるものがあった。彼女は一本の恐らく銀製品と思われる、ほっそりしたナイフを器用に使って、実に優雅にこれらの食べ物を口に運んでいたからである。黒パンを薄く切り取る、それに同じナイフでペーストをうっすらと塗る、それをつと口に入れる、それからリンゴをちょっと切って食べる。次にはチーズの塊から一片を切りとって食べ、また黒パンを薄く切りとるといった具合に。正面の顔立ちは私の位置からは分らなかったが、私の場所から見ることのできる彼女の横顔は端正で美しかった。手はほっそりとしていた。騎士の姿を刻んだ王冠型の大きないぶし銀の指環を左手の中指にしている。彼女は結婚しているのだろうか。私は迂闊にもどの指にはめられた指環が、たとえば婚約を、結婚を、あるいはそのいずれでもない状態を、意味するのかを忘れてしまっていた。そういえば私自身もうずい分長いこと結婚指環と御無沙汰していた。結婚当初は決して指から外したことがなかったのに——。

みんなが食事を終えてからしばらくして、彼女が私に話しかけて来た。それが英語と分るまでにしばらく時間が要った。英語で彼女は、あなた方はどこの国から来たのか、そしてこれからどこへ行こうとしているのか、と訊ねたのである。ドレスデンで乗り込んだ彼女をドイツ人と思い込んでいたせいか、私はドイツ語で答えたが、彼女は悲しそうに首を振って、私にはその言葉は分りません、と英語でいった。私はあらためて同じことを英語で繰り返した。おお、あなた方はわたしの国へいらっしゃるのですね、と彼女は感動を籠めて答えた。彼女はハンガリー人だったのだ。そうすると彼女は私が会って言葉を交した二人目のハンガリーの女性だということになる。そう気づくと、私は少からぬ感動を覚えた。

日本で私は一度だけハンガリーの女性と話を交したことがあった。東京の私の家の近所に、日本人と結婚したハンガリーの女性が住んでいたことがあった。彼女は新聞の特派員としてヨーロッパに派遣されていた日本人と結ばれてはるばる日本までやって来たのであった。「長男が青い目の人と結婚しましてね、もうじき連れて来るんでございますよ」と彼の母にあたる老婦人が私の母をつかまえてこぼすように話していたのを、私は聞いたことがあった。ある日私の家に見慣れない外国名前あての航空便が間違って配達されたことがあった。差出人はハンガリーのブダペストの人であった。もしかするとあの家の長男がハンガリー人の奥さんを伴って帰国したのかも知れない。番地が正確に書いてないので確かではなかったが、私はその手紙を持って行って確かめて来ようと思った。私には漠然とした期待があったのである。日本人と恋愛結婚をした遠い異国の婦人にもしかしたら会えるかも知れないという……。古風な玄関で案内を乞うと、お手伝いが出て来た。用件をいうと彼女は奥に引っ込んで、老婦人が出て来た。老婦人は私に挨拶すると、その手紙を自分では確かめようともしないで、階段の下に立ち、大きな声で二階に向かって聞き慣れない名前を呼んだ。私の想像通り長男夫妻が帰国していたのである。しばらくして黒い猫を抱いた小柄な外国の婦人が二階から階段を降りて来た。冬だった。彼女は見るからに寒そうにしていた。彼女は何のために呼ばれたのかのみ込めないらしく、不安そうに私の顔とお姑さんにあたる老婦人の顔を見較べていた。老婦人にたのまれて私が英語で用件を説明すると、ようやく彼女は安心したように顔の緊張をほどき、私から航空便を受け取って、差出人を確かめた。彼女の顔に喜びの表情が立ち昇った。もしかするとそれはハンガリーから日本に着いた彼女のもとに初めて届いた手紙なのかも知れなかった。「ドウモアリガトウゴザイマス」と彼女はたどたどしい日本語で私にお礼をいった。できることなら私はそ

の時その遠い未知の国から来た婦人と色々なことを話してみたかった。しかしその時の私には
そんなことをする勇気はなかった。私にできたことといえば、精々、彼女がその手紙をなつか
しそうにほとんど抱き締めんばかりにして見ている間に、彼女の顔や躰をちらちらと観察した
こと位であった。彼女は美しいからだをしているに違いなかった。セーターを着た胸のあたり
は豊かに盛り上り、寒いためかズボンをはいている腰のくびれには日本人にはないような美し
い線があった。皮膚の色は小麦色だった。瞳は青くなかった。それは漆黒でキラキラと光り、
いかにも情熱的であった。そして高い形のよい鼻が印象的だった。いつか自分も異国へ行き、
こんな婦人と異国で恋愛に陥ることがあったら、とその時私は考えたものだった。しかし彼女
はいかにも寒そうで、寂しげだった。——それから一年ばかりして、ハンガリーの動乱が起き
た時、私は彼女が相変らず寒そうな風をして町を犬を連れて散歩しているのを見かけたことが
あった……

M氏が、私たち二人の会話を聞いていたらしく、躰を乗り出して来て訊ねた。

「あなたはハンガリーのどこに住んでいますか」

「ブダペストです。私はそこに生れ、そこで育ちました」

「ブダペストのホテルの事情はどうでしょうか？」とM氏は訊ねた。

彼女は心もち首をかしげて考え込んでいたが、やがてゆっくりこう答えた。

「私にははっきりしたことがお答えできません。私はホテルを利用したことがないからです。でも大丈夫だと思います。今はシーズン・オフですから」

「そうですか」とM氏がいった。M氏がホテルのことで不安がっていることが分ったような気がして、私は少からず責任を覚えた。どうにかなる、という私の楽観説にM氏をまき込んだような点がなきにしもあらずだったからである。

M氏は肩かけ鞄からドイツで発行された携帯用の地図帳を取り出し、ハンガリーの地図を開くと、彼女に差し出して、ブダペストのほかにハンガリーのどこを旅行者として訪ねるべきか、ということについて、ハンガリー人としてのあなたの意見を聞きたい、といった。彼女はしばらくじっとハンガリーの地図を眺めていたが、やがてプラッテン湖を指さして、バラトン湖にはぜひいらっしゃるといい、といった。私は彼女にもう一度その湖の名前を訊いてみた。彼女はLake Balatonといった。彼女はプラッテン湖という名前を知らなかった。ことによるとドイツ人だけが勝手にその湖をプラッテン湖と名づけているのかも知れなかった。そういうことは充分にあり得ることだった。――しかしこの湖はきっとすばらしく美しいに違いない。私は、私に同じようにこの湖を訪ねることを勧めたドクトル・フロッシュのことを思い出しながらそう思った。

M氏は手帳を取り出して、何か書き込んだのち、その外には特に訪ねる価値のある所はないでしょうか、と重ねて訊いた。彼女はまた首をかしげていたが、やがて「そのほかに特には知りません」と答えた。

「ブダペストにはどの位いたらいいでしょうか」とM氏が重ねて質問した。彼女はまた考え込んでいたが、やがてこんなことをたどたどしい英語でいった。

「私はドレスデンに三日いました。しかし全部はとても見られませんでした。美術館を丹念に見るだけでも、もっともっといたかった、と思いました。あなた方はブダペストに一ヵ月いらしても決して飽きることはないでしょう」

M氏はあてが外れたように黙ってしまった。

やがて車内にビール売りが来た。ハンガリーの婦人を除いて、みんな一本ずつビールを買った。ビールは前の年の十一月にプラークを訪れた時にすっかり馴染みになったピルゼン産のビールであった。日本のビールの大瓶よりももうひとまわり大きな瓶に入っている。私が半分も飲まないうちに、ドイツ人は三人ともビールを全部空けてしまい、降り支度を始めた。やがて汽車はプラークに着き、陰気な程温和しく静かだったこれら東のドイツ人たちは、初めて笑顔を見せて残る私たち三人に挨拶をして降りて行った。

汽車が駅を出ると、嘗て訪れたことのあるプラークの街がどんよりと曇った空の下に見えた。教会がいくつもシルエットのように黒く空の下に浮かんでいた。

プラークを過ぎてからしばらくして、汽車は猛烈に揺れ出した。私は今度の旅行を知人の日本人の音楽家に話した折に、途中大分揺れますよ、という注意を受けたことを思い出した。その日本人はベルリンからハンガリー経由でウィーンまで旅行したことがあったのである。その注意を受けた時、ただ私は聞き流していたが、それはこんなに揺れるとは想像もしなかったからである。汽車は急行だが、日本の急行とは比較にならない程ゆっくりしている。日本の鈍行よりいくらかましという速さであろうか。それなのに汽車は揺れて止まないのだった。じっと坐っていても上体が左右に揺れるのである。まるで暴風に遭って荒波をついて進む小さな舟の中に坐っているようなのだ。大学生の頃足摺岬から高知まで乗った船が、途中で時化に遭ってひどく揺れた時のことを思い出した程だった。ビールを紙コップにつぐことがほとんど不可能な程揺れるのである。

そのうちに私は気持が悪くなった。ビールと車の両方に酔ったのかも知れなかった。私はピルゼンのビールが普通のビールよりも大分強いことを忘れて、一本飲み干してしまっていたのだ。頭痛が劇しくて居ても立ってもいられない程だった。ちょうど来合わせた車掌にたのんで、私は一等車に移してもらい、そこで横になることにした。

一等車は予想通りがらがらだった。私はコンパートメントを一つ完全に占領し、シートの上に横になった。頭痛は相変らず劇しく続いていたが、そのうちに、起床がいつもより早くて睡眠不足だったのか、ピルゼン・ビールの酔いのせいか、私は眠ってしまった。チェコスロヴァキアの国境駅と、ハンガリーの国境駅とで、それぞれパス・ポートの提示を求められて起された時に目を覚ましただけで、とうとう私はブダペストまで眠り続けてしまったのである。

汽車がブダペストの駅に着く直前に、私は目を覚ました。M氏とハンガリーの婦人の乗っている車輛は改札口寄りであった。私は薄暗いプラットホームを、まだ頭痛がかすかに残っているのを意識しながら、ボストン・バッグを提げて歩いて行った。M氏とハンガリーの婦人が寄りそうようにプラットホームにたたずんで私を待ってくれているのが目に入った時、私はハンガリーの婦人と二人だけの時間を持ったM氏に対してかすかな嫉妬の念を覚えている自分に気がついた。

私が近づいて行くと、M氏が、「大丈夫ですか」と声をかけた。ハンガリーの婦人が心配そうに私の顔を覗き込んで、「もうよくなりましたか」と訊いた。

私は頭痛の劇しさに耐え兼ねて、ろくろく挨拶もしないで一等車に移ってしまったことを思い出し、「御心配かけて済みませんでした」と二人の心遣いに感謝した。M氏が私を一度覗きに来てくれたことを、私はハンガリーの婦人の口から聞いて知った。私は深く眠っていてそんなことをまったく知らずにいたのであった。

改札口を出ると、広いホールに出た。プラットホームもそうだったが、驚く程暗い駅だった。照明が暗いのはもちろんだったが、建物全体が煤けている上に、装飾や広告めいたものが何一つとして見られなかった。

ハンガリーの婦人は、出札口の前あたりまで来ると立ち止まり、ここで待っていらっしゃって下さい、というと、自分のトランクを置いて、電話ボックスへ立ち去った。

「あの人がホテルを見つけるのを手伝ってくれるそうです」とM氏がちょっと有難迷惑そうにいった。

「そうですか」と私がいった。「それでホテルはどうなんでしょう」——そういってしまってから私は、M氏が汽車の中で同じような質問をハンガリーの婦人に発し、思うような答えが得られないでいたことを思い出した。

「全然ホテルの事情には通じていないんですよ、大丈夫かな」とM氏がいった。

しばらくしてハンガリーの婦人が戻って来た。

「さあ参りましょう」と彼女はいって、「家に電話をかけて帰ったことを報せて来ました。私は一人で別に住んでいるのですが」と説明するようにつけ加えた。

「そうだ、お金を替えなくてはならない」と私は大切なことを忘れていたのに気づいていった。

「両替所はどこでしょうか」とハンガリーの婦人に訊ねてみると、

「もう両替所は閉まっています」と彼女が答えた。

「国境駅で両替人は来ませんでしたか」と私はM氏に訊ねた。

「来ませんでしたなあ」とM氏は答えた。

弱ったことになった、と私は思った。ホテルで両替してくれれば、たとえタクシーで乗りつけても料金を払うことはできるが、それもかならずというわけには行かないから、確かめでもしなければ、タクシーを拾うこともできない。西欧の国々なら、大きな駅の両替所は、汽車が着く限りはいつまでも開いているのが、通例であった。それを自明のように考えていたのが誤まりの元だったのだ。何しろここは、観光旅行が自由にできるようになったとはいっても、鉄のカーテンの中の国なのである。

しかし駅の外へ出てみると、タクシーの姿は一台も見あたらなかった。たとえホテルで両替ができたとしても、どっちみち乗りつけるタクシーを拾うことができなかったのだ。こうなったらハンガリー婦人の好意にすがるより仕方がなかった。

「こちらにホテルが二軒あります」と彼女はいって、駅前の歩道を左へ歩き出した。街灯はついているが、ひどく疎らで実に暗かった。私は終戦の翌年に、九州から上京した兄を迎えに東京駅へ行った時のことを思い出した。あの時東京駅から都電の停留所まで歩いて行った道の印象にどこか通じるものがあると思えたのである。暗くて活気のないところが似ている。違っていることは、GIと腕を組んだ夜の女の姿がここにはもちろんないことだろうか……

間もなく私たちはHotelという看板の出た建物の前まで来た。

「ここです」とハンガリー婦人がいった。

ハンガリー婦人のあとから私たちは入って行った。入ったところがすぐロビーになっていたが、夜目にも何となく見すぼらしく感じられた外観に比べて、中はかなり立派だった。中央にはずい分古いものに違いない豪華な黒い革張りのソファーがテーブルを囲んでいた。そのソファーに深々と腰をおろして疲れを癒したいという欲求を辛うじて抑えながら、私はM氏と共にハンガリー婦人のあとからカウンターに近づいて行った。

ハンガリー婦人がハンガリー語で何かを喋っている。カウンターにいるもう六十を過ぎたかと思われるように老けた感じのマネージャーらしい男が、私たちに向かって、じゃあパス・ポートをというのを私は今か今かという思いで待っていた。しかしその言葉は遂になかった。その代りハンガリー婦人が、私たちの方に向き直って、「No room」と悲しそうにいった。

M氏が諦め切れないようにドイツ語でカウンターの男に向かっていった。

「全部ふさがっているのですか」

男は肩をすくめていった。

「イエス」

外に出るとハンガリー婦人が寒そうに外套の襟を合わせながら英語でいった。

「この先にもう一つホテルがあります。そこへ行ってみましょう」

「親切な人ですねえ」と私は少し遅れて歩きながらM氏に向かっていった。M氏はそれに答えないでいった。

「もしホテルが満員だったら自分の家に泊って欲しいといっていましたよ」

「そうですか」と私は驚いていった。

「それじゃあ、野宿だけは免れたわけですね」

しかし実のところ私はハンガリー婦人の家に泊めてもらうことには余り気乗りがしなかった。

一人で住んでいるということだったが、どんなところに住んでいるか分らなかったし、こちらが二人連れだとはいっても、女の一人住まいに泊めてもらうのはいかにも気がひけた。それに私はとかく気を遣う性（たち）だった。できることなら、誰にも何にも気を遣わないで済むホテルに落着き、ベッドの上でぐっすりと眠りたかった。まだ頭痛が続いていた。くれぐれも無理をしないように、というドクトル・フロッシュの注意を私は思い出した。ホテルを予約していない旅行だということを、もしドクトル・フロッシュが知ったら、彼は間違いなく止めただろう。厳粛な面持でこういったに違いない。

「ヘア・ドクトル、人生は長い。急ぐことはありません。時間がかかっても、予約を取ってからいらっしゃい。これはあなたの主治医としてのわたしの命令です……」

十分位も歩いただろうか。私たちはまたHotelと看板の出た建物の前に来た。近づくとその壁が弾痕だらけなのが夜目にも分った。異様だった。M氏も気づいた。ハンガリー婦人がそれに気づいて、静かにこう説明した。

「一九五六年の革命の時の弾のあとです。このあたりは激しい戦場でした」

中に入ると今度のホテルもさっきのホテルと同じようにかなり立派であった。しかしカウンターでの答えはまたしても同じだった。私は諦め切れずに、カウンターのマネージャーらしい男に訊ねた。

「シーズン・オフなのにどうしてそんなに混むのですか」

「シーズンはもう始まっています。わたしたちのところは今週一杯満員です」

「ほかに空いていそうなホテルはないでしょうか」

「それは分らないが、まずないでしょう」

「ここでは金の両替はできませんか」とM氏が訊ねた。

「できません」と男は無愛想に答えた。

外へ出るとハンガリーの婦人がいった。

「もう一つ大きなホテルがあります。ここから大分時間がかかります。そこになければもうないだろう、と今のホテルのマネージャーがいっていました」

「しかし」と彼女はいった。「心配しないで下さい。駄目だったら私のところに泊って下さい」

そういうと彼女は市電を使うつもりらしく、近くに見えている停留所に向かって歩き出した。

「弱りましたなあ」とM氏がいった。

「もし駄目だったら」と私が覚悟を決めたようにいった。

「あのハンガリー婦人のところに泊めてもらうより仕方がありませんね」

「そうですなあ」とM氏がいった。

「そういえば」と私がいった。「電車賃がありませんね」

「そうですなあ」とM氏がいった。「弱りましたなあ」

それからM氏は独り言のようにいった。

「駅の両替所は本当に閉まっていたのかなあ」

「というと」と私がいった。

「金を両替させないために嘘をついたのじゃないですかなあ」

「まさか」と私がいった。「そんなことはないでしょう」

「しかし駅の両替所がそんなに早く閉まるかなあ……」とM氏がまたいった。

「しかしここは鉄のカーテンの中の国ですからねえ」と私はハンガリー婦人を弁護するような気持でいった。

しかしM氏の不安は少し私にもうつったようであった。

「あの女(ひと)は何をしているんですか」と私はいった。

「幼稚園の保姆(ほぼ)だそうです」とM氏がいった。

「そうですか」と私は何か安心したようにいった。私は汽車のコンパートメントの中で観察した、彼女の上品な、ほとんど典雅なといってもいいような食事のしかたを思い出し、あんな食べ方をする女性が、M氏が考えるような謀みのある嘘をつく筈はない、となぜかほとんど確信をもって考えた。私が一等車に移ってから、M氏はこの婦人と二人切りになって話を色々交したらしいが、一体何を観察していたのだろうか。その程度の見極め位はつかなかったのであろうか。私は内心少なからず憤慨した。

電車が来た。新造の電車で照明も明るかった。ずい分遅い時刻なのに、かなり混んでいた。

私はボストン・バッグを床に置いて、吊革につかまりながら、一体いつになったら躰を休めることができるのだろうか、と考えた。まだ頭痛が続いていた。車掌が切符を切りに来た。ハンガリー婦人が財布を出して、当然のように三人分の切符を買ってくれた。「どうも有難う」と私はいった。「何でもありません」と彼女はいった。住所を聞いておいて立て換えてもらった分を明日返そう、そしてこんなに親切にしてもらったお礼に、M氏と相談して二人で夕食にでも招待したらいいかも知れない、と私は考えた。

私たちは逆戻りしているらしかった。やがて電車は私たちの降りた中央駅の前に停まった。窓から透かしてみると駅の中は真暗であった。たしかに両替所は閉まっている、と私は考えた。十五分も経ったろうか。私は待ち切れなくなって婦人に、「ホテルはまだでしょうか」と訊ねた。「いいえ」とハンガリー婦人はたどたどしい英語で、考え考え、ゆっくりと喋った。

「私は考えました、ホテルはきっと満員に違いない、と。もし満員だと、電車に乗れなくなる恐れがあります。それで私は決心しました。あなた方二人は私の家に泊ります。ホテルのあるところは過ぎました。今私たちは私の家に向かいつつあります」

「どうしましょう」と私はM氏に向かって、M氏の意向を確かめようとするようにいった。

「しようがないですなあ」とM氏がいった。

しばらくしてM氏は独り言のように、

「この女は僕たちを泊めたいんじゃないかなあ」といった。私はM氏の心をさっきから捉えている疑惑の正体がおぼろげながら摑めたような気がした。私はハンガリー婦人の顔をそっと覗き見た。うっすらと化粧をしている。瞳は強いが、澄んでいて、美しかった。そしていかにも上品な口の利き方。どう考えても、私にはM氏の疑惑は杞憂であるとしか思えなかった……

私たちはそれからずい分長い間、かれこれ二十分位黙り込んだまま、辛抱強く立っていた。

結局私たちは終点まで乗ったのである。M氏と私の二人は、ハンガリー婦人のあとから、ぞろぞろと降りて行くみんなと一緒に、電車を降りた。暗い街であった。工場地帯らしく煙突が何本も見えた。自動車工場らしいものがすぐ近くに見えた。ボディをつけていない未完成の自動車がたくさん並んでいた。

この婦人の家は一体どこにあるのであろうか。一体どこまで私たちを連れて行こうというのであろうか。私は漸く心細くなって来た。M氏も疲れが出て来たのか、髭の濃くなった青白い顔をして黙ったままである。M氏と私の二人は、と所に引かれて行く羊のように温和しく婦人のあとからついて行った。荷物の重さが躰にこたえた。立体交叉になっているらしく、私たちは石の階段を降りて、下の道路へ出た。しばらく歩くと、郊外電車のターミナル・ステーションらしい所へ出た。といっても、プラットホームしかない駅である。嘗て屋根があったことは、錆びて赤茶けた鉄骨の骨組みが残っていることで明らかだった。やがて二輛連結の電車が入って来た。新造車であるが、座席は硬い板張りである。今度は始発駅なので腰かけることができた。しかし発車までの短い時間に、大分混んでしまった。黄緑色の外套を着た軍人の姿が目立った。勤め人や労働者風の男のほかに、二人連れの若い男女の姿も見られたが、みんな顔色が冴えなかった。

発車すると間もなく車掌が切符を売りに来た。私たちはハンガリー婦人に買ってもらうより仕方がない。もうこうなったら、彼女にすべてたよるより外なかった。

やがて電車から大きな河が見えた。ハンガリーの婦人が、これがわたしたちのドナウ河です、と説明してくれた。河の向こう側がブダです。こちら側がペストです。ブダペストは二つの区域から成り立っているのです、そう彼女は親切に説明してくれた。

婦人の家のある所はずい分郊外らしかった。電車が走り出してから三十分近く経ってからも、彼女は一向に降りるような気配を示さなかったからである。時計の針はもう少しで十二時を過ぎるところだった。

しかしそれからしばらくしてようやく、彼女は私たちに立ち上るようにいった。

私たちは文字通り真暗な駅に降り立った。駅といっても、プラットホームがあるだけである。街灯はまったくないし、どの家も寝鎮まっているのか、電灯をつけている家は一軒もない。道に出ると、歩道に寄せて、一台の自動車、それも恐ろしく古くさい自動車が停まっていた。ハンガリーの婦人が運転手席に歩み寄って、ハンガリー語で何ごとかを喋った。すると屈強の若者が出て来て、私たちの手から鞄をもぎ取るようにして、後部のトランクに入れた。

「さあ、乗って下さい」と婦人がいった。M氏と私の二人は、彼女の指示通りその自動車に乗った。彼女は運転手の席の隣に腰かけた。自動車が走り出した。薄暗いライトがかすかに前方を照らし出している。並木道である。

「大丈夫かなあ」とM氏が真剣な声でいった。

「一体どこへ連れて行かれるのでしょうねえ」と私は冗談のようにいった。しかし私もまったく不安でなかったわけではない。

「この自動車は一体何でしょう」と私がいった。

「さっき駅で電話をかけていたのは、この自動車を待機させておくためだったのかも知れませんなあ」とM氏がいった。

「この運転手と諜し合わせて、ということもあり得ますか」と私は冗談めかしていった。

「充分あり得ますなあ」とM氏が真剣な声を出していった。

「どこか森の中へ連れて行かれて、うしろからバッサリということだってないとは限りませんなあ」

「こっちは男二人ですよ、大丈夫でしょう」と私がいった。

「いやあ、分りませんなあ」とM氏がいった。「森の中にも仲間がいるかも知れませんから」

「軽率でしたかねえ」

「軽率でしたなあ」

「しかしこうなったら、じたばたしても始まらないでしょう」といって、ふと私は運転台にメーターが備えつけてあるのに気がついた。今までどうして気がつかなかったのだろう。ブダペスト駅の前にタクシーを見かけなかったから、ブダペストにはもうタクシーがないものと、少くともこんな郊外の暗い町にはないものと、決めてかかっていたのだろうか――

「メーターがありますよ」と私はM氏に注意をうながした。「この自動車は単なるタクシーですよ」

「いやまだ分りませんよ」とM氏は余程疑心暗鬼に陥っているらしく、そう頑固にいい張った。

やがて自動車が停まった。まずハンガリー婦人が先に降りてうしろのドアを開けてくれ、私から降りた。そこはM氏が恐れていたような森の中ではなかった。かなり立派な住宅地の中であった。屈強な若者が降りて来て、うしろのトランクから、私たちの荷物を出してくれた、ハンガリー婦人が料金を払った。チップをはずんだらしく、屈強の若者はしきりにお礼の言葉と思われるハンガリー語を繰り返したのち、自動車に乗り込んだ。

「ここが私の家です」とハンガリー婦人はいった。鉄筋の二階建ての家だった。荒れ果てているようだったが、相当広い庭もある。どの家も庭に囲まれていて、東京の郊外の住宅地に、それも厳重な灯火管制下の夜に、突然ほうり出されたような錯覚に陥りかねなかった。もちろんもう時刻が遅いせいもあるだろうが、しかし一軒や二軒まだ起きている家があってもよさそうだった。

ようやくエンジンがかかったらしく、自動車が走り出した音がした。

彼女はハンドバッグから鍵を取り出し、門の扉を開け、私たちに入るように勧めた。私たちのあとから入ると、彼女はその扉に鍵をかけた。玄関のドアを開けると、彼女は壁のスイッチを手探りして、電灯をつけた。中からいちどきに流れて来た明りが、玄関のドアの周りにある黒点のような汚染(しみ)の正体を明らかにした。それは弾の痕であった。触ってみるとざらざらして砂がこぼれた。

彼女がどうぞお入り下さい、といった。入ってすぐのところに二階に通ずる階段がある。その階段に上る手前の右に、ドアがあった。一階の住まいの入口らしい。M氏と私の二人は、彼女のあとから、その階段を上って行った。冷え冷えとした石の階段だった。そして何よりも電灯が暗かった。壁はところどころ剝げ落ちていた。階段を上り切ったところにまたドアがあった。彼女がそのドアを鍵で開けた。

私たちが上り切るのを待って、彼女は上のスイッチでその階段の明りを消した。そして自分だけ先にドアの中へ入ると、廊下の電灯をつけてから、私たちを招き入れた。

「さあ来ました」と彼女はいった。

「外套をお脱ぎ下さい」

外套を脱ぐと夜の寒さが身にしみて感じられた。何か温いものが飲みたかった。そして温い布団にくるまってぐっすりと眠りたかった。

私たちの外套は廊下の掛釘にかけられた。掛釘は二つしかなかった。彼女はちょっと戸惑ったのち、自分の外套の上に私の外套をかけた。

何とも殺風景な廊下だった。装飾品はただ一つ、写真を入れた小さな額が壁に懸っているだけだった。それは若い男女が、水着姿でボートの上で接吻をしている写真だった。女の方はうしろ向きになっていてよく顔が見えなかった。私がその写真に目を留めたのに気がついて彼女がいった。

「バラトン湖です」

誰の写真ですか、と私が訊ねようか訊ねまいか、と迷っていると、彼女の説明があった。

——やはりうしろ向きの女性は彼女だった。そして男は彼女の婚約者であった。

で、その婚約者は今どうしているのだろうか。まだ二人は結婚していないのだろうか。急に私はその婚約者の存在が気になり出した。見ず知らずの外国人の男を、二人連れとはいっても、泊めたりして、あとでその婚約者に軽率を責められはしないだろうか。

私の疑問を感じとったかのように彼女がいった。

「彼は死んでしまいました。一九五六年に……」

「そうですか」と私はいっただけであった。それ以上何といっていいか分らなかった。それからもう十年近い歳月が流れているわけだった。彼女はそれから死んだ婚約者を忘れさせるような男に出逢わなかったのだろうか。こんな風に写真を飾っているところをみると、そうに違いなかった。

「私たちは二人とも大学でボートの選手でした」

と彼女はいった。海水着姿の彼女は健康美に溢れた肢体をしていた。当時大学生だったのは彼女ばかりではなかった。一九五六年というと私も大学生だった。

「これがバラトン湖ですか」と私は独り言のようにいった。私はふと大学生の頃この湖でヨットを走らせたといっていたドクトル・フロッシュのことを思い出した。

「部屋が少し散らかっています。出発する時に、寝坊して、慌てたものですから。どうぞ許して下さい」

そういって、ハンガリーの婦人は、右手の最初のドアを開けて電灯をつけたのち、私たちを導き入れた。

なるほど少し散らかっていた。ドアの右手の壁につけて置いてあるベッドには、カバーはきちんとかかってはいたが、その上に脱ぎ捨てた洋服や靴下や本がほうり出してあった。彼女はそれを私たちの目から隠すようにして手早く片づけてから、私たちに腰かけるように勧めた。

十畳位の部屋で、中央に三畳位の絨緞が敷いてある。その上に丸いテーブルをはさんで、少し破れて中の詰物がはみ出ている古めかしいソファーが二つ置いてあった。左手の壁につけて、ソファー・ベッドが一つ置いてあった。右手の奥の壁には古めかしい衣裳箪笥があった。ドアの左手には小さなストーブがあったが、その脇に置いてある石炭バケツには石炭がひとかけらも入っていなかった。

彼女は椅子に腰をおろした私たちにその空の石炭バケッツを示して、「寒いですが、仕方ありません」といった。

それからベッドの枕許の台の上に置いてある大きなラジオを自慢そうに示して、「先月漸く手に入れました」といった。もう日本では見つけようとしても見つからないような大きな木の箱に収まったラジオで、デザインもひどく古めかしかった。彼女は一生懸命ダイヤルを廻していたが、やがて音楽番組を探りあてた。この殺風景な部屋に、もの悲しいハンガリーの音楽が低く流れた。

「ちょっと失礼します」といって彼女は出て行った。

「大丈夫でしたねえ」と私がM氏にいった。

「はあ?」とM氏がいった。

「いや、無事に着きましたね」と私がいい直した。

「そうですかなあ」とM氏はいって、まだ不安なのか、あたりを見わたしていた。

やがて彼女が入って来て、私たちに洗面所へ案内するからついて来て欲しい、といった。廊下を隔てて向かい合った部屋は、台所であった。私が興味深そうにしているのを見て、彼女は中を見せてくれた。お茶を入れてくれるらしく、ガスに薬罐（やかん）がかけられてあった。小さな流しと、古いガス・レンジと、小さなテーブルと、小さな椅子一脚と、小さな食器棚があった。壁にはどこから手に入れたのか、ストラトフォードのシェイクスピア祭のポスターが一枚貼ってある。「私はシェイクスピアが好きなんです。イギリスに渡ってシェイクスピアを勉強するのが、私の夢なんです」と彼女はいった。

それから彼女は私たちを洗面所に案内した。タブには蜘蛛の糸のように細いひびが入っていた。石炭でお湯を沸かすらしく、石炭釜がついていたが、もう何年も使っていないようであった。便所は水洗だったが、水が出ないらしく、バケツに水が汲んで置いてあり、それを使って欲しい、という彼女の説明があった。

もう二つ部屋が、廊下をはさんで奥にあった。彼女はその二部屋も私たちに見せてくれた。私たちが通された部屋の隣の方は、四畳半位の小さな部屋で、彼女の書斎らしかったが、机と椅子と本棚が一つあるだけの、およそ装飾のない部屋だった。本棚にはシェイクスピアの作品らしい英語の本が十冊程あるほかは、ハンガリー語の本ばかりで何の本だか見当もつかない。この部屋の壁にも台所で見たポスターと同じポスターが貼ってあった。もう一間の方はまったく空室だった。家具が一個もないのである。ただ隅の方にケースに入ったヴァイオリンと楽譜立てが立てかけられてある。その部屋でヴァイオリンを練習することがあるのかも知れなかった。

部屋に戻ると、彼女はすぐに台所へ引き返して行き、間もなく紅茶を入れて来た。香りの余りない紅茶であったが、熱いのが何よりだった。外套を脱いでしまってから寒くて耐まらなかったのである。

「もう眠いでしょう」と私たちが紅茶を飲み終ると、彼女がいった。時計を見ると既に一時をまわっていた。

「そろそろおやすみ下さい」と彼女はいった。

「ただ私はあした七時には家を出て保育園に行かなくてはなりません、六時半に起しに参りますから、どうぞ起きて下さい。途中にブダペスト市の旅行社がありますから、一緒に参りましょう。そこでホテルか、もしホテルがなければ登録されている個人の家を割りあててもらえるでしょう」

彼女はそれだけをたどたどしい英語でいうと、自分の腰かけているソファー・ベッドとふだん彼女が使っているベッドをさしてこういった。

「これからベッドを作ります。この二つのベッドにお寝み下さい。私は下の叔父の家へ行って寝ます」

私は漸く安堵した。下は叔父さんの家だったのか。それまで私はどんな風に寝かされるのか不安でならなかったのである。

彼女は立ち上ると、衣裳箪笥の抽き出しの一つを空けて、中からシーツを四枚と、タオルを二枚とり出した。どれももう大分古いような布地だったが、綺麗に洗濯されてあった。彼女はまず自分のベッド・カバーを剝ぎ取り、毛布を取って、敷布団のシーツを替えた。それから二枚ある毛布を、一枚ずつシーツに包み、一つをソファー・ベッドの方に持って来た。そしてソファー・ベッドの背中を倒してベッドにすると、その上にもシーツを敷き今シーツでくるんだばかりの毛布をかけた。それからソファーに置いてあった二つのクッションをそれぞれタオルで包み、枕代りにそれぞれのベッドに置いた。

それから彼女は床にずり落ちていたベッド・カバーを拾い上げると、二つにたたんで、掛布団のように、ベッドの上の毛布に重ねた。寒い時はそういう風にしているのかも知れない。

ふだん彼女が使っているベッド作りはそれで完了だった。ベッド・カバーは大分厚そうだったから、毛布の代りは勤めることができそうだった。しかしソファー・ベッドの方はどうなるのだろう。ソファー・ベッドの方には毛布が一枚しか掛っていない。毛布一枚では寒くて眠れないに違いなかった。こっちのベッドを使う者は寒さのために一晩中眠れないかも知れない。あしたどこかに落着くまで、睡眠はおあずけかも知れない。そして今坐っている位置からいってもソファー・ベッドに近いのは私であったし、M氏の方が年からいって先輩だったから、当然私がそっちのベッドに甘んずるべきであったろう。

彼女はしばらくじっと考えていた。叔父さんのところへ行って寝具を借りて来るつもりだろうか。しかし叔父さん一家はもう眠ってしまっているだろう。それにこの分だと叔父さんのところにも、精々彼女が臨時に泊るための寝具位しか余分になくて、それ以上はないのではないだろうか。

やがて彼女は部屋を出て行くと、台所から小さな椅子を持ってまた戻って来た。彼女はそれを窓辺に置いた。そして椅子の上につとのると窓のカーテンを外し始めた……。

カーテンは色褪せ、その上ところどころ破れていたが、厚地のものだった。彼女は窓の右側のカーテンの取り外しを終ると、椅子を左側に移し、左側のカーテンを外し始めた。

椅子から降りると、彼女はそのカーテンを二枚重ねた。畳大の大きさだった。彼女はそれをソファー・ベッドにすでに掛けてあるシーツでくるんだ毛布の上に重ねた。

カーテンを外された窓から三月のブダペストの夜空が見えた。そしてその夜空のもとにくっきりと影法師を描いている家々と樹木とが。月は雲に隠れてぼんやりと光っていた。

「ではお寝みなさい」と彼女はいった。そして椅子を持って出て行ったが、間もなく私たち二人の外套を持って引き返して来た。

「暁方はずい分冷えますから」といって、彼女はM氏の外套をベッドの上に掛け、私の外套をソファー・ベッドの上に掛けた。

「ではお寝みなさい」と彼女はいった。私たちは夢から覚めたように椅子から立ち上り、感謝を籠めていった。

「お寝みなさい、色々と本当にどうも有難う……」

しかし彼女はまたすぐに引き返して来た。手に自分の外套を持って――

「寒いといけませんから」

そういって彼女は、碧い色の外套を、私の外套の上に重ねた。そしてもう一度、

「お寝みなさい」といった。

間もなくドアを閉める音がした。彼女が叔父さんの家で眠るために二階を出て行く音である。M氏と私は顔を洗ってから、寝巻に着替えて、それぞれ自分に割りあてられたベッドに潜り込んだ。毛布一枚とカーテン二枚と自分の外套とハンガリー婦人の外套の下に、私は身を横たえていた。少し寒かったが、しかし眠れない程の寒さではなかった。私は戦争中北国に疎開する時、母が応接間のカーテンを外して家で黒く染め、長ズボンを作ってくれたことを思い出した。カーテンにもずい分使い道があるものなのだ……

月が雲から姿を現わしたのか、月の光が気になってなかなか眠れなかった。ハンガリー婦人の外套についている香水がほのかに匂った。しかしやがて疲労が私を眠りの国へ誘い込む瞬間がやって来た。いつとはなしに私は眠ってしまった。私は夢を見た。彼女が黒い猫を抱いて寒そうに私の家の二階から降りて来る夢を。高校生がハンガリーからの手紙を届けてくれたのだ……

翌朝私たちは六時半かっきりに、彼女に起された。彼女は朝食まで用意してくれた。熱い紅茶とカナッペと茹卵の朝食を。

私たちは彼女と共に彼女の家を出て、市の旅行社の前で彼女と別れた。その時私たちは夕方七時にそこで彼女と落ち合うことを約束した。M氏と私とで、お礼の意味を籠めて彼女を夕食に招待することにし、彼女の承諾を得たのである。

結局ホテルは満員で、M氏は学校の先生の家を、私は弁護士の家を、割りあてられた。ホテルはここ一週間というもの、全室予約済みであるということも分った。ウィーンを経由してやって来る団体客、特にアメリカ人の団体客で満員だということだった。私たちは今さらながら、ハンガリー婦人の好意を身にしみて感じた。私たちが野宿を免れたのはまったく彼女のお蔭だったのである。

私たちは旅行社で指示されたように警察に出頭して、ブダペスト滞在の届けを済ましたのち、午後六時半に落ち合うことを約してそれぞれの宿舎に落着いた。

弁護士の家で私は二十畳はあろうと思われる、グランド・ピアノの入った立派な応接間を一部屋あてがわれた。私は睡眠不足を補うために、その部屋のソファー・ベッドに寝る用意をしてもらって、それから昼過ぎまで眠ってしまった。

目を覚ますと、頭痛がまったく去り、身心共に爽快なのが分った。私は街に出て昼食を取り、いつもの流儀で、地図をたよりに街を歩き廻ってみようと思った。

ブダペストは想像以上に美しい市(まち)だった。ドクトル・フロッシュがいったように、それは美しさの点でウィーンにもプラークにも充分匹敵する市であった。私はまずブダのゲレルトの丘に登って、ブダペストの市の眺望を楽しんだ。ドナウ河畔、特にペスト側の国会議事堂のあたりの展望はすばらしかった。ゲレルトの丘を降りると私は旧王宮を訪ね、それから童話の国から移したような漁夫の砦の見物にたっぷり時間をさいたのち、ドナウ河のほとりの道をゆっくりと歩いて行った。マルギット橋まで出て、私は川の中に浮かぶ島マルギット島を訪ねてみることを思い立った。

この島は島全体がみごとな公園になっていた。その庭園で私は保育園の子供たちが二十人位、お揃いのブルーの上張りを着せられて、保姆さんに引率されて歩いて来るのに出逢った。もしかすると保姆さんは私たちを泊めてくれた婦人かも知れないという期待に私は一瞬胸をときめかしたが、そうではなかった。もう四十を過ぎたと思われる中年の婦人だった。

ペストに出ると、私は旅行社で手に入れた地図に従って、「市の森公園」を訪ねてから、市電でオペラ劇場まで戻って、切符が買えるかどうかを確かめてみた。向こう一週間は売り切れだった。

それから私は歩いて、ゲレルトの丘から見た国会議事堂を訪れた。国会議事堂の正面広場には、明治の政治小説『佳人之奇遇』に出て来る十九世紀のハンガリー民族運動の志士コシュートの銅像が、十八世紀のハンガリー独立運動の志士ラコーツィの銅像と向かい合って立っていた。私はその小説を、中学生の頃改造社版の現代日本文学全集の第一巻の明治開化文学集で読んだのであった。私はコシュートを骨数斗、メッテルニヒを滅廷日苦などと漢字で表わしていたその小説のことをなつかしく思い出した。

美術館や博物館を訪れるのは先のこととして、私はそれから待ち合わせまでの時間を、ブダペストの繁華街であるヴァーツィ通りを歩いて過した。ショー・ウインドウに並んでいる商品はみじめ過ぎる程乏しかったが、昔はどんなに粋で華やかな通りだったろうということを想わないではいられないような雰囲気がそこには流れていた。ショー・ウインドウを覗き込んで歩いている人たちは、圧倒的に、年をとった婦人たちが多かった。彼女らは、樟脳（しょうのう）の匂いのしそうな古びた盛装をまとい、装身具をたくさん身につけて、この街の散歩を楽しんでいた。彼女らは、ショー・ウインドウを覗きながら、実は遠い華やかな昔の時代を見ているのかも知れなかった。

私は古道具屋で小さな陶器の驃騎（ひょうき）兵の人形を買った。婦人の装身具には、洗練されたものがたくさんあった。私は妻のためにブローチを買おうかと考えたが、肝腎のその妻が何だかひどく遠いぼやけた存在になってしまっていることに気がついて驚いた。そのうちにふと私は、あのハンガリーの婦人にブローチを贈ったらどうかと思いついた。M氏もあとで話せば了解してくれるだろう。しかしブローチ捜しは難航した。二つのブローチを捜すのは私にとって意外にむずかしいことだった……。とうとう私はブローチを買うことを断念し、約束の時間までまだしばらくある時間を、コーヒーを飲んで過すことにした。

トルコ風のコーヒーは私の疲れを癒してくれた。旅行社の前に行ってみると、もうM氏が来ていた。定刻十分前である。朝別れた時髭の濃かったM氏の顔はつい今しがた剃ったかのような剃り痕の青いすべすべとした皮膚をしていた。四十に近い独身男のM氏はそのために大分若く見えた。彼は私が見物して廻ったようなところを訪れたほか、彼が会って話をしたいと希っているルカーチの住居をつきとめて来た上に、ブダペストの温泉に入って来ていた。中々快適で疲れがすっかりとれたということであった。ブダペストに温泉があるということは旅行案内で知っていたが、入って来たというのはM氏らしくてよかった。

定刻ぴったりにハンガリー婦人が現われた。私たちは彼女にたのんで、ブダペストで一番古いというレストランに連れて行ってもらうことにした。道すがら彼女は、M氏と私の二人に、父母にあなた方のことを話したら、どうして家に連れて来なかったのか、と叱られたという話をした。そして父母は、あなた方が寒くて眠れなかったのではないか、と心配していました、といった。

「いいえ、ちっとも寒くありませんでした」と私はいった。実際、毛布一枚とカーテン二枚と私の外套と彼女の外套は、私を充分に温めてくれたのであったから——

カーテンのことを御両親に話しましたか、と私が彼女に訊こうかどうかと迷っているうちに、話題が移ってしまった。M氏が、あなたはどうして御両親と一緒に住まないのですか、と訊いたからである。

「私はもう大人ですから」と彼女は怪訝な面持で答えた。ただ幸いに叔父の家の二階が空いていたからよかったものの、本当はなかなか住居が見つからないのです、と彼女はいった。御両親は何をしておられるのですか、というM氏の問いに対して、父は弁護士をしていたが、もう年をとっているので、隠退して家にいます、と、彼女は答えた。

彼女が連れて行ってくれたのは、ヴァーツィ通りの裏手にある古めかしいレストランであった。ジプシーがハンガリーの音楽を演奏していた。ボーイが彼女が外套を脱ぐのを手伝った。一日家へ帰って着替えて来たらしく、彼女は朝出かけた時の服装とは違った服をしていた。濃い緑の絹の服である。首にダイヤの首飾りをしている。それが蠟燭の光にキラキラ輝いた。

私たちは隅に席を取った。ハンガリーの名高い葡萄酒トカイで私たちは乾盃した。彼女の顔は今までになく華やいでいて美しかった。一遍に五歳も若返ったようだった。実際その濃緑の光沢のある絹の服は二十歳前の女性に似合いそうな服であった。そして今彼女は本当に二十歳にならないように見えた。

「もしハンガリーがお気にいったら」と彼女は、私たちが一週間位でブダペストをあとにするつもりでいることを知っていった。「ぜひもう一度ゆっくりいらっしゃって下さい。今度いらっしゃる時はもっとよい季節に、もっと春が深くなってからか、それとも夏の初めにいらっしゃって下さい」

そして彼女は「そうしたらバラトン湖に御案内しますわ」とつけたした。

その夜私たちは遅くまで、哀愁を帯びたハンガリーの音楽に包まれ、パプリカの効いたハンガリー料理を食べながら、トカイの葡萄酒を飲んだ。

〔昭和42（1967）年6月「三田文学」54巻6号 初出〕

カールスバートにて

カールスバートの駅は思ったよりもずっと小さく、つつましやかで、そして清潔だった。プラットホームの屋根の下には、蜜柑箱を少し細長くしたような箱に土を入れ草花を植えたものが、等間隔に吊してあった。日本の駅なら生け花というところであろう。

プラットホームを出ると、私は両替所を捜した。国境の駅で両替人が現れなかったために、両替ができずにいたのである。しかし両替所はどこにも見あたらなかった。仕方がない、歩いて行こう、そう思って私はトランクを持って外に出た。七月の中旬だが、外はうすら寒かった。

駅の前には幅の広い道路が走っているが、バスを待っている人影が道路のこちら側と向う側に二三見られるだけで、まったく閑散としていた。世界にその名を知られている温泉町カールスバートの駅前にしては寂し過ぎた。一時(いっとき)降りる駅を間違えたのではないかという不安が私の心をよぎった。しかしプラットホームで見たKarlovy Varyという駅名標示板の字はまだ私の眼底に残っている。間違いはなかった……

私は道路のこちら側のバスの停留所へ行き、そこに立っている人たちに、町へ出るにはどちらのバスに乗ればよいかと英語で訊ねてみた。しかしまったく通じなかった。ドイツ語を試みたが駄目だった。ふとその時、私は、バスに乗ろうにもバス代を持っていないのだということに気がついた。

私はもう一度駅の中へ引き返した。誰か言葉の通じる人を捜しあてて、町まで歩いてどの位かかるかを確かめてみようと思ったのである。

両替所を捜していた時には誰もいなかった案内所に、いつの間に現れたのか、眼鏡をかけた中年の婦人が坐っているのに気づいて、私はちょっと救われたような気がした。その窓口に立ち英語で話しかけてみるとちゃんと通じた。私はまず念のために両替所がないかどうかを確かめてみた。やはりなかった。町に行けばある、町のチェドック（チェコスロヴァキアの国立旅行社）でも、銀行でも、ホテルでも換えてくれる。しかしここでは駄目だ、というのであった。町まで歩いてどの位でしょう、と私は聞いた。歩いてはいけない、と彼女は答えた。じゃあ、タクシーを呼ぶことはできないでしょうか、と私はいった。ホテルで両替できると分ったので、タクシーでホテルまで乗りつけ、代金を払えばいいと思ったのである。タクシーはない、バスで行きなさい、と彼女はいった。しかしバスはドイツの金で乗れるでしょうか、と私がいった。否と彼女はいった。それから、バス代ならわたくしが用立てて上げますよ、といって、かたわらの大きなハンドバッグから小さな小銭入れを取り出して、バス代に相当するらしい硬貨を何枚か私の前に並べてくれた。じゃあ明後日に帰りますからその時にお返しします、といって、私は彼女の好意に甘えようと思った。すると、返さなくてもいい、僅かな金額だから、と彼女がいった。それにあしたからわたしは二週間の休暇に出るので、ここにはいないから。——あなたにはお子さんがありますか、と私は尋ねた。二人います、と彼女は怪訝な顔をしていった。じゃあ、これをお子さんに上げて下さい、といって、私はレインコートのポケットから、ベルリンを発つ時にツオー駅のキオスクで買ったままだ口を明けていないイギリス製のキャンディの袋を取り出して、彼女に差し出した。彼女は手を振って断った。しばらく押し問答が続いた。しかし私がどうしても譲らないことが分ると彼女はそのキャンディの袋を受け取った。彼女は身を乗り出して私に手を差し伸べ、有難う、といって私と握手した。私が立ち去る時、彼女は念を押すようにいった、向う側のバスですよ。

十五分位待たされただろうか、バスが来た。古い、がたぴしゃのバスで、かなり混んでいた。後部から乗るようになっていて、入ってすぐ右手のところに、五十近い肥った女車掌が据えつけの椅子に坐って、台の上で切符を売っている。「カルロヴィ・ヴァリ」とカールスバートのチェコ名をいって、私は駅の案内所の婦人に用立ててもらったお金を出した。しかし彼女はしきりに何かを私に確かめようとする。けれども私には彼女の喋るその言葉がかいもく見当がつかないのだった。私は英語を喋ってみた。通じなかった。ドイツ語を喋ってみた。通じない。私たちのやりとりを回りで見まもっている人たちのうちに誰一人外国語の通じる者はいないようだった。

すると奥の方から十七八歳の少女が人を掻き分けて出て来て、私のところに近寄り、あなたはカールスバートにいらっしゃるのでしょう、と美しいドイツ語でいった。そうです、と私が答えると、何というホテルですか、と彼女は重ねて聞いた。ホテル・オデッサです、とホテルの名前を告げると、彼女は車掌に向って何か喋った。すると漸く車掌が私に切符を差し出してくれた。それを受け取ると私は通訳の労を取ってくれた少女の方を向いてお礼をいった。すると彼女はいいえ、と含羞んだようにいって、私もカールスバートの町に行くのです、御一緒しましょう、といった。

次の停留所でかなり乗客があり、間に割り込まれて私と少女は離れ離れにされてしまった。三つ目の停留所で乗客がかなり減って、彼女の居場所が分った。私は床が一段低くなっている乗降口の奥にいたが、彼女は車掌の席の真向いの窓際に立って外を見ているのだった。私のいる所が低いために彼女の脚が私の視界に入った。素足にサンダルをつっかけているその脚は、私がこれまでに見たことのないような、健康に満ち溢れた、小麦色の、弾力に富んだ、長くてしなやかな、形のよい脚であった。脚といわず、少女は均斉のとれた、いい身体をしていた。彼女はスポーツ選手かも知れない、と私は思った。体操の選手か、走り高跳びの選手か、短距離競走の選手か、それとも水泳の選手か。高校生だろうか、と私は考えた。それとも大学の一年生位だろうか……

彼女が私の方を向いて、次の停留所ですといった。その時私は初めて彼女の顔を正面からよく見た。そして私の心は捉えられた。栗色の髪の毛は形のよい耳を出して、その上でピンで止められ、うしろに束ねられていたが、それが彼女のよく澄んだ黒い大きな瞳と共に、彼女の印象を何か無邪気で可憐なものにしていた。ふっくらした唇はまだあどけなさを残していた……

少女は私の方に降りて来た。それからまもなくバスが停った。降車する時に、私が切符を車掌に渡そうとすると、それは持っていらして下さい、これからケーブルカーに乗るのですから、と彼女はいった。

停留所の斜め前がケーブルカーの発着駅であった。ケーブルカーはもう入っていたが、すでに満員に近かった。バスに劣らず古いケーブルカーで、人が乗り込むたびにぎしぎしと軋んだ。それはまるで、もうこの辺で勘弁しておいてくれ、とケーブルカーが悲鳴を上げているようであった。やがてベルが鳴り、係員がドアを閉め、ケーブルカーが動き出した時、車内は文字通り溢れんばかりの満員だった。

私の顔は少女の顔のすぐ前にあった。少し顔をそむけないと唇と唇が触れ合いそうだった。私と彼女は奇妙なことに背丈がまったく同じだったのである。ふと私は終戦後中学生だった頃、いつも同じ駅で電車に乗り、いつしか私が恋をするようになった少女のことを思い出し、自分が少年に還ったような気がした。やはり背丈がまったくといっていい程同じだったその少女とは、このケーブルカーと同じ位混んでいた電車の中で、よく身体がぴったりとくっつき合う程押し合わされ、頬が触れ合わんばかりになったことがあった。そしてその時私は無限の幸福を覚えたものだった。

突然ケーブルカーの中が真暗になったかと思うと、次の瞬間、天井にある二つの小さな電球が点り、空襲警報の夜の蠟燭の灯のように車内を薄ぼんやりと照らした。ケーブルカーがトンネルの中に入ったのである。軋みが一層はげしくなった。そしてケーブルカーの進行は、事故の危険を防ごうとするかのように、一層のろくなった。もしケーブルが切れたらと私は考えた。

私はこの異郷の地で死んでしまうかも知れない。しかしこの少女と一緒に死ぬのも悪くはないな、と私は夢の中で思惟するように考えていた。それからしばらくしてまた突然ケーブルカーの中が明るくなった。そしてまもなくケーブルカーは停車した。

駅から出ると、そこはもう町の中だった。カールスバートの温泉町は常緑樹の森に包まれた山々に囲まれた谷間にあって、今ケーブルカーはその山々の一つの山腹に穿たれたトンネルを潜って、この温泉町の中心部にひょっこりとまた姿を現したのである。

「ホテルまでお送りしますわ」と少女はいって、私と肩を並べて歩き出した。

歩きながら、私はまだ胸に彼女の胸の弾みを感じていた。

「あなたはどこでドイツ語を習ったのですか」と私は聞いた。

「母がドイツ人なのです」と彼女はひっそりといって、また黙ってしまった。

「この町に住んでいるのですか」としばらくして私は尋ねた。

「いいえ」と彼女は答えた。「この町の郊外に住んでいます」

「あなたは高校生ですか」と私は訊ねた。

「いいえ」と彼女は答えた。「今年入ったばかりですけれど、プラークの大学生です。今夏休みなので、この町で働いているのです」

「大学では何を専攻しているのですか」

「民俗学です」と彼女は答えた。

私たちはいつの間にか、川のほとりの道を歩いていた。カールスバートの町を貫流するテプル川である。川の向う岸にはこちらの道に背をむけて、ホテルらしい高い建物がずっと並んで立っている。道の川岸と反対の側にしばらく土産物店が続いていたが、やがて湯治客の宿泊するホテルに代った。どこか日本の温泉町に似通ったところがあった。

「このホテルですわ」とかなり大きなホテルの前まで来ると、不意に彼女は立止って私にそういった。

ホテル・オデッッサという金文字がファサードに植え込まれているのが読めた。

「本当に有難う」と私は心からいった。

「よい御滞在を」と彼女はいって、今来た道を引き返したが、ホテルの扉を明ける時に振り返って見ると、もう姿が見えなかった。

受付で私はパス・ポートとベルリンのドイツ交通公社で発行してもらったホテルのクーポン券を差し出した。マネージャーはドイツ語に堪能だった。彼は私のパス・ポートを仔細に確かめたのち、書類に必要事項を書き込ませると、独楽のような形をした木の玉のついた鍵をくれ、部屋は四十七号室だといった。案内するボーイはいないと見えた。

階段には緋色の絨緞が敷きつめてあったが、すでに黄土色に変じていた。叩けば無限に埃が出そうな絨緞であった。保養地のホテルらしく、階段の一段一段が低く出来ていた。身体の不自由な湯治客や老人にも上り降りに苦しくないようにという配慮からであろう。私はワイマールのゲーテの家の階段を思い出した。ゲーテの意向でその家の階段にも同じような配慮が施されてあるということを、その家を訪れた時に私は案内者に聞かされたことがあったからである。階段には各階の中途に広い踊り場があった。踊り場の両側の壁には大きな鏡が塡め込まれてあり、その前には休息をとることができるように、それぞれソファーとテーブルが置いてあった。テーブルの上にはボヘミア産であろう、カットグラスの灰皿がのっていた。三階と四階の中間にある踊り場まで来た時、私は疲れを覚えたので、試みに鏡の前のソファーに腰かけてみたが、ソファーのばねがすっかり落ち込んでいて、坐り心地は期待に反した。布地も、浮上り模様がすっかりすり切れ、方々が裂け、中から馬の毛らしいものがはみ出していた。鏡を見ると、私の姿が歪んで映し出されていた。鏡は古くてもう正常な像を結べないのであった。私は早々にソファーから立ち上った。

四階にある私の部屋はすぐに分った。階段を上って右手に廊下を折れると、奥から三番目の左側の部屋がそうだった。昔の建物らしく、廊下はもったいない程広かった。塡め込み細工の木の床は階段と違って中央にだけ帯のような絨緞が敷かれてあったが、この絨緞も、階段の絨緞同様、色褪せ、擦り切れ、傷みきっていた。

部屋は細長い、鰻の寝床のような部屋だった。幅は廊下よりも狭い位であったが、奥行がひどく長いのである。左手の壁につけて、簡素なベッドと豪華な木彫が施されてある時代がかった衣裳簞笥が並べてあった。ベッドの横に、大理石の台の載ったナイト・テーブルがあり、その上に笠の破れたスタンドが載っている。右手の壁につけて小さなテーブルとソファーが置いてある。ドアの右手には恐しく旧い型の洗面台が取りつけてある。私はレインコートを脱いで、衣裳簞笥の中に掛け、トランクを納い込むと、ソファーにひとまず腰をおろした。汽車の旅の疲れが俄かに出て来た感じだった。

窓からは奥の建物の壁と窓が見えるだけだった。通りに面していない側なのである。ふと私は窓にカーテンの設備がないことに気がついた。窓にカーテンのないホテルに泊ったのはこれまでになかったことだった。私のホテル・クーポンによると、このホテルは二級の筈であった。標準的なホテルと考えて差支えないホテルだ。それなのに客室にカーテンをつけていないのだ。――カーテンのない窓というのは、障子紙を貼っていない障子のようなものではないだろうか。東ドイツを旅行した時、外観がどんなに見すぼらしい建物でも、それが人の住むところであれば、窓のカーテンだけは実にきちんと整えられてあることを発見して、カーテンがヨーロッパ人の生活に占めている重要性について新たな認識を迫られたような思いがしたことがあったのである。

私は手と顔を洗ってさっぱりしたのち、しばらくベッドに横になって身体を休めることにした。上着を脱いでソファーの上に置くと、私は靴を脱いで、ベッドの上に横になった。ベッドはぎしぎしと軋んだ。わざと身体を動かしてみると、それに合わせてベッドも揺れ更に一層軋んだ。

カーテンを締められない窓が気になった。奥の建物から私の部屋をじっと覗き込み監視している者がいるような気がした。しかしそのうちに私は眠り込んでしまった。——目を覚ましてナイト・テーブルの上に置いた腕時計を見ると、五時であった。しかし外はまだまったく明るかった。私は顔を洗ってしばらく外を歩いてみることにした。

受付で五十マルクだけを両替をすると、私はホテルを出た。ホテルの前の川沿いの道を下って行くと、大きな広場を擁した長い柱廊が見えた。柱廊の中には楽団がいるらしく、音楽も流れて来る。広場にはどう見ても上等とはいえない、おしなべて野暮なスタイルの、くすんだ色の服を着た夥(おびただ)しい男女の群れが、何か物に憑かれたように、ひしめき合いながら動き廻っている。彼らは一刻もじっとしないでその広場の中を遊歩しているのであった。

近づいてみて、私は初めて、行きつ戻りつしている人々が、薄べったい土瓶のような容器を脇についた把手を握って胸のあたりに保ち、病人用の吸い呑みの口のように長く延びた吸い口を口中に含んで、遊歩していることに気がついた。柱廊の一箇所に、その土瓶に入れる鉱水が湧き出て来る場所があるらしく、順番を待つ人が長い行列を作っている。柱廊の端の方には、切符売場のような小屋があって、その窓口の前にも長い行列ができていた。近寄ってみると、その小屋の列はその小屋に預けてある容器を受け取る人々の列であった。

小屋の中には幾段にも棚がしつらえられてあって、その棚には、名前を記した小さな木札のついた容器がぎっしりと並べられてある。湯治客が、宿から容器を持参する煩しさを避けるために、預けてあるのだ。容器の大きさは規格品のように大小二種あり、模様や焼きも二三種類に限られていたが、ただどの棚にも、一つか二つ、焼きや模様がほかのどれとも違い、年代を経ているために古く、まるで異端者のように目立つ容器があった。恐らく戦前のものであろう。ことによると中にはもっと古いものもあるかも知れない……

ヨーロッパの温泉は、医師の処方に従って入浴することもあるが、普通はむしろそれよりも飲むために利用されるということを、本などで読んで、知識として承知してはいたが、それを目のあたりにしたのはこれが初めてであった。

私は好奇心に駆られて鉱水の湧き出て来る所に行ってみた。それは細長い壕のような凹みの中に出ているのだった。制服らしい上張りを着た二人の婦人がその凹みの中に、湧き水をはさんで立っていて、行列の人たちから代る代る容器を取っては湧き水を入れてやって、手渡しているのだった。無料らしくお金は取っていなかった。

ふと私は、きっと土産物店に行けば、同じ容器が買えるに違いないと思いついた。それを買って来て、自分も同じことを体験してみよう。広場の前の土産物店に入ってみると、案の定売っていた。さっき私が預かり所で見たのと同じ規格品が。私は今私が訪れたカールスバートの象徴の一つらしい柱廊を童話風に描いた絵柄の入った、白い容器の大きい方を買い求めることにした。使い方を聞くと、水を入れてもらって少しずつ吸えばいいのだ、とたどたどしい英語で教えてくれた。そして箱に詰めようとするのを、すぐ使うからいいというと、親切にもそれを奥に持って行って洗って来てくれた。

行列について大分待たされたのち、私はようやく、まるで霊水のようなその湧き水を私の新品の容器に汲んでもらった。私は人々の例に倣って、その容器の把手を右手で持って胸のあたりに支え、吸い口を口に含んで、姿勢を正して歩きながら、中の水を吸い込んだ。しかしそれはひどくまずい水であった。いがらっぽく、しかも硫黄の匂いさえするのである。私はしばらく我慢して少しずつ吸い込んでいたが、そのうちに止めて、柱廊の柱に寄りかかって見物を決め込むことにした。相変らず人々はまるで厳重な命令を履行しているかのように、真剣な面持で、一定の足取のもとに黙々と歩いていた。広場にはところどころにベンチが設けられてあって、歩き疲れた人々が腰かけて休んでいたが、そうした人々もしばらくの間坐って疲れがとれると、また吸い口を口に含んで、物に憑かれたように歩き出すのであった。

水を吸いながら柱廊を端から端まで何度も往復している人々もいた。そうした人々は、その往復運動を日に何回と決めて繰り返すように医師から処方されているのかも知れなかった。さっきから演奏を止めて休憩していた楽団が再び演奏を開始した。再開演奏第一回の曲目はドヴォルザークのユーモレスクであった。演奏は決してまずくなかった。感情が籠っていて、なかなかうまいといっていい程だった。私は楽団の前にできた小さな群れの中へ入って行き、第二回の演奏のリストのハンガリア幻想曲が終るまで聴き入っていた。

楽団の前を離れると私は空腹を覚えた。時計を見ると六時半を少し過ぎていた。まだ明るかったが、私は町の見物は明日ゆっくりすることに決め、吸い残した鉱水を花壇の花にかけてやると、ホテル・オデッサに引揚げることにした。私は一旦自室に戻って、今買った一輪挿しになりそうな容器を部屋に置くと、一階にある食堂に降りて行った。

食堂は満員だった。私はようやく奥の部屋の隅の方に空のテーブルを見つけて坐った。メニューを見ると、チェコ語とロシア語でしか書かれていなかった。しばらくしてボーイが注文を取りに来た。私が英語かドイツ語のメニューはないかと聞くと、彼はすぐに引込んで、英語のメニューを持って来た。手書きのメニューであったが手垢と料理の汁がついてすっかり汚れてしまっていた。私はしばらくメニューと睨めっこをして考えたのち、犢（こうし）のビーフ・ステーキと野菜サラダとビールを注文することにした。ビーフ・ステーキの値段はドイツのそれと比べると半値に近い程安かった。

犢のビーフ・ステーキは意外にうまかった。食事が済むと、私は、よく眠れるように、ウォトカを飲んでみることにした。メニューを見ると、ロシアのウォトカがあったので、それを注文することにした。

運ばれて来たウォトカをちびりちびりやりながら、携帯用の地図（アトラス）の東欧の頁を拡げて見ていると、

「ここに坐ってもよろしいか」と英語が聞えて来た。顔を上げると、八十歳にも達しそうな小柄な老人が、私の前に立っていた。

「どうぞ」と思わず私は使い慣れているドイツ語でいった。

「おや、あんたはドイツ語がおできか」とその老人は、鼻に少しかかるドイツ語で驚いたようにいって、私の前の席に腰をおろした。もともと小柄な人らしいが、年老いて身体が干からびたために、余計小さく収縮してしまったようだった。椅子にちんまりと坐ると、胸から上しかテーブルの上に出ないのだった。頭はみごとに禿げ上っていた。眼が鋭かった。

彼はボーイを呼んで何か飲物らしいものを注文した。それからパイプを取り出して、煙草をふかし始めた。パイプは最近買ったものらしく、まだ新しかった。もしかすると永年愛用していたパイプは、彼のように長生きできなかったのかも知れない、と私は考えた。

「あんたは日本から来たのだろう」と私に向って彼はドイツ語でいった。

「そうです」と私は答えた。

「よくお分りですね」

「人相を見ればすぐ分る」と彼は少し自慢気にいった。

「昔ね」と彼はいった。「ゲーテの跡を尋ねてカールスバートを訪ねて来た日本人によく逢ったよ。日本人は余程ゲーテが好きと見えるね」

「そうかも知れません」と私は彼の皮肉にちょっと怖れをなして答えた。私もゲーテの跡を尋ねる気持でこの旅に出たようなところがないでもなかったからである。

「どうだね、カールスバートは気に入ったかね」と彼はしばらくしてまたいった。

「今日着いたばかりですから」と私が戸惑ったように答えると、彼は声をひそめていった。

「昔のカールスバートはね、こんなものじゃなかったよ」

「そうでしょうね」

「そうだよ、建物を見れば想像できるだろう。それは豪華で、豊かで、壮麗だったよ。今はどうだ、このざまは――」

そういって彼は唾でも吐き捨てるように、

「貧困（アルムート）、貧困（アルムート）、貧困（アルムート）」と立て続けにいったが、声だけは他に聞えないように小さく保っていた。

「悪しき平等だよ」と彼はあたりを見廻していった。

「このホテルの食堂なども昔は豪華なもので、こんな恰好では入れなかったものだよ」と彼はネクタイを締めていない自分の背広姿を指で示していった。

「それが今じゃどうだね。大衆食堂もいいところじゃないか」

私は彼にならって天井を見上げ、壁を見、床を見た。天井には昔ながらの豪華絢爛たるシャンデリアが、ギリシア神話の神々を彫刻してある天井から垂れ下っていて、この食堂のありし日の名残りを留めている。窓にかかっている、引きちぎれて用をなさないカーテンにも、床に敷いてある絨緞にも、色褪せた壁掛けにも昔の名残りはあった。そういえば私の坐っている椅子もテーブルも昔風のみごとなものである。まだ下げられていない料理の皿も、縁こそかけているが、中々由緒のありげな皿である……

ボーイが彼に、火酒らしいものを運んで来た。

「あんたも一杯やるか」と彼は、私の空になったウォトカのグラスを見ていった。そして私の返事も聞かないで、彼はボーイに指を一本立てて、無言で追加を命じた。

「誰もが、ビール、ビール、ビールしか飲んでおらん」と彼は慨嘆するようにいった。

「昔は、このホテルの食堂なんぞでは、葡萄酒とシャンパンしか飲まなかったものだ。ところが今はそんなものを置いていやしない」そういって彼は黙ってしまった。

「あなたはドイツ語をどこで習ったのですか」としばらくして私が聞いた。

「ウィーンだ」と彼は誇らしげにいった。

「わたしはね、ウィーン大学の医学部を出た医者なのだ」

「そうですか」と私はいった。そういえば彼の喋るドイツ語にはウィーン訛りがあった。

「わたしの故郷は、嘗てのオーストリア・ハンガリー帝国の一部だった」

「——という名前を知っているかね」と彼は突然聞き慣れない地名を挙げて私に尋ねた。

「いいえ」と私は答えた。

「ちょっとその地図を見せて御覧」と彼はいった。

私が地図を差し出すと、彼はポケットから虫眼鏡を出して一所懸命捜していたが、やがて、

「このあたりだよ」といって、私にポーランドとの国境の近くのロシア領を指さした。

「ガリシア地方ですね」

「そうだ」と彼はいった。「そこでわたしは生れたんだよ。しかしわたしの故郷はその後ポーランド領になり、今はロシア領だ。わたしにはずっともう故郷はないのだ」

老人が私のためにたのんでくれた火酒が運ばれて来た。私は老人と目を合わせ乾盃した。コニャックであった。

「まだお医者をしておられるのですか」と私は聞いた。

「いや」と彼は首を振った。

「もうこんな年だ。とっくの昔に隠退したよ。安い年金で暮している。わたしはここの温泉医をしていたのでね」

温泉医と聞いて、私はここの鉱泉を飲むとどんな風に身体にいいのでしょうか、と聞いてみた。

「何にも効かないね」と彼は狡猾そうな笑いを眼に浮かべていった。

「効くということにはなっているがね、まやかしだよ」

彼がコニャックを乾してしまったので、今度は私に何か奢らして欲しい、といってみると、彼はちょっと躊躇したのち、

「そうか、それじゃお願いしようか」といった。

「何にしましょうか」と私がいうと、彼はしばらく飲物のメニューに見入っていたが、やがて、

「ちょっと高いがこれにしようか」と私に指さして見せた。イタリア輸入のチンザーノであった。

ボーイを呼んで私はそれを二人分注文した。ボーイはすぐそれを運んで来た。私たちは目を

合わせてもう一度乾盃をした。

「日本から遥々よくやって来たね」と彼はいった。

「わたしは日本の浮世絵が好きでね。ねつけと共に一時期蒐集したことがあったものだよ」そして「春信、歌麿、……」と呟くようにいったのち、

「一度日本に行ってみたいというのがわたしの夢だったのだよ。しかしその夢を果せないまま、わたしは死んで行くよ、もう間もなく——」

「奥さんは」と私がいいかけると、

「先に逝ってしまったよ」と彼は答えた。

「子供も二人いたが、今度の戦争で死んでしまったよ」

そういい終ると、彼は激しくせき込み出した。うしろに廻って背中を叩こうと思って私が立ち上りかけた時、彼はようやくせき込むのを止めた。

「心配をかけたね、有難う、ちょっと風邪気味なのでね」

と彼はいった。

彼のパイプ煙草が消えてしまったのを見て、私は彼に私の煙草を勧めてみた。

「ゲルベ・ゾルテだね」と彼はなつかしそうにいった。「一本頂こうか」

私はオーストリアとの国境沿いのドイツのある有名な温泉町に二ヵ月間滞在したことがある。

政府交換留学生としてドイツに来た私は、留学先に選んだベルリン自由大学のある西ベルリンに落着く前に、その温泉地に設けられてあるゲーテ・インスティトゥートの支所で、留学生に義務として課せられているドイツ語講座を受講したのである。しかしこのゲーテ・インスティトゥートのドイツ語講座の受講者は政府交換の留学生に限らなかった、さまざまな国からの自前の研修者も加わっていたからである。

受講者は全員寮に寄宿して講習を受ける仕組みになっていた。食事は決められた時間に寮の食堂で摂ることになっていたから、顔触れは一週間も経つと大体分るようになった。ポルトガルの外国書専門店の女店員、ギリシアの貿易商社の書記、フィンランドの旅行社の女社員、作品集を既に二冊出したという、自称作家のアメリカ青年など自前の研修者の顔触れは多彩だった。そのなかにイタリア人で、ホテル学校の先生をしているというコンティという青年がいた。

私はよく彼とテーブルが一緒になった。隣合わせになると、よく話を交した。食事はテーブル分だけ大皿に盛られたものを、廻して各自が順番に自分の皿にとることになっていたが、彼が坐ると、彼が一人で全部みんなの皿によそってくれた。さすがに専門家だけあって、彼のとり方は、実に優雅で、そつがなく、洗煉されていた。ホテル学校の先生をしているというのはもっともだと思わせるようなみごとな手さばきを見せるのであった。

二週間も経つと、日本人を除く若い男女たちは大抵相手を見つけた。私の隣室のカナダの大学生は、パリ娘の大学生と熱烈な恋に陥り、土曜から日曜日にかけての夜は、隣の部屋にパリ娘が泊りに来るのでうるさくて眠れない程だった。ポルシェを乗り廻すアメリカ人の新進作家は、まるでそのことが目的で高い月謝を払ってこのドイツ語講座に参加したかのように、ポルシェに女の子を乗せて二人きりでよくドライブに出かけたが、運転席に黒眼鏡をかけて坐る彼の隣の女の子は三日と同じだったためしがなかった。頭が半分禿げ上ったギリシアの貿易商社の書記は、女の子の尻ばかり追いかけ、しかも片端から肘鉄砲をくらい、しまいには追いかけ廻す女の子が一人もいなくなって、しょげ返っていた。

コンティは勘がよかった。昨日あの女は処女を失った、というようなことを彼は自信をもって私に教えてくれた。しかし彼は、自分の相手としてはこの講習に参加している女の子たちに対して、まったくといっていい程興味を示さなかった。女嫌いなのかと最初は思われた程それは徹底していた。

私は午後授業が終るとよく町に散歩に出た。また土曜日の夕方などは、寮での夕食を終えてから町のビヤホールやワイン小亭に日本の留学生たちと共にビールやワインを飲みに出かけることがあった。

静かな温泉町だったが、経済的繁栄を誇る西ドイツの温泉町らしく、町に並ぶ保養客のためのホテルはどれも豪華で、贅沢だった。保養公園（クア・ガルテン）には秋の花が咲き乱れ、野外音楽堂で演奏する楽団の楽師たちは、一点非の打ちどころのない燕尾服姿で演奏をしていた。夜はカジノが賑わい、週末になると大きなホテルのホールでは、豪華なダンス・パーティが深夜まで催され、盛装に身を凝らした男女が踊っていた。

温泉町といっても、そこに過した二ヵ月間私は温泉らしいものを見たことがなく、温泉とは無縁であったが、町の観光パンフレットによると、国立の保養所で、医師の監督のもとに、さまざまな温泉療法が町のホテルに宿をとってそのクア・ハウスを訪れる保養客に施されているらしかった。

そしてここでは温泉は飲むためだけではなく、温浴にも使われているようだったが、それは日本の温泉のようにのんびりと勝手に浸っていればいいというのではなく、たとえば看護婦立会の下に、医師によって処方された時間浴槽に浸り、しかるのち一定時間マッサージを受ける、といったような、至極肩の凝りそうな温浴らしかった。

ところでコンティは金曜日になると決って姿を消した。夕食にはもう姿を現さなかった。そして月曜日まで戻って来ないのである。私がその温泉町に落着いて二週間目の土曜日の夕方だった。私が町を散歩していると、向うからコンティに似た男が、黒い燕尾服に身を固め、確実に五十を過ぎたと思われるがまだ美しさを留めた婦人と腕を組んで歩いて来るのに出くわした。近づいて来ると、それがまぎれもなくコンティだということが分った。コンティは片目をつぶって私に合図をした。次の月曜日の夕方の食事の時にたまたま私は彼と一緒のテーブルに坐った。彼の疲労ぶりは筆舌につくしがたかった。顔色は蒼ざめ、皮膚は荒れ、唇の色まで悪かった。眠そうに目をしきりにしばたたかせた。彼はかなりよく肥っていたが、その肥った身体が、僅か三日間のうちに三キロは確実に痩せたように思われた。火曜日になると、彼は大分元気を恢復した。頬にもほんのりと生色が蘇って来た。水曜日になると、彼はもうほとんど元通りになる。月曜日の精を吸い取られたような姿が嘘のように思われて来る。金曜日の朝になるともう精力絶倫という風に見えて来る……

その後も私は週末に何度か彼が五十過ぎの美しい婦人と腕を組んで歩いているのに出くわしたが、その相手はいつも違っていた。

彼はこの保養地で金持の未亡人を捜しているのだ、ということが、次第に私に分って来た。若い女は恋の相手、と彼は決めていた。結婚する相手は、年とっていてもいい、金持でなければならない、というのが彼の厳正に保持する哲学であった。そして彼はそうした相手を捜しに、金曜日の晩になると身なりをりゅうと整え、一流ホテルで催されている豪華なダンス・パーティに出かけるのであった。そして彼が目をつけた女が彼に引っかからないことはない。彼は美男子で、踊りの名手なのだ。しかもその上若さに満ち溢れていると来ている。

二ヵ月後に講習が終って愈々翌朝ベルリンに向けて立つという日の晩、それは水曜日であったが、私はテーブルを去る前に、彼に握手を求めて別れを告げた。彼の方はまだ四ヵ月滞在して引き続き講習を受けることになっていた。成功を祈るよ、と私はいった。有難う、と彼はいった。今度の婦人はよさそうかい、と私はいった。そうだな、今までの連中よりよさそうだな、と彼はいった。彼がここのところ週末を二回続けて同じ婦人と過していることを私は知っていた。

コンティと別れてからも私は時々コンティのことを思い出した。そんな時私はこれから先何十年か経ってコンティと再会することをいろいろと想像することがあった。たとえば――その後彼の壮図は失敗に終り、彼は貧しいが性的魅力に溢れたイタリア娘と結婚している。そして私が再会した時そのイタリア娘はもう肥って容色も衰えた古女房となり、彼はその女房の尻に敷かれてどこか小さなホテルのボーイ長か、場末のホテルのマネージャーをしているのだ……

私は老温泉医と話しているうちに、このコンティのことを思い出していた。老医師が郷愁を寄せて語るかつてのカールスバートの雰囲気に、コンティが週末の夜、燕尾服に身を固めホテルの華やかなダンス・ホールに、壮図を胸に秘め、情事を求めて姿を現したあの南独の温泉町に通じるものを感じたからかも知れない。

私たちは九時頃まで喋って別れた。私はすぐそれから自室に引揚げ、寝巻に着替えてベッドに横になった。疲れた身体にアルコールが快く行きわたっているのが感じられ、間もなく私は眠ってしまった。

次の朝私は八時に目覚めた。アルコールのお蔭で熟睡できたせいか、爽快な目覚めであった。ホテルの食堂で朝食をしたためると、私はチェドックに行って、翌日のマリエンバート行きの汽車の時間を確かめておこうと思いたった。カールスバートに二泊したのち、マリエンバートに一泊して、プラーク経由でベルリンに帰ることに、私は予定を組んでいたのである。

ホテルの受付でチェドックの在処(ありか)を教えてもらって私は外に出た。チェドックは町の中心部にあった。開いたばかりで、中にはまだ一人も客がいなかった。ふと私は受付に、昨日私をホテルまで案内してくれた女子学生を見つけて驚いた。

「お早う(グーテン・モルゲン)」と私は近づいて行った。「お早うございます(グーテン・モルゲン)」と彼女はいってから、私だということに気づくと驚いたように目を見はった。

「昨日はどうも有難う」と私はいった。「お蔭で助かりました」

「いいえ」と彼女はちょっと顔に含羞を浮かべていった。

彼女は私の質問に実に親切に答えてくれた。時刻表を開いて、午前中のマリエンバート行きの汽車の発着時刻を全部メモ用紙に親切に書き抜いてくれたばかりか、昨日私が降りた駅と違う駅から出るから間違いないようにといって、その駅への行き方まで、地図に書いて教えてくれた。

午前中、私は文房具店で求めた地図をたよりに、カールスバートを囲む山の一つに登った。そして頂上からカールスバートの全景を見おろしながら、町の食料品店で求めたパンとチーズとハムと牛乳で昼食をしたためたのち、林間の小道を辿ってまた町に降りて来た。町に着いた時はもう三時を過ぎていた。それから私は二時間ばかり、土産物店をめぐり歩いた。できたらボヘミアのカット・グラスを何か記念に買いたいと思ったが、いいものはどれも高くて、一月後に迫った帰国にかかる色々な経費のことを考えると、買う決心がつかなかった。散々迷った挙句、私はベルリンで留守番をさせている妻と日本にいる母と妹のためにガラスの首飾りを買い求め、子供には、ボヘミアの王様の人形を買い求めた。それは極彩色に塗られ顔が滑稽に描かれているので子供が喜びそうな木製の人形であった。

それから私は、土産物店をめぐり歩いている時に見つけた古本屋へ行ってみることにした。もしかしたらドイツ語の珍しい本があるかも知れないと思えたからである。

古本屋は間口が五間位あり、奥行きも同じくらいある相当大きな店であった。古本屋の雰囲気というのは万国共通である。空気に澱んだ匂いまで同じなのだ。

私の予測はあたっていた。奥の壁は全部ドイツ書だった。私はふとその書棚の前に立っている女性が今朝チェドックで偶然に再会した女子大学生であることに気づいて驚いた。この小さな町でドイツ語が私たちの邂逅の仲だちをしているのだ。

「今日は」と私はそばに立っていった。

「よく会いますね」

彼女は私の方を見て、同じように驚いていった。

「本当に（ヴィルクリッヒ）……」

「お勤めはもう終ったのですか」と私が聞いた。

「ええ、五時で終りなのです」と彼女はいった。

それからしばらく私たちは黙って本を眺めていた。

「ドイツ文学がお好きなのですか」と彼女がいった。

「ええ」と私は答えた。

「あなたもですか」と私が聞くと、「ええ」と彼女は答えた。

「とっても好きといっていいかも知れません」

「四五年前までは、それは珍しい本があったのです」としばらくして彼女はいった。

「たとえば」と私がいった。

「カフカの〈変身〉の初版本だとか、シュティフターの一番古い全集本などが安い値段で買えたんです」

「そうですか」と私はいった。それは充分あり得ることだろう。この辺には昔ドイツ人が多くいたことだろうし、従ってドイツ書も多くあったのだろう。戦後それらのドイツ書が捨値同様の値段で古本屋に出廻ったということは充分にあり得ることだ……。

「しかしそのうちドイツからそれに目をつけた商売人が入って来て、珍しいものはみんな買い漁って行ってしまったのです。だからこの頃はもう珍しい本はほとんどなくなってしまいました」

そういって彼女は腕時計を見て、

「汽車の時間が来てしまいました。あなたは明日マリエンバートへ旅立たれるのですね。ではよい旅を」といって、私に初めて手を差し出し、私と握手を交すと、立ち去ってしまった。

私は店が閉じられる六時まで残ったが、少女のいったように、珍しい本は一冊もなかった。

東独からの旅行者が売り払って行くのか東独版の本が多かった。しかもそれらの本の値段は換算してみると、東独のそれと比べて決して安くなかった。私は帰りの汽車の中で読むために、アウフバウ版のハインリヒ・マンの小説『臣下』を買って店を出た。

夕食を私は、午前中山に昇る時に見つけた、町の外れにある豪華なホテルでとろうと思った。値段は少し高いかも知れないが、カールスバートで過す最後の夕べを記念して今晩はそこで食べてみよう、と見つけた時から思っていたのである。テプル川に沿ってどこまでも歩いて行くと、こんもりした闊葉樹林が現れ、その林間からそのホテルの正面が覗いて見える。背後には山があって、そのホテルは自然の懐ろに抱かれているようであった。

私は制服姿のボーイに迎えられてホテルの中へ滑るように入って行った。これは間違いなく、等級でいえばデラックス級のホテルであった。私は皺の寄ったズボンに少し気おくれを覚えながら、食堂の場所を確かめ、奥へ入って行った。

食堂は建物の外観を裏切らず豪華で立派だったが、ひどく混んでいて、一人も客が坐っていないテーブルを見つけることはむずかしかった。最近新装したらしく、壁や絨緞やカーテンが新しかったが、どこか安っぽい感じがするのを免れなかった。団体客らしい婦人の一団の新しいがどこか野暮ったい服装がその印象を更に強めた。

私は隅の方に、六十過ぎくらいの婦人が一人だけ坐っているテーブルを見つけ、そこに坐ることに決めて近づいて行った。

「ここに坐っていいでしょうか」とドイツ語でいうと、「どうぞ（ビッテ）、どうぞ（ビッテ）」というドイツ語の返事が戻って来た。私の予想に違わずその老婦人はドイツ人だった。

メニューの品目はホテル・オデッサとさして変りはなかった。値段もほとんど変りはなかった。私は見込み違いを感じた。やがて注文をとりに来たボーイに、私はハンガリー風のビーフ・シチューと野菜サラダとビールを指定した。老婦人は、アペリチーフを何か一つ選んだのち、ローストチキンと野菜サラダを注文していた。

私たちは食事をしながら話を交すようになった。

その老婦人は東ベルリンの人だった。彼女は壁が出来る時に逃げたまま西に居ついた末の息子と逢うために、こうしてはるばるとこのチェコスロヴァキアの温泉町に出かけて来たのだった。これまで東ベルリンを訪れることを許されなかった西ベルリン市民が、クリスマスと復活祭に限り二十四時間という条件つきで東ベルリンの親類縁者を訪ねることができるという交渉が成立したのはその年であったが、彼女の息子は逃亡者と見做されて政治的犯罪者として登録されているために、折角のその機会を利用することができないのであった。だから二人が逢えるのは、第三国、それも東独の人が行ける国となれば、東欧の国々に限られるわけだった。

息子が西へ行ってから初めて、二年前に彼女は息子とプラークで逢った。日時をあらかじめ打ち合わせて、プラークで一週間を過したのである。その時はまだ高等学校の先生をしていた夫が健在だったので、彼女は夫と二人でプラークへ行った。息子が技師の国家試験に通ったお祝いに逢ったのであった。今度は息子が結婚したので息子にたのんで妻を引き合わせてもらうためにやって来た。息子夫婦が希望したのでこの地を選んだ。夫が息子と再会してまもなく脳溢血で死んだので、夫に息子夫婦を見てもらえないのが残念だ、と彼女は無念でならないようにいった。

息子さん夫婦はいついらっしゃるのですか、と聞くと、今日の午後か明日の朝ということになっているのですけど、と彼女は少し不安そうに答えた。東独を汽車で通過するのは息子にとっては危険なので、プラークまで飛行機で飛び、プラークから汽車で来ることになっています、と彼女はいった。

彼女は息子のことが気になるらしく、時々そっと食堂の入口のほうに目を遣っていた。ひょっとすると息子夫婦は来ないのではないか、という気が私にはした。

八時になると私は引揚げることにした。すると彼女も一緒に立った。

「息子さん夫妻はやはり明日見えるのでしょうか」と私がいうと、

「そうかも知れません」と彼女は気がかりそうにいった。

ロビーで私は握手をして彼女と別れた。彼女はそれからまっすぐ自室へ戻らずに、何かを確かめるためらしく受付へ行った。外は漸く薄暗くなっていた。

ホテル・オデッサに戻ると、私は睡眠剤の代りにまた昨日のようにウォトカを飲もうと思って、食堂に坐った。昨日の老医師がどこかに坐っていないかと思ってあたりを見廻したが、どこにも見あたらなかった。昨日せき込んでいたが、風邪をこじらせたまま寝込んでしまっているのかも知れない、と私は思った。私の頭に、時々烈しくせき込みながら、寝台に横たわっている老人の姿が浮かんできた。彼を確実に待っているものは死だけなのだろう。きっと世話をしてくれる人は誰もいないに違いない、と私は思った。

十時近くまで私は食堂に残ってウォトカを飲んでいたが、老人は遂に現れなかった。

〔昭和42（1967）年12月「形成」29号 初出〕

独身者の憂鬱

第一章

その話を出水湧治はいい折にいい話が舞い込んだものだと思った。

出水湧治の五年先輩にあたる、顔見知りの高崎という、都内のある女子大の助教授がフンボルト財団の留学生で西ドイツへ出かける一年間、彼が住んでいる住宅公団の経堂のアパートに留守番として住んでもらえないか、というのである。

大学院に進学したのを機会になるべく早い時期に出水湧治は家を出ようと思っていた。その年の秋には長兄の健治が結婚して母と一緒に住むようになるから、この際家を出て下宿生活に切り替えようと思っていたのだ。

長兄が十何回か見合いをしてようやく気に入った相手にぶつかり、いよいよ秋に結婚すると決った二月に、すでにその気持は彼の心に芽生えていた。

長兄の結婚話を持ち出したのは彼だったが、もとはといえば大学最後の春休みに化学会社に勤めている次兄の康治を九州旅行の途中福岡に訪ねた時に、こう忠告されたからである。

「兄貴も早く結婚させないといけないな。結婚には時期というものがあるからな。それを逸すると結婚できなくなってしまう。兄貴はもう三十歳だろう。ここ一、二年のうちには結婚させなくっちゃ」

「本人もそういってはいますよ。三並びになる前には結婚しなくてはならんな、なんて」

「三並びって何だい」

「三十三歳のことですよ。三並びになるまでに結婚しないといけないという迷信があるらしいんですね。それを会社で女の子にいわれて、ちょっと気になって来たらしいんだな」

「そりゃあ、いい傾向だ。なるべくお母さんにけしかけて、お見合をたくさんさせて、早く気に入った相手を見つけて結婚させてしまうことだよ。別に心に決めている女もいないんだろう」

「いないらしいですね。時に康治兄さんが結婚したのはいくつでしたっけ」

「俺か。二十六だ」

「あの時健治兄さんはちょっと寂しそうな顔をしていましたね」

「そうかな。気がつかなかった」

康治は大学時代アルバイト先で知り合った女子大生と恋愛に陥り、大学を卒業して旧財閥系の化学会社に入社した翌年の秋に結婚し、今では二児の父親となっている。

「あの兄貴は堅物で、遊ぶことも知らないらしいから、早く結婚させないと可哀想だよ。大体女親というのは男の性欲を知らないから、兄貴が結婚は靖子がしてからでいいなんていうと、それを真に受けるところがあるんだからな」

靖子というのは妹で、長兄とは一まわり年が違った。健治は靖子が片づくまでは長兄としての責任上自分は結婚できない、と口癖のようにいっていたのだ。

「もっともこの頃大分考えが改まったようですよ」と湧治は答えた。「会社でこの間もオールド・ミスターという言葉があることを教えられて、ショックだなんて家に帰っていっていましたからね」

「オールド・ミスター、それは初耳だな。九州にはまだ上陸して来ない言葉だな」

「いや、東京でも別にまだ流行っていませんよ。ただ兄貴の課に入って来た学習院大学の仏文科を出たとかいう女の子が、そんなことをいって兄貴をからかったらしいんですよ。戦後派の教育を受けた娘の典型のようだけれども、憎めない、実に可愛らしい子だなんて、いっていたから、兄貴も満更じゃないらしいけれどもね。なかなか面白い子らしくてね、この間も課長が、こんなところで女の子は愚図愚図していないで早く結婚する方がタメだよといったら、階段でだったそうだけれど、たまたま手にしたカレンダーをまるめて、課長の禿頭をポンと叩いて黙って行ってしまったんで、課長はポカンと口を開いて突立っていたという話ですよ」

「そういう女の子がこの頃出て来たっていう話だな」

「それがね、何とか元帥の孫娘ということですがね、愛嬌があって、女らしくしとやかなところもあるので、結構評判がいいんだって」

「兄貴、その女の子に気があるんじゃないか」

「うん、もしかするとそうかも知れないな。今まで気づかなかったけれど、夜酒を飲むと、その女の子の話をしていますからね」

「ともかくおふくろにいっておけよ。早く結婚させろって。お母さんは長井さんなどを念頭においているらしいけれど、もう時代は変って来ているんだからな。終戦後十三年経ってこの変りようだから、これからどんなに速いテンポで変るか分りはしない」

長井というのは、海軍の将官だった外祖父の親友の独り息子修一のことだった。その修一に湧治の母の邦子が世話をして、彼女の女子大時代の同級生の妹が嫁いでいる。外祖父の友人長井は、外祖父と同じ時期に海軍省から巴里に出張させられたが、ちょっとした風邪が原因で一人息子と四人の娘を日本に残したまま巴里で客死してしまった。親友の死水を取った湧治の外祖父は息子の顔を見たいという親友の老母のたっての希望に従い、遺体を茶毘に付さないで、その頃の巴里にあると伝え聞いた一種の人間剝製屋を捜しあてて、長井少佐の遺体を剝製にして、日本に送った。

その後外祖父は故少佐の遺族たちの相談に何かと乗り、たった一人の跡取り息子の修一が海軍兵学校へ進んで亡き父のあとを嗣ぎたいというのを反対して、旧制高校へ進むことを切に勧めた。親友の遺した独り息子を死と隣り合っている職業軍人にさせたくなかったのである。その結果長井修一は私立の七年制高等学校を経て帝大の工学部を卒業し、ある財閥系の化学会社に就職した（湧治の次兄がその化学会社に入ったのは当時専務だった修一の紹介によるものだった）。彼は四人の妹を無事結婚させるまで自分は結婚しないと長井家の刀自であった祖母と、若くして未亡人となりこの姑に仕えた母に誓い、その誓いを忠実に守った。末の妹を結婚させた時、彼はすでに四十歳になっていた。祖母はもう亡くなっていた。

それから長井家の嫁捜しが始まった。若い娘を望んだので嫁捜しは難航したが、湧治の母の同級生の妹で同じ女子大の国文科を卒業し女学校の国語の先生をしていた女性を世話したところ、その女性がすっかり気に入り、無事結婚にゴール・インした。その時長井修一は四十一歳、相手の女性は当時としては大分婚期に遅れた年齢であったが、それでも二十六歳であった。結婚後しばらく子供ができなくて、この縁談の世話をした湧治の外祖父や母の邦子をヤキモキさせたが、結婚後三年目にひょっこり妊娠し、男児が生れ、そののちはまるで道が通じたとでもいうように、男の子が一人、女の子二人の子供が次から次へとできた。夫婦仲は円満であり、未亡人と嫁との関係も、それ以上望むべくもない程順調で、結局修一の母にあたる故長井少佐の未亡人は喜寿の祝いを済ませた二年後七十九歳の高齢で、長逝した。

その喜寿の祝いには、祖父母はもう死んでいたので、湧治の母が招待を受けて出席したが、未亡人の頭はまだまったくといっていい程ぼけておらず、湧治の母に、あなたのお父様のお蔭で修一は軍人にならないで済み、終戦後もそんなに苦労しないで済んだ、四人の娘たちも大変幸せな結婚生活を送っている、わけても修一は嫁との間にいい子供たちに恵まれ、まったく満ち足りている、これというのもあなたのお父様やあなたのお蔭だと思い心から感謝している、とあらたまった調子でお礼の言葉を述べたそうだった。

そんなことがあるので、逓信省の局長をしていた夫を昭和十八年肺炎で失い四十代で未亡人となった湧治の母は、国立の商科大学を卒業して海上保険の会社に入った長男の健治が、妹の靖子が結婚するまで自分は結婚しないというのを、健気に思う一方では当然のことのように聞いているところがあった。それを康治が湧治に指摘したわけである。

湧治が母に、先輩に頼まれたから住宅公団の経堂の団地に留守番に住もうと思うが、という話を、もう話を決めてしまってから切り出すと、母は気の毒そうな顔をしていった。

「そんなに気を遣わなくともいいのに。曜子さんもそのつもりで来るんだから、あなたは今までのまま住んでいればいいじゃないの」

「別に気を遣っているわけじゃありませんよ」と湧治は答えた。「一人になって、少し勉強に精を出したいと思ってね。僕は地方に出るのが嫌だから東京に残っていたいんだけれど、そのためにはいい修士論文を書いて博士課程に残してもらわないと東京の大学を世話してもらえないんです。だから勉強してどうしてもいい論文を書かないといけないんだ。家にいると気が散ってなかなか勉強に専念できないものだから、この話に乗ろうと思うんですよ」

それはその通りだった。湧治の一家は仲がよく、母が楽天的で明るい性格だったから、いつも夕食後話の花が咲き、その団欒の楽しさを振り切って湧治は自分の部屋に戻ることがなかなかできない。そんな時湧治は家庭の幸福は男の仕事の敵だとよく思った。もっともそう思ったすぐあとで男の仕事とは一体何だろう、と考えるとまったく分らなくなってしまった。

元々湧治は二人の兄たちのように会社に就職するつもりはなかった。彼は自分の性格では会社や官庁のような大きな組織の中に入っては決して満足な勤めができないと思い込んでいた。まず確実にノイローゼに陥り、廃人同様の人間になってしまうと信じていたのである。彼は高校時代の終りの二年間赤面恐怖症と被害妄想が結びついた恐ろしいノイローゼを経験していた。それでなるべく人とつき合わないで済む職業につきたいと思っていたのだ。第一志望の大学に落ちて一学期だけ東京から汽車で二時間かかって通学する地方大学の医学部進学課程に籍をおいたのもそのためだった。どんな世界に入ったって人間関係がないということはあり得ないだろうが、専門職の医師になったら、会社や官庁に勤めるのと比べると、ずっと稀薄な人間関係を結ぶことで済むだろうと思ったのである……

秋に湧治が医者になるのを止めたといって、折角入った地方大学の医学部進学課程を退学し、次の年の四月に首尾よく、前の年受けて落ちた大学の、主として文学部に進学する課程に入ると、母親の邦子は、文学部などに進学し、これから先どうやって食べて行くのだろうかと不安がり、何とかして上二人の息子のように安心できる大会社か銀行に就職してくれないかと願っていた。文学部というと彼女にはただ不安だけが先に立ち、文学を貧乏と不幸の代名詞のように考えているところがあり、役人か一流会社の社員になってくれれば彼女はもう安心なのだった。

その点は長兄の健治も同じで、湧治が医者になる道を本当に放棄し、文学部へ進む決心であることを途中で明らかにすると、厄介な重荷を背負い込んだものだと思ったらしいが、一年遅れて最初落ちた大学へ湧治がどうやら入ると、鷹揚な家長よろしく、「まあ、好きなところへ行くのが一番かも知れない。その代り一生貧乏は覚悟でいろよ、いざという時は俺が助けてやるからな」といったものだった。

大学院の修士課程の研究テーマを彼はフランツ・カフカの文学ということにしていた。そして自分ではカフカ研究者の端くれになったようなつもりでいた。小説家になりたいと考えて文学部に進学するコースに入ったのは遙か遠い昔の夢に過ぎないことが分って来ていた。彼はもうall or nothingの結果しかない、危険で、非情な作家志望の道をきっぱりと捨て、大学の語学教師をしながら、彼が親しみを感じているカフカの研究を手がけるつもりでいた。

だが彼は情熱をもって研究に励んでいるわけではなかった。そしてたまには何の情熱にも胸を焦がされることのない生活というものが、ひどく味気なくつまらなく思われることがあった。そんな時湧治は恋愛に身も心も焦がされたいくつかの時期を永久に失われた青春のように思い出した。幸福というものが魂と肉体がある情熱に完全に支配されている状態をいうのだとすれば、自分はその幸福からまったく見離されてしまったのかも知れない、と彼は思ってしまう。この頃では女性を見ても全然といっていい程湧治は心を動かされなかった。性欲にも余り苦しめられない。森鷗外の「キタ・セクスアリス」で性欲を虎に譬え、「世間の人は性欲の虎を放し飼にして、どうかすると、その背に騎って、滅亡の谷に墜ちる。自分は性欲の虎を馴らして抑へてゐる」といった箇所を湧治は記憶の中に留めていたが、自分の性欲はもう虎ではなくて飼い猫位ではないかと思えて来る程だった。しかしまだ二十四歳だったから、青春を卒業してしまったというには余りに早過ぎた。教養学部から進学して来る学生の中に、五、六人女子学生が混っていたが、どの学生にも湧治の心を惹くような可能性は感じられなかった。ちょっと可愛い研究室の女の子は博士課程の学生と婚約中だった。

湧治は恋には不運な男だった。少くとも自分ではそう思っていた。今まで実った恋愛は一つもないのである。

湧治は非常に早熟なタイプに属し、幼稚園の生徒の頃にもう同級生が好きでたまらなくなった。その感情に性欲の要素が入っていなかったとはいえない。なぜならその頃の彼のひそかな希求は、一度その女の子とお医者様ゴッコをしてみたい、そして彼女の身体の隅々までを診察してみたい、ということだったからだ。それから幼い湧治はもう自慰を知っていたが、自慰をするたびにその女の子のことを考えていたからである。いつの日か彼女と結婚する時のことを色々空想して自慰に耽っていると、法悦の極致（もちろんそんな言葉をその頃知っていたわけではないが）にいるような気がしたからである。

それからも湧治は自分の好みに合った美少女を見かけると、いとも簡単に好きになってしまった。多い時は年に二、三回相手が変ったから、そんな子供じみた恋を一々述べていたらきりがない。そうした枝葉末節めいた恋は別として、湧治が生れて初めて真剣な恋をしたのは、高校二年の時に入って来た新入生の中の前田玲子という一人の少女に対して燃やした恋だった。

それは熱病のように激しい恋で、彼の創作欲が一番盛んで豊かだったのもその時期だった、と彼は思っている。その頃湧治は小説よりも詩に惹かれていて、短篇小説も書くには書いたが、詩を書く方が多かった。そしてその少女への恋に陥った最初の一年間だけで彼が書いた詩はノート二冊に達し、しかもそのノート二冊の詩はすべてその美少女に捧げられたものだった。

相手はどうかというと、玲子も彼を憎からず思っていた。というのは、高校三年になって勇を鼓して恋文を書いた彼に、相手はちゃんと返事をくれ、彼の大学の受験が終ったら交際したい、といって来たからである。この恋がなぜ実らなかったかというと、その責任は挙げて自分にある、と湧治は思っていた。なぜなら翌春湧治が第一志望の大学に落ち、第二志望の東京近県の大学の医学部進学課程に入ってからも、目的の大学に入れなかったというコンプレックスに囚われ、愚図愚図してしばらく手紙を出さなかったからである。しかも半年後、玲子が父親の転任で札幌へ行ってしまったのを知ってからも、玲子が大学に入った湧治の連絡をしきりに待っていたという話を、偶然に玲子の女友だちから聞かされたのに、何もしようとしなかったからである。もちろんそれには理由があった。その大学に入ってから十日と経たないうちに四十五人定員の医学部進学課程に一緒に入った女子学生五人のうちの一人に、湧治が新たな情熱を燃やすようになってしまったためである。

鵜川知子というその女子学生は見るからに女医タイプの女性だった。そんなタイプを好まない湧治がどうして心を惹かれるようになったかというと、ふだん太縁の鼈甲色の眼鏡をかけている知子が、たまたまその眼鏡を外した時に見せた素顔に、ひどく心を奪われてしまったからだった。彼女はふだん決して眼鏡を外したりしなかった。それなのに彼女の素顔を見ることができたのは、男子学生の身体検査日に風邪を引いてしまって欠席した彼が、女子学生の身体検査の日に受けるようにいわれて、知子と同じ時に眼科の検査を受けるようになったからだった。

その時湧治は思いがけなく知子の素顔に接することになったのだ。そして眼鏡をかけた時の知子からは到底想像することも困難なような、あどけない容貌にすっかり心を奪われてしまったのである。近眼のせいか（しかしもちろんそんなことを湧治は考慮のうちに入れなかった）遠くの方を、まるで永遠を見るように眺める眼差には譬えようもない魅力が宿っているように見えた。そして今までは気づかないでいたことだが、知子がやさしい口もと、真白な整った歯並び、形のよい鼻、公卿の女を思わせるような、いかにもおっとりしたさがり加減の眉毛をしていることにあらためて気づいた。二言、三言口も利いたが、言葉遣いも、声も、湧治の理想にぴったりだという気がした。

眼鏡をかけた女というのは論外だという先入観があったにもかかわらず、そうした先入観はまったく雲散霧消して、その時から湧治は眼鏡をかけた知子の顔、知子の姿、知子の形のよい脚、ふっくらした胸のあたり、肉体の豊かさを感じさせる腰のあたりにすっかり心を惹かれるようになってしまった自分の不思議な心の動きをまるで自分自身にも信じられないような気持で眺めていた。人間の心はまったくあてにならないものだ、と湧治が思うようになったのはその時からのことだった。もっともその思いは間歇的に現われるだけで、しかも都合の悪い時には決して彼を襲いはしなかったけれども。

やがて生物と化学の実験の時間に知子と同じ机に配属されたのを、湧治は僥倖のように思った。しかし本当はそれは僥倖でも何でもなかったのだ。それは湧治の姓である出水と知子の姓である鵜川とが同じア行に属していたということに過ぎなかったのだから……

湧治は実験が下手で、しかもその上予習をよくして来なかったから、いつも遅れがちで、大抵は隣の知子に手伝ってもらう羽目に陥ってしまった。知子は眼鏡をかけていると、湧治が一度垣間見た素顔が信じられないように、女医然とした、あるいは女史然とした顔になってしまい、とてもこわい印象に存在全体が集約されてしまったが、実際に接してみると、文字通り素顔の方が真物で、気はやさしく、手伝い方も親切だった。そしていくら手伝ってくれても全然恩着せがましくなく、湧治の心の負担にならないように細かい気を遣ってくれるデリカシイに満ち溢れているような気がした。

……そして湧治は知子に恋するようになってしまったのだ。しかしそれはもう高校時代玲子に対して抱いたような精神的な愛ではなかった。高校時代、湧治は熾烈な肉欲に悩まされていた。それを解決する方法は、中学三年の時同級生から借りて来たヴァン・デ・ヴェルデの『完全なる結婚』を興奮して読むうちに自然に体得した自瀆によるよりほかに方法がなかった。日に二回手淫によって射精しないと身体がもたない感じだった。高校二年の初夏新宿の赤線地帯に娼婦を買いに行こうと決心した友人がいて、一緒に行く気はないか、と湧治を誘ってくれたが、彼は断わった。何よりもまず、病気が怖かったからだが、金を出して女を買うという行為を認めることが、倫理的にできないような気がしたのである。しかし友人のしたことに対しては好奇心があったし、友人の行為そのものを責める気は毛頭なかった。

友人は彼に娼婦を買った時の経験を話してくれた。彼は新宿の赤線地帯の近くで、自分の好みに非常に合った街娼に声をかけられたので、その街娼を抱くことに決め、彼女の住いへついて行った。アパートの四畳半が住いで、煎餅蒲団が一枚敷かれてあるだけだった。女はネグリジェに着替え、彼はパンツ一つになった。女は彼に病気は大丈夫だけれど子供ができるといけないから、といってコンドームをつけてくれた。女を抱くと、二人の姿が写るような位置に鏡台が置かれてあって、自分たちの姿態を観察することができるようになっている。鏡を見ながら友人は、自分は生れて初めて女を抱いているのだという感慨に打たれないではいられなかった。四分後に（彼は時間を計っていたのだ）射精し、割増料金をはたいて友人はもう一度女を抱き、十分後に再び射精し、女と握手をして出て来た。

その話を友人がしてくれたのは、その翌日だったが、湧治はそのまた次の日、友人が淋病には絶対に罹らなかったと報告したのを聞いて、友人と祝福の意味を籠めて握手をした。二週間後に、湧治はもう一度友人と握手をした。梅毒の兆候も出ないようだ、と報告してくれたからである。

その頃の湧治は自瀆する時、恋していた一年下の玲子を決して思い浮べたりしなかった。彼はひそかに手に入れたヌード写真や、小説のエロティックな描写や、雑誌の「夫婦生活」などを読んで自瀆したのである。玲子は純粋に精神的な存在であらねばならなかった。肉の妄想によって汚されるような存在であってはならなかった。仮に結婚したとしても、玲子とは兄妹のような純潔な生活を送ろう、と湧治は思っていた。数年前情死したある作家の小説を読んで、肉の交渉を伴わない愛は虚妄だ、という意味の文章に接した時、湧治にはその文章がどうしてもよく分らなかった。自分の玲子への愛は肉の交渉を伴っていないが、決して虚妄ではない、と思ったからである。

しかしそれはその当時のことである。湧治はもう肉の裏付けのない愛を信じてはいない。だから彼は知子が好きになると、知子の肉体も愛したいと願っていた。ただそれが想像の段階に留まっているだけだった。湧治には知子にデイトを申込む勇気さえまだ欠けていたのだ。

知子が眼鏡をかけ、しかもそれを人前で外さないでいることは、彼の気に入っていた。眼鏡を外さないというのは、単に知子の近眼の度が強いという、ただそれだけのことを意味するのかも知れなかったが、しかし湧治には、知子が素顔をかりそめには他人に見せない意図の象徴的な行為のように見えた。太縁の鼈甲色のいかつい眼鏡に隠された、あどけない、そして両の瞳に神秘的な深遠さを宿している知子の素顔を知っているのは、今のところ自分だけなのだ、少くとも知子の肉親を除いては自分だけなのだ、と湧治はよく思った。

もし彼女への恋が実り、彼女と結婚したら自分は閨房で彼女に眼鏡をかけるのを決して許しはしないだろう。自分のかたわらに横たわっている知子は眼鏡を外した素顔の彼女だ。そして自分以外の誰もが、その時の知子がどんなにあどけない表情をしているか、両の瞳はどんなに神秘的な深遠さを宿しているか知りはしないだろう。それを知っているのは自分だけなのだ。眼鏡は彼女が素顔を湧治だけの独占物にしておくためにかけている仮面なのだ……

そんな妄想にしばしば湧治は酔った。しかし彼は生物実験の蛙の解剖にどうにも耐えられなくなった。医者になるのを止め、一度失敗した第一志望の大学を受け直す気持になった理由の一つは、蛙の解剖が嫌では人体解剖はもっと嫌に違いない、それでは到底満足な医者にはなれないに違いない、と痛切に思ったからだった。知子と別れる(とはいっても、実験の時間のほかはまだ往きや帰りの電車で一緒になって話を交す程度だった)のが辛かったが、むしろ大学が違っている方が周囲の目を意識しないでつき合えるという利点があるように思われた。

事実次の春無事に目的の大学の入学試験に合格すると、彼は間もなく行われる文化祭には早速知子を招待しようと思い立った。それを実行に移すのは、人並み外れて内気な彼にとっては大きな決心を要することだったが、ともかくその計画を実現するために一晩がかりで彼は知子へあてて手紙を書いた。一字一字を書きながらも、当の相手を目の前にして書いているような気持になった。どうやら書き上げ、途中なくならないように書留にしたかったが、それもおかしいと思えたので速達にすることで我慢した。そして彼の期待は現実に報いられて知子からは承諾の返事が来た。速達ではなかったが、その時彼は天にも昇るような幸福感を味わった。これは陳腐な表現だがしかし、陳腐な表現が正確に事態を現わすということもあり得るものである。

文化祭には午後二時に正門で待合せして行ったのだが、その日のデイトは本当をいうと湧治を退屈させた。彼は知子にことあらたまった口しか利けなかったし、知子も同じだった。文化祭を見終ったのち近くの珈琲店で小一時間ばかり話をしたが、やはり改まった口調で通り一遍の話題を喋っただけだった。遅くならないうちに送り届けるのが礼儀だと心得て、湧治は五時前にその珈琲店を出ると、一緒に電車に乗り、一時間ばかりかかって知子の家の門の前まで送り届けた。

その日の逢びき（といえるかどうか分らないが）が気が重かったので、もう一度逢いたいという気持が正直なところ湧治には起らなかった。まったく知子との逢びきが実現するまでが花だったのだ。ところが一週間ばかりすると知子から流れるように書かれた、鮮かでやわらかな筆跡の分厚い封書の手紙が届き、それは、あの退屈だと思われた文化祭の午後がどんなに楽しかったかということを表現力に満ちた文章で書かれた手紙なのだった。湧治は被暗示性に富んでいたので、たちまち暗示にかかり、この恋愛はこれまでにしようと思っていたにもかかわらず、また続けようと思い立った。そしてすぐに返事を書いた。文通は二週間に一回位の頻度で交換されたが、内容はどれも自分でも莫迦莫迦しくなる程単純で、生真面目で、優等生的だった。

知子の手紙はいつも便箋で五枚位あったから大変だった。相手と同じ枚数の返事を湧治は出すことにしていたからである。二人の仲は実際は恋愛とは程遠いところにあった。それは疑似恋愛、架空恋愛で、そのかりそめの設定の中で、手紙という仮構によりかかって、文通して楽しんでいるようなものだった。一年もそんなことを続けていると、湧治は自分のしていることがだんだんつまらなくなり、返事を封書で書くところを葉書で書いたりした。それでも展覧会や音楽会に一緒に行ったり、喫茶店などで行儀のよいデイトを重ねたりしたが、そのどれも一向に面白くなかったので、二人の仲はそのまま薄れるばかりだった。一時は恋仲をお互いに仮想していたことがあったのに、接吻はおろか手を握ったこともなく何ということもなく遠ざかってしまったのだ。夢想の中ではもう何度も知子を抱いていたのに現実はそんな始末だったのだ。

湧治はあとで顧るたびに、自分は何とウブでだらしがなかったろう、と思った。そして女の子に気楽に話しかけることができ、すぐに女の子と親しくなり、肩などを叩き、デイトに出かけ、接吻はおろか、肉体関係に誘うことのできる男の存在を羨んだ。この世の中には女の子に永遠に内気な人間がいて、自分はその人間の一人なのだ、とつくづく思わないではいられない時があった。

入り直した念願の大学で、湧治は教養課程を終えると独文科に進んだ。独文科を選んだのは、中学校から勉強して来た英語よりも性に合うような気がしたのと、独文科なら大学院にさえ入れば戦後学制改革のお蔭で雨後の筍のように殖えた大学の語学教師の椅子に坐れる、そうすると高校の語学教師よりももっと時間に恵まれた安楽な境遇が得られるらしいということが薄々分って来ていたからである。独文科に進学したのち湧治はかなり真剣になって、大学院の入試に備えて勉強した。大学院に進めば地方の新制大学の語学教師になれるという内部事情がますますよく分って来て、どうにかして大学院に進学しようと決心したからである。その頃彼が一番の恐怖に感じていたのは、最初大学の入試に失敗したように、大学院の試験にも落ちてしまうのではないかということだった。大学院の試験はほかの大学の卒業生も受験に来るので結構むずかしく、現役で受けた者の半分位は落ちてしまい、大学院浪人になってしまうのだった。同じ大学の卒業生の大学院浪人は大抵研究生という身分にしてもらって、捲土重来を期して受験勉強をしていたが、次の年にまた受かるという保証はない。事実何回受けても落ちてしまい、とうとう受験を諦めて、研究室から去って行き、今はどうしているか分らない学生もたくさんいたし、実力はあるのに試験度胸がないのか、もう五度受けてもまだ受からないでいる大学院浪人もいた。その浪人はまるで幽霊のように研究室や図書館に現われ、原書を読んでいた。湧治はよく出くわした。出くわすと相手は丁重に湧治に挨拶をし、湧治も丁重に挨拶を交したが、そのたびに湧治は自分の運命の似姿と対面しているような気持になり、不吉な予感に襲われるのだった。

大学院の試験は二月にあったから、最初から就職は諦めていなければならなかった。就職口を確保して大学院を受けるというのは就職希望者の就職口を邪魔することになり仁義に反した。大体就職は困難を極め、まずちゃんとした就職は期待しない方がよいといわれていた。特に文学部などに行って、よい就職を望むのは、望む方が間違っているといわれていた。幸いに出来始めた民放の求人が文学部にもあって、文学部の就職も以前よりは少しましになって来たという程度だった。

しかし湧治が会社や官庁に就職するつもりのない点はこれまでと変りはなかった。彼は相変らず自分の性格では、会社や官庁のような大きな組織の中に入っても決して満足な勤めができないと思い込んでいた。うまく対人関係に適応できなくてそれこそ救いがたい程の神経衰弱に罹ってしまうだろうという予測は、もう彼の信念に近いものにさえなっていた。

彼は大学の語学教師というのはタクシーの運転手のようなものではないかと解釈していた。タクシーの運転手が主人公の映画を見て、その主人公が、タクシーは俺の王国で、俺はその王様だといった科白を覚えて、そう思ったのである。

大学の語学教師は教室という王国の王だろうか。少くとも第二外国語の教師はそうだと湧治は思っていた。謂わば語学知識の点では教師は教室で絶対君主に近い地位を保持していられるのだ。こと語学の力にかけては教師にとって学生などは赤ん坊の手をひねる位他愛ないものなのだ。そこにも人間的な関係が生じ得る可能性はあるだろうが、いわゆる対人関係の煩らわしさというものは余りないに違いない。もし幸いにして、単独の研究室が与えられるような大学に就職でき、授業時間以外は研究室に籠っていて、研究に従事しているか、あるいはしている風を装えば、人と会わないで済む。もし単独の研究室がなくても、教師の溜り場で、無難な茶飲み話をして、持時間の義務が終ったら、家で研究すると称してさっさと帰ってしまえばそれでいいのだ。変人と思われてもいいではないか。そんな風に彼は自分の未来の職業を考えていた。しかし嘗て苦しんだことのある赤面恐怖症も被害妄想も軽快し、その記憶に時たま苦しめられるだけに過ぎないものとなって来ると、湧治はそれを一頃自分の存在の基盤のように考えていたことが無意味なようにも思えて来た。そしてたまに大学院などへ行くのは止めて、普通の就職をしてしまおうかと考えた。少くともそうした方が、母は安心するに違いない、と思ったのだ。

しかし試験勉強の甲斐があったのか、今度は専門だけの試験だったのも幸いしたのか、無事に、所謂ストレイトで大学院の入試に合格すると、やはり湧治は所定の道を歩むことができるようになったのを喜んだ。そして長兄の健治も非常に喜び、蔭でひそかに母の邦子に、「これで湧治も何とか大学の貧乏教師として食って行けるようになるかも知れませんね。肩の重荷をどうやらおろした感じだ」と洩らしたというのを、あとで母から聞いて、これまで自分では意識していなかったことだが、そんなに長兄に心配をかけていたのかと気づき、済まなく思った。

高崎の住いに留守番に入るのは八月末からに決った。それまでは湧治も自分の家にいることにした。長兄が結婚するのは秋だったから、それまでに急いで家を出ることもないと思ったのである。

大学院の授業が本格的に始まったのは四月の下旬だった。しかしすぐに五月初めの連休でその一週間は休みのようなものとなってしまった。そして七月に入って早々、もう大学は休みに入っていた。長兄の健治はそんな湧治の生活を見て羨ましそうにしていた。湧治は奨学金を一万円もらい、家庭教師を三口程していたが、家庭教師の条件がよかったので、結構長兄の収入の八割位はもう取っていたのである。

夏休みに入って間もなく、湧治は高崎の住いに打合せかたがた招待されて、夕食を御馳走になった。３Ｋのアパートで、三階にあったが、団地の一番端の棟のせいか、風通しがすこぶるよかった。色々打合せをしたが、たとえばプライヴェイトな物は四畳半にまとめて入れておくから、それ以外の物は何を使ってもいいということだった。本の類いだとか、空にした書斎机とか、台所用品とか、電気冷蔵庫とか、ステレオだとか、ラジオだとか（高崎は嫌いなのかテレビを持っていなかった。湧治もテレビは嫌いだった）要するに四畳半に入れてあるもの以外は自分の物のように使っていいというのだった。

それで湧治は書斎机もスタンドも高崎のを使わせてもらうことにした。よかったら蒲団も使って欲しいという話だったが、それは湧治の方で遠慮した。だから湧治が引越す時に運送屋に運ばせたのは、自分の蒲団と、本の入った林檎箱二箱だけだった。

人の家に留守番に入ったのは、それが初めての経験だった。しばらくの間はどうも落着かなかった。そこで自由に振舞っていいのだということが分っているにもかかわらず、何となく腰の坐りが悪いのだ。

高崎の奥さんは非常に几帳面な人のようで、3Kのうち、荷物を置く納戸に変った四畳半を除いて、あと二部屋の六畳と四畳半は本当によく整理してあって、その点では気持がよかった。

学生の身分でこんな下宿にありついたのは、まず幸運といわなければならなかった。家から通っている者を除き、三畳か四畳半の下宿か、大学や県人会の学生寮の木造の薄暗い部屋に大抵混みで住んでいたりするのが、ごくあたりまえだったのだ。ここは二間のほかに小さなヴェランダがあり、台所と浴室があり、しかも一切の家具と生活用具がついているという豪華版なのだ、と湧治は思った。つまりヨーロッパでは一般的だという家具つきのアパートを借りたようなものなのだ。家賃は少し高いが、高崎から預っているレントゲン学校の講師給に湧治がしている家庭教師の一口分をたせば足りたし、民間の同じ設備のアパートを借りた場合と比較すればタダのように安いといえた。高崎は二十三回目の抽籤でようやくこの公団住宅にあたったといっていたが、それをそのまま借りるのが悪いような気がした。

湧治が住んでいた母の家は宏壮といっていい邸宅の付属屋だった。母屋の方も母の家だったが、終戦後このかたある銀行の倶楽部に貸してあるのである。

母の家というわけは、その家は母の両親のものだったが、数年前祖父、祖母が相次いで死んでしまってから、一人しかいない叔父が戦争中南方へ軍医で行き戦死していたので、母独りでその家を相続していたのだ。もっとも相続する時に、相続税が払えなくて四谷にあった湧治の父の家の焼跡を売ってあてたので、母はこの家はみんなの家だといっていた。

四谷の家が焼けるちょっと前に湧治の家は、目黒にあるその家に疎開を兼ねて移転していた。その頃はもちろん母屋の方に住んでいた(もっとも湧治は新潟県に集団疎開をしていていなかった)。ところが終戦後恩給が止って祖父母の家の経済が成り立たなくなったので、母屋を銀行に貸し、丁度それまで貸してあった家族が終戦で郷里の岡山に引揚げて暮すというので空家になった付属屋に移ったのである。

付属屋は八畳、六畳二間、四畳半、と三畳の五間あったが、湧治自身の居室は三畳だった。祖父母が死んだり、次兄の康治が九州に赴任して家を出て行ったりした時に、湧治は少くとも四畳半の部屋に昇格するチャンスを与えられたのだが、湧治はそれまでの三畳間に執着して、ほかへ移ろうとしなかった。彼はその三畳間を愛していたのである。三畳というのは便利な部屋だと思っていた。日曜大工で作った本棚は、本を取り出すのに余り身体を動かさないで済んだ。ベッドは押入れを改良して作ったものだが、疲れるとすぐそこに身体を横たえられるようになっている。ただその部屋が住み心地の悪くなったのは、隣にアパートが建てられ、そのアパートの二階に住んでいる家族が、しょっちゅう夜遅くまで麻雀をしたことと、東にあたっていたのでいつも朝は太陽が入っていたのに、まるで入らなくなってしまったことだった。

長兄の健治の結婚をチャンスに下宿しようと思ったのは、そんな理由もあったのである。

長兄は、湧治が家を出て下宿するということに対して相変らず釈然としないものを持っていた。

彼はある時茶の間に二人でいた時に、俺が結婚するために家を出るんだったら、そんなのは要らぬ遠慮というものだぞ、といった。

「そんなことはありませんよ」と湧治はその時答えたものだ。「そんなことは全然ないから、安心して下さい」

「そうか」と若い家長はいった。

「お母さんのことは引受けたからな。安心してくれ。俺が結婚しても、寂しい思いをさせない。もっともおふくろの方で、食事は一週に一回位一緒にして、あとは別にした方がいいなんて、物分りのいいことをいってくれているがね。まあ、台所もつけたことだし、生活時間も違うから、靖子が結婚するまではそれもいいと思っている」

「そうですね。そう思いますよ、僕も」と湧治は答えた。

健治は、祖父母の死後彼の部屋にあてられるようになった八畳間とその続きにある、弟の康治の部屋だった四畳半を新居にあてる予定でいたが、母の勧めでそのほかに、八畳間の前の一間廊下の突きあたりを利用して、小さな台所を作り、食事を別に作ることができるようにしていた。

湧治は小学生の頃から三畳を自室にしているせいか、高崎の書斎をそのまま受け継いだ六畳が広過ぎて感じられてならなかった。彼は小学校五年の時に敗戦を迎えたが、中学時代、友人たちには食糧難のほかに住宅難に苦しめられている者が多かった。個室がどうしても得られないので、押入れで勉強するようにしていた同級生の一人は、住宅難が解消して自分の部屋がもらえるようになった高校時代も、夜は押入れに入って勉強する方が精神が集中してよい、とある時湧治に洩らしたことがあった。

高崎の住いは規格通りの団地サイズだったが、湧治にはそれも余り気にならなかった。もっとも不要な家具などを一室に整理してくれてあったので、比較的空間が広く保たれていたのかも知れない。つまり湧治の生活している空間は普通の夫婦の日常生活が行われる空間とは等価ではなかった。

湧治の友人で大学時代に家族と共に団地のアパートに入った男が、こんなことを湧治に冗談めかしていったことがある。

「僕はね、団地サイズを発明した男を激しく憎んでいるよ。あれはひどい泥縄式の典型だね。上げ底式の誤魔化しの最たるものだね。あれで辻褄を合せてから、もうそれが当然至極のようになってしまったんだ。団地サイズを発案した男を、僕は極刑に処してやりたい位に思っているよ」

しかし湧治自身はその団地サイズの空間に於ける生活を結構楽しんでいたのだ。それどころか独りで台所・浴室つきのアパートに生活するのは大変優雅な生活だという気がしていた。大学院に出る日は、研究室の図書の貸出の管理をする当番にあたっている日を入れて週に三日間しかなかった。アルバイトの家庭教師と、帰国したら返すことを条件として高崎に譲られた、ある医科大学付属のレントゲン学校のドイツ語の非常勤講師は、原則として大学院に出る曜日をあてていたので、四日間湧治は家にいた。大学院には三日出たが、出ているのは外人講師のゼミと、指導教官の助教授のゼミと、主任教授のゼミの三つで、一日に一時間ずつという少さだった。まだ大学院は出来て間もなくで、学部に寄生しているような恰好だった。従って開講課目も少く、湧治の興味の持てるものといえば、その程度しかなかった。あとは研究室に併設されている図書室や、大学付属図書館で本を読んだり、同級生の連中と珈琲店で文学談義を交すような生活だった。それは湧治が神経衰弱の頃理想として思い描いていた非社会的な生活で、神経衰弱が軽快した今となっては、もっと手応えのある生活を味わいたい気がしないでもなかったが、しかし湧治にとってはかなり満足できるものだった。

アパートの時間は驚く程たっぷりあった。隣の住いには、高崎家に打合せのために訪れた時に、高崎から紹介されて挨拶してあったが、そのほかはことあらたまって挨拶もせず、階段ですれ違った時にだけお辞儀をした。あとはほとんど交渉がないのも同然だったから、湧治は文字通りの独居を楽しむことができた。

朝湧治は比較的早く目覚めた。朝食はトーストと紅茶で済ますだけだったから楽だった。栄養を考えて、それらに半熟卵と季節の果物をつけ加えることもあった。

高崎家の留守番に入ってから一ヵ月後に椿事が持ち上った。もっともそれは湧治にとって椿事と思われただけで、いってみれば何ということはない。高崎家で飼っていた金魚がどういうわけか一匹残らず、一夜のうちに浮上して死んでしまったのである。金魚の飼い方のコツは高崎の奥さんが書き残してあったので、それに従って飼っていたつもりだったが、どこか至らないところがあったのかも知れない。もしかすると数日前に入れた麩が多過ぎて腐ってしまい、金魚に有害な毒素を発生させたのかも知れない。

この金魚のことは引越して来るまで何も聞かされていなかったので、入った時にはちょっと迷惑に思ったものだった。まずこれでは長い旅行もできないではないかと感じた。しかしあとで書き置きをよく読むと、十日間位は何もやらなくても大丈夫です、一遍にたくさんやると、餌が腐ってかえってよくないようです、と書いてあったから(金魚が全部浮上した時湧治は嫌でも書き置きのこの件りを思い出さないではいられなかった)格別問題はなさそうだった。十日間以上旅行するような事態が生じたら、母にでも頼んで、掃除がてら一度来てもらって、餌をやってもらえばいいと思っていた。

十月の初めに兄が結婚してからも、結局一家は夕食は同じ食膳で食べるようになったらしかった。少くとも湧治が遊びに行った時はいつもそうした。表面的にはなかなか仲よくやっているようだったが、もちろん水入らずの時のようなわけには行かないと見えて、母は時々妹と二人で、湧治のアパートへ、洗濯や掃除をして上げると称して、遊びに来て、夕食を食べてゆっくりして行くことが多くなった。

むしろ湧治の方が自分の家へ行く頻度が落ちた。長兄は「一週間に一度位は顔を出せよ」といい、嫂も同じようにいってくれるが、何となく気が重い。嫂がいると、家の中がこうも他人行儀に包まれ、重苦しくなるとは考えもしなかったことだった。それに自分の部屋として当然そのままの状態にしておいてもらえると信じていた三畳間が、いつの間にか整理され、彼の愛していた押入れベッドは、襖も入れられてなくいつでも原型に復する状態にあったとはいうものの、嫂の嫁入り道具に付随した色々な雑貨品が入れられてしまっているのに気がついた時にはやはりいい気持がしなかった。兄夫婦の新居にあてられた二間に入り切れないのでそうするより仕方がないのだろうとは思ってはみたものの不快でならなかったのである。それを口に出していうのは差控えたが、それ以来湧治は家へ帰るのが嫌になってしまった。まるで帰るべき家がどこかへ蒸発してなくなってしまったような感じさえするようになっていた。

といっても、今のアパートが自分の棲家であると感じているわけではなかった。それは飽くまで一年という期限つきの仮住いに過ぎなかった。一年経ったら当然出なくてはならない。彼としては兄夫婦のいる自分の家にもう戻る気はないから、どこかで下宿するよりほかないと思ってみるが、それにつけても今住んでいる団地位条件のいい住いは、到底自分には与えられないだろうと思ってみる。

金魚の死体は全部で七匹あった。それを台所のごみを入れる蓋つきのバケツに捨てた時、ふと湧治は昔金魚がやはり一夜のうちに浮上して、庭の片隅に、兄二人と共に金魚の墓というのを拵えてそこに埋め、金魚の霊を弔ってやったことがあるのを思い出した。高崎に、もし子供がいたらこれらの死体をみてやはりきっとそうしてやるだろう、と彼は思った。しかし高崎には子供がいないし、たとえ一人位いて友だちを誘って埋めるにしても、この住いには庭がないから、金魚の墓を作る土はないな、と彼は考え直した。もし作るとしたら空箱に土でも入れて、ヴェランダにおき、それに埋めてやるより仕方がないだろう……

金魚については仕方がないので、近況報告かたがた、湧治は高崎にあててお詫びの手紙を書いた。

折返しボンから返事が来た。それには、金魚は妻が出発数日前に友人に預けて御迷惑をかけないつもりでいたのに、うっかり出発の当日になるまで忘れてしまい、止むを得ずお世話頂く結果になったもので、この件では大変御心配をかけて申訳ない、どうか御放念頂きたい、と書いてあった。

湧治の日常はまったく平坦で変りばえがしなかった。もしその平坦さを破るものがあるとすれば、さしづめ恋愛位しかないと思えた。全身を震撼させるもの、心を充実させるもの、といえば彼には恋愛しか考えられなかったのである。学生運動とか政治運動は自分にはまったく縁のないものだと思っていた。その世界にも当然権力闘争があり、角逐があるだろう。そういったものの存在を無視して、純粋な理想がいずれ実現されることのみを信じて挺身し、その運動自身の中に自分を埋没させることは到底できない、と彼は思っていた。その意味で、彼は自分をリアリストだと見做していた。

彼は文学部に進学したての頃顔見知りの自治会の委員の一人が喫茶店で仲間と声高に話している中で、こう喋っているのを聞いたことがある。

——何か一丁面白いことは起らないかな。滅茶苦茶に暴れまわれるような何かがな。昔なら当然もう戦争が起っている頃だものな。

ふだん教室を演説してまわり、戦争が近づいて来る危険を説き、平和を何よりも守る時だといっていた男だった。湧治はそれを聞いて、その男の正体を見たような気がした。

湧治が大学の一、二年生の頃はまた歌声運動が盛んな時期だった。ソ連や東欧圏は学生の間では共産主義の花咲いているユートピアのように考えられていた。この世の理想の社会がそれらの国々では実現していることを、歌声運動に従事している学生たちは熱っぽく話していたが、湧治はそれをまったくといっていい程信じていなかった。彼は人間の本性がそんな風に善だけで固まっているとは思っていなかった。さりとて人間の性が悪であるとも思っていなかった。人間の本性は善と悪の複合体で、悪をいかにうまく飼い馴らし、これをより高いものへの媒体となし得るかに、人間の生き方がかかっており、人間の営為の本質があると思っていた。それで一辺倒の生き方に与(くみ)することができないと思っていたまでである。しかし心の片隅で、湧治はそんな風に簡単に一辺倒になってしまい、ロシアの民衆音楽家のようにアコーディオンを肩から吊るし、周りに歌声運動を支持する学生たちを集め、ヴォルガの舟唄やソ連映画の主題曲などを、かなたの世界にユートピアが実現している国々があることを信じて疑わず、憧れを籠めて歌っている学生たちを、羨ましく思ってもいた。そんな風に簡単に信じ込むことができたらどんなに楽だろう、と考えていた。

だから大学二年、つまり昭和三十一年の十月ハンガリー事件が起きた時も湧治は驚かなかった。それは予想外どころか、湧治がとうに考えていたことだったのである。

湧治の今の考えはこうだった。数人の心を打ち明けて話せる友人がいて、彼らと酒を汲み交してうまい物を食べながら座談を楽しめる経済的な余裕があり、そのためにも時間がたっぷりあって、好きな本もまたそのたっぷりした時間の中でゆったりと読むことができれば、これ以上望むことはない。そして少くとも大学院にいる現在の湧治の状態はそれに近かった。先輩の夫婦が外国にいる間の留守番というはなはだ中途半端な状態で、夜遅くなって帰っても、住いの中はただ暗く、誰も迎えてくれる人はいない、という孤独な生活ではあったが、湧治はそうした生活にさしたる不平はなかった。

人生の無風状態が彼には性に合っているように思えた。恋の美酒に酔い痴れたいと思うこともたまにはあったが、しかし現実問題として、そんなに簡単に、自分を恋の美酒に酔わせてくれる女にめぐり合えるとは思っていなかった。自分からそれを求める気にはならなかった。めぐり合いを意志して求めるというのは不純ではしたないように思われた。それはある日突如として向うからやって来るものでなければならないと湧治はその点はロマンティックに信じていたのである。

それで湧治はじっと待っているより仕方がなかった。そして運命的な出逢いだとその当座は信じられたとしても、そうでない場合が多いから気をつけなくてはならないと思っていた。鵜川知子との出逢いがそうだったのだ。そう思っていながらも、彼は心の奥ではまだ知子に未練を感じていた。少くともあの頃は知子のことを考えると、心は甘美な期待で満たされ、未来が文字通り薔薇色に包まれて見えさえしたのだ……

その頃の同級生は、もう医学部に進んでいた。医学部に進む時にまた試験があったから（湧治が途中で医学部進学課程を止めた直接的な理由は、生物の実験のせいだったが、更にその試験に落ちるのではないかという不安が潜在的に大きな障害を占めていたようにも思える）、落ちてほかの大学の医学部に行ったり浪人した者もいたが、湧治が大学院に入った頃は、浪人は一人も残っていなかった。方向転換をしたのは、途中で退学した湧治一人で、あとはみんな医学部の学生になっていた。そして鵜川知子は優等生らしく、無事一回の試験で医学部に合格していてもう既に最終学年にいた。年に一回クラス会を開くと昔の同級生は彼をお客さんとして呼んでくれた。湧治はそんなクラス会にここ二年ばかりいつも出ていた。そしてクラス会の帰りに知子を珈琲店に誘えばよかったのかも知れないが、久しぶりに会った昔の仲間の手前、知子には無関心を装い、彼女と嘗てかなり頻繁にデイトしたことがあったのはまるで遠い昔の出来事のように素気なく挨拶を交し、親しくつき合った同級生たちと酒を飲みに出かけてしまった。

湧治が大学院の修士課程に入った年の春はそのクラス会の通知はなかった。湧治が高崎の留守番に入って二月ばかり経ったある日、ばったり国電のお茶ノ水駅で出会った昔の同級生の久本を誘って、駅近くの喫茶店に入って雑談した時、湧治がそれを話題にすると、一年浪人して医学部に入った久本はいった。

「今年はまだクラス会をしようという話は起らないようだね。浪人しないで入った連中は、最終学年で忙しくなったからね。もしあれば、当然君も呼ぶよ」

その時湧治は、話題を蚊取線香が辿るような螺旋状の動きを続けさせながら一番聞きたい知子の消息に近づけることができた。

そんな湧治の気持も知らない同級生はあっけないように湧治の質問に簡単に答えてくれた。

「ああ、鵜川さんか、あの人はね、今恋愛しているよ」

その瞬間湧治は後頭部を野球のバットでなぐられたような衝撃を受けた。しかし何気ない風を装って（演技は完全なつもりだったが）訊ねたものだ。

「それでどうなんだい。その恋愛の進行は」

「どうかな、余り詳しくは知らないけれどもね。相当進行しているらしいよ」

「相手は」

「二年先輩の男でね、読書会か何かで知り合ったとかいっていた」

「するともうインターンを済んだ人かい」

「そう、インターンを終ってね、今大学院で生化学を研究しているんだ」

どんな男かと訊ねてみようとしたが、それ以上聞くと怪しまれそうな気がしたので、湧治は止めにし、

「へえ、彼女がねえ」といったものだった。

その夜湧治はいつまでも眠られなかった。知子が恋愛をしているというニュースが彼の心の中に眠っていた恋にちょっと刺戟を与えたものと見える。湧治はウイスキーのダブルの水割りを作って、ようやく眠りに就くことができた。しかし湧治は夢の中で知子を見た。彼女は眼鏡を外して素顔でその恋人だという男と話をしていた。その男は最初誰だか分らなかったが、ようやく分ってみると、おかしなことに、一度紹介されたことのある知子の父親の外科医だった。

しかし一時息を吹き返したように見える、知子に対する湧治の感情の動きは、火消壺に入れられた熾が、蓋を開けられた際にちょっと外気に触れて、少し赤くなったようなものだった。次の日の夜になると湧治はもう知子のことを考えなくなっていたからである。

第二章

元旦は大晦日から泊りに行って目黒の家で過した。正月はみんなでしよう、と家長である長

兄から年末になって電話がかかって来たからである。

大晦日は長兄と酒を飲みながら除夜の鐘を聞き、それから六畳の茶の間に敷いてもらったお客蒲団に寝た。湧治は少し酔っているにも拘わらずなかなか眠れなかった。自分の家に帰ってお客蒲団に寝るのが何だかしっくりしないような気がしたし、枕も馴染まなかった。

元旦は一家揃って十時半頃食卓に就き、お屠蘇を飲み、お雑煮を食べ朝と昼の食事にした。それから湧治は夕方までかかって年賀状を書いた。転居通知をしていない知人や友人から三十枚近く、母の家に年賀状が来ていたが、彼の方はまだ誰にも年賀状を出していなかった。

夕食ののち、家族は百人一首をした。しかし十時頃になると、長兄は嫂と共に自分たちのところへ引揚げてしまった。その時長兄は言訳のように、次の日の午前中鎌倉にある嫂の実家へ年賀に行ったのち、午後から課長の家で集まりがあるので、昨夜の睡眠不足を償わないと辛いといった。

結局湧治は二日の午後、高崎の留守宅に帰ることにした。その日は妹の靖子も学校友だちの家の新年会に行って母は淋しそうだったが、修士論文の準備でそろそろ忙しくなって来たので、という湧治の説明を聞くと無理に引留めようとはしなかった。

玄関で湧治は早く帰ってしまう償いのように、母と妹を五日の夕食に招待したいといった。その晩母から電話がかかり、靖子も何の先約もないようだから二人で是非行きたい、といって来た。

五日の午前中、湧治は母と妹を迎えるための夕食の材料を早目に仕入れて来ようと思って、駅前の大通りに買物に出かけた。合成皮革のボストンバッグを提げて。まさか主婦のように買物籠を提げて行くわけにはいかなかったから、買物専用に買ってあったのである。

駅前は女の人の晴着姿で賑わっていた。商店街はもうみんな店を開いていた。彼はその日の夕食をすき焼に決めてあった。独身者のできる御馳走としてはそれが一番簡単だったのだ。いずれの家庭教師先からもひと月分のボーナスをもらっていたので、湧治のふところはかなり豊かといえた。彼は飛切り上等のすき焼用の肉を二百匁とすき焼に必要な材料を全部買い揃えた。そのほかに酒の肴にもしかすると正月料理用品の売れ残りかも知れないが結構新鮮そうに見えるタコの足と、マグロのトロのサクを一つずつ買った。酒は年末に買った日本酒の一升瓶がまだ手をつけずにあった。この頃湧治は飲むのに楽なものだから、ウイスキー党に変ったのである。

母は午後四時頃、妹の靖子を連れてやって来た。

「おかずの足しになるかと思って」と靖子が途中で買って来たらしい海苔の罐を差し出した。

まだ準備が完了していなかったが、あとは妹が引受けてくれた。

三人は一時間程のちに用意万端整ったテーブルに就くことができた。

「すばらしくいいお肉ね」と妹は感心したようにいった。

「大いに御馳走しようと思ってね。このすき焼用のお酒も特級だぞ」と湧治は自慢した。

乾盃には母も妹も盃に一杯ずつお酒を飲んだ。

「ここがお兄様の住いだったら足りないのは奥様だけね」と靖子が冗談のようにいった。

「そういえば、そうだな」と湧治は苦笑して答えた。

まだ正直なところ湧治は結婚のことを真剣に考えてみたことはなかった。知子に恋をしていた頃、彼女との結婚生活を夢みたことはあったが、その熱はもう冷め切っていた。それに一般的にいって結婚そのものが漠とした遠い未来の問題のように思われていた。しかし妹にいわれてみると、この住いで独り暮しをしているのは成程不自然かも知れなかった。

「今日は候補者の写真を一枚持って来たの。朝神島さんの奥さんが見えてね、あなたにどうかっておっしゃったの」

と母は、昔頼まれて媒妁をした人の名を挙げた。

「候補者って」とその時湧治は本当に分らないでいった。

「とぼけちゃ駄目」と妹がいって初めて、彼はそれが見合写真のことだな、と合点が行った。

「兄貴の次に僕にお鉢が廻って来たというわけか」と湧治はいった。

母は黙って風呂敷包みの中から茶色い封筒を取り出した。

まず写真を見ながら湧治は、「案外可愛い子だね」といった。

「あなたに向くお嬢さんは一杯いるそうよ。ただ、健治さんに遠慮して持って来なかっただけで、健治さんが結婚したのなら今後持って来ますって、神島さんの奥さんがおっしゃっていたわ」

「そう」と湧治は無関心に答えながら、次に釣り書と書かれた書付を見た。釣り書というのは家系図が釣りの仕掛のように見えることからついた呼び方だということを、湧治はまだ知らなかった。そして彼は自分を釣られる一匹の魚になぞらえて考え、それをいかにもその書付の本質を暴露している名前のように思った。釣られるのは男で、釣るのが女だという風に。

書付によると、ある大学の理学部の名誉教授で今は大きな石油化学の会社の研究所長をしている男の末娘だった。姉が二人いて、二人とも湧治が学生である大学の理学部の助教授と助手のところへ嫁いでいる。それを見ると湧治は圧迫感を覚えた。彼は圧迫をこんな風に受けないで済むような娘と結婚したかった。できれば係累のないみなし児がよい位だった。それを自分が温く保護するといった感傷的な理想を持っていた。そして彼は謂わば恋愛で結ばれることに一種の盲目的でロマンティックな信仰を抱いていて、見合という実利的で客観的な形式を嫌悪し、蔑視していた。

「まだ早過ぎますからね」と湧治はいった。「ともかく僕はまだ身分の安定していない学生ですからね。そりゃあ、アルバイトなどして、僕位の年齢のサラリーマンよりはずっと収入はいかも知れないけれど。ともかく結婚は就職してからですよ。来年は修士論文を出すことになっているから、今年はそういう問題は一切考えないことにして、いい論文を書くつもりでいるんですよ」

「それもそうね。じゃあ、この写真はお返ししようかしら」と母はあっさりいって、

「実は今日はもう一つ大切な相談があるの」

とまるで今の話はその前座をつとめるためのものだったとでもいうように切り出した。昨日

次兄である康治の中学時代からの親友の水野が突然現われて、靖子に求婚したというのである。それも真剣な求婚で、お望みとあらば然るべき人を立ててもいいというのだ。水野は医者で、今は卒業した大学の医学部付属病院の医局にいる筈だった。康治が大学を卒業して一年後に結婚式を挙げた時、会費制の披露宴の司会を引受けてくれた男だった。湧治はよく知らなかったが、それでも康治が転任して福岡に行くまでに何度か遊びに来たから、二、三回言葉を交したこともある。印象は悪くなかったし、康治の親しい友人とあれば、気心も知れていていいと思った。

「しかし肝腎のお前はどうなのだ」と彼は、隣の台所でお湯を沸かすために立った妹に向っていった。

「分らないわ」と靖子は羞ずかしそうにいった。湧治は妹がいつの間にか成熟した女になりかけているのに初めて気がついたように思った。

「嫌いじゃないんだろう」

「ええ、それは。でも結婚しようなんて考えたことないわ」

妹が台所に行ってしまうと、

「早過ぎることはありませんか」と湧治は母にいった。靖子は前年の春高校を卒業して入った短期大学の一年生だった。

「早過ぎるとは思わないわ。わたしがあなたたちのお父さんと結婚したのは満で十八の時でしたからね」

「でも時代が違うでしょう」

「女の子はいい縁談があったら片づけるべきだと思うの。それに靖子は片親というハンディキャップもあるし」

「片づけるなんて嫌な言葉」と戻って来た靖子が呟くようにいった。

「まず康治兄さんに手紙を出して、彼の意見を聞くのが先決でしょうね」と湧治はいった。

「やっぱり、そうね」と母はいった。

夜の九時頃、湧治は母と妹を近くの私鉄の駅まで送りに行った。

帰り道湧治は、もしこの話が実を結んで靖子が結婚してしまったら母は張り合いを失うだろうな、と思わないではいられなかった。今夜の話を聞いてみると、母はかなりこの結婚に乗り気なようだった。次兄の康治が親友との結婚を反対する筈はまずなかった。大体康治は封建主義的で、女などは女子高校を卒業したら、余り生意気にならないうちにいい相手を探して結婚させればいいのだといって、自分の妻が四年制の女子大出であることを棚に上げて、靖子が大学に進学するのを反対した程だった。だからまだ早過ぎるからといって靖子の結婚を反対するとは考えられなかった。

子供たちが成長してしまうと、子供の成長だけを楽しみにしていた母親というものはどうしても寂しくなるな、と湧治は考えた。まったく子供たちの巣立ちは、それまでの成長の時期に比較すると信じられない程短い期間に、それこそあっという間に行われてしまうものだ。子供たちが巣立つ時の準備に、母は少し趣味を豊かにしておかなくてはならない、と凍てつく空気の中を歩きながら湧治は考えた。

康治からもたらされた返事は、湧治が予期した通りだった。水野からも手紙をもらったが、彼は自分がもっとも信頼している友人の一人だ、靖子もその気があるなら、二人の結婚には双手を挙げて賛成する、というのだった。

結婚は、靖子が卒業する年の五月、つまり翌年の春に決ったが、婚約はその年の秋に、水野の恩師の医学部の教授を正式に仲人に立ててということになった。

大学院の二年に進んで間もないある日湧治は散歩をしていると、団地から三十分位で行ける神社が丁度祭りなのに気がついた。考えてみると神社の祭りなどにはずい分縁遠くなっていた。湧治の行動半径は恐るべく狭くなっていた。団地は小田急線の経堂駅から歩いて十五分位のところにあったが、歩くといえばその道と、家庭教師をしている家へ行くためにそれぞれの至近駅からその家までの道を往復する位である。大学院も、高崎から譲り受けて彼の留守中非常勤講師をしているレントゲン学校も、バスがその門の前に停ったから、もうほとんど歩くということがない。

そんな風に団地から三十分も歩くことは今までに一度もなかったのに、その日初めて湧治は遠出をしてみて、神社の祭りに偶然行きあたったのである。

そこには昔風の縁日が立っていた。都内の神社には十年ばかり訪れたことがなかったので、今も市が立っているかどうか知らなかったが、ここはまだ畑や田圃が見える郊外らしく、戦前の縁日風景と変らないようだった。湧治は子供の頃、同級生の友だちと一緒に、近くの神社へ縁日が立つと遊びに行ったことを思い出し、なつかしい想いに囚われた。村の鎮守の神様の／今日はめでたいお祭り日／ドンドンヒャララ／ドンヒャララという小学校の唱歌が湧治の頭に蘇り、現実の神社の笛や太鼓の音さながらに聞えて来るようだった。

湧治は買い食いを厳しく禁じられていたので、自分と同年輩の子供たちが、手に握っている十銭銅貨を出して綿アメや焼ソバを買って食べたりしているのを、空しく見ていなければならなかった。今も同じような屋台店が出ていた。まるであの当時の屋台店が二十年近いのちの今もこの神社に出ているような感じだった。急に湧治は空腹を意識した。朝十時に起きて、紅茶、トースト一枚、林檎、半熟の卵という朝食を取ったばかりだったが、しかしもう正午を三十分ばかり過ぎていた。軽い朝食だったから無理もない、と思い、湧治は屋台で焼ソバを食べてみようと思い立った。二十年ぶり近くの願望の実現だな、と考え、彼は心の中で苦笑した。

当時は（湧治が疎開に行く前だったから、昭和十九年の九月以前のことである）焼ソバは新聞紙を四角に切った上にのせてくれた。小さな子供たちはそれを両の掌で支え、口を直接焼ソバにつけてふうふういいながら食べていたものだった。今はボール紙の皿に載せてくれた。彼はその上にソースをたっぷりかけた。昔級友がそうしているのを見て、自分も一度そうやって食べてみたいと思ったのだ。

しかし期待に反して、味はよくなかった。安いだけあって、だからしようがないのかも知れないが、義理にもうまいとはいえなかった。肉はまったくの脂身が一切れ申訳けのように入っているだけだった。要するに中華ソバを玉ネギとラードでいためて、味をつけただけなのである。しかしそれでも湧治は全部を平らげた。戦争中から終戦後にかけての窮乏の経験が彼の中に後遺症のように奇妙な習癖を形作っていて、食べ物を残すのを許しがたい罪悪のようにいつも思わせていたのだ。だから彼はどんな物を注文しても、注文した以上は全部食べてしまわなくては気がすまなかった。幸いなのはそうしていても、体質なのか、決して肥らなかったことだった。焼ソバを食べ終ると、湧治はついでに焼ソバと同じようにまだ食べてみたことがない綿アメも食べてみたくなった。

綿アメを口につけた時その感触を、湧治は、冷たさを別とすれば雪に口をつけた時の感触にそっくりだと思った。集団疎開をした時、湧治は友だちと、一つにはひもじさを忘れるために、一つには雪を楽しむために、夜中に積もった雪に、朝顔を押しつけて、自分の顔のお面を作る遊びに興じたことがあった。その時同級生の一人が雪に自分の顔型を作ったのち、その顔型の目鼻を次から次へと食べ、ああ、これが綿アメだったらなあ、どんなにいいだろう、といっていたことをまだ覚えていた。そんな思い出に耽りながら、湧治は誰も見知った人がいないのをいいことにして、綿アメを顔にくっつけて、まるで子供のように食べていた。味はカルメ焼に似ていた。湧治の次兄は進駐軍の放出物資の赤いザラメが配給されてカルメ焼が流行した折、しばらくカルメ焼に夢中になったが、ある時失敗して熱く溶けた砂糖を手の甲に落し、ひどい火傷を作ってしまった。その火傷の跡はまだ残っていて、それを見ると終戦後の食糧難を思い出すと、湧治に話したことがある。

神殿の前で拍手(かしわで)を打ってお参りをすませると、湧治は再び縁日に立った店の間を通り抜けてぶらぶら歩いていたが、ふと金魚屋の前で金魚すくいをしてみようと立ち止まった。金魚すくいは十円出すと針金の丸い枠に和紙を張ったたもをくれ、そのたもですくえた魚は三匹までタダでくれるしかけになっている。一匹でもすくえたらいいことがあることにしようという賭けを心の中でしながら、その金魚すくいを始めてみたが、大きな金魚を狙い過ぎたせいか、一匹で紙が破れてしまった。うまくすくえると思ったのだが、すくった金魚がたもを水から出した途端に暴れ出し、紙を破って逃げ出してしまったのである。

今湧治が家庭教師に通って英語を教えている生徒に、中学一年の、感覚がすぐれた、しかもいかにも育ちのよさのあふれた女の子がいた。時々湧治はその女の子をたまらなく可愛く思って、大学を卒業するまで待って、求婚してみたらと考えることがある。その女の子も湧治に対して好意を抱いているのはたしかだった。少くとも今のところはそうだった。湧治は彼女を誘って、大学の文化祭に連れて行ったこともある。さっき湧治が心に賭けをした時、知らず知らずのうちに対象にしたのはその女の子との恋の首尾だった。しかしその女の子が大学を卒業するまで待っていたら、十年待たなければいけない勘定になってしまう。仮に四年制の大学でなくて短期大学だとしても八年待たなくてはならない。だからたもの紙が破れてしまって、湧治のした内心の賭けが破れたのも驚くにはあたらなかった。

ふと湧治は、自分が留守番をして早々死なせてしまった金魚の代りを買って行こうかと思った。その後藻は腐って捨ててしまったが、金魚の水槽は小石を入れたまま元の場所にある。水を失ってガラスを白く曇らせ茶の間の高崎が残して行った小簞笥の上に置いてある。

湧治はリュウキンの大二匹と小三匹を四百円で買った。その位の額なら留守を引受けている間に死んでしまった金魚の代りとして、お詫びのしるしになるだろう、と思ったのだ。ついでに湧治は、藻を買い、小さなバケツを頒けてもらって金魚と藻を入れ、団地への帰路についた。

五月に入って早々高崎から手紙が来て、帰国の予定を報せて来た。八月三十日にボンを立ち、途中三週間ばかり旅行したのち、北廻りで九月二十日に帰着の予定だから、それまで留守番をして頂ければ有難いという文面だった。湧治は折返し、それまで無事に留守を守りたいという返事を書いた。

六月の中頃、湧治が神社の縁日で買って来た金魚のうち小さい方が三匹共死んだ。それはまるで子供のできない高崎夫婦の運命を象徴しているようだった。そして湧治は同級生の中で親しい早瀬から耳にした噂話を思い出した。高崎は学生時代に商社の秘書をしている今の奥さんと恋愛結婚したが、結婚する前に奥さんが妊娠してしまったので、堕してしまったら、それから子供ができなくなってしまったというのだった……

七月になって大学が休みに入ると、家庭教師に行かない限り、毎日家にいられるようになった。そのため湧治はそれだけ修士論文に力を籠めることができるようになった。修士論文は「カフカの文学と動物的形象」という題で、カフカの主として短篇に出て来るさまざまな動物たちの文学的な意味を探ろうとするのが主題だった。卒業論文ではカフカの「城」を論じたから、カフカとのつき合いはすでにずい分長いといえた。うまくすれば七月中に草稿だけは書き上げられそうで、そうしたらあとは楽だった。タイプライターで一日に何枚か打つ時に、もう一度文章をあらためればよいのだが、その作業はそれ程精神の集中力を必要としないでもいいだろう。

高崎が九月二十日に帰るということになれば、八月中には次の住いを捜さなくてはならない。そのためには相当の時間を割くことを覚悟しなくてはならなかった。

いずれにせよ九月二十日までで、僅か八千三百円の家賃で、家具・生活用品一切のついた二間と台所浴室つきの住いを独占できる、〈優雅な生活〉ともお別れだった。今度は恐らく小さな流しのついたアパートの一間位で我慢しなくてはならないだろうが、下手をすると敷金のほかに権利金や礼金を取られかねない。ただそのことは湧治も覚悟の中に入れていた。そのために貯金もしている。もう十七万円余りあったから、資金の点で困ることはない筈だった。もっともそのうち五万円は、妹の靖子の結婚祝いに進呈して、母の経済的負担を軽減しようと思っていた。母の収入は、官吏だった父の扶助料と母屋を銀行に貸して入る家賃しかなかったから、靖子の結婚資金にはずい分苦労しているのを、湧治は知っていた。今のところ健治が会社から借金をして結婚資金にあて、それを母が扶助料と家賃の一部から月賦で返すことにしていたが、そのほかに少しでも余分なお金があれば、それに越したことはない。

だから、七月の半ばに高崎から一通の速達航空便が舞い込んで来て、フンボルト財団の奨学金の三ヵ月延長が突然許可になり、日本の大学も了解してくれたので、帰国の予定も三ヵ月ずらし、十二月二十日にしたいが、それまで引き続いて留守番をお願いできるだろうか、といって来た時、湧治は一安心した。それは暑い最中に次の住いを捜さなくてもよくなったことを意味し、まるで渡りに舟ともいうべき話である。それはまた〈優雅な生活〉の三ヵ月延長を意味したから。

湧治はその日のうちに万事承知した旨の手紙を書き、同じように速達航空便で出した。

それで気がゆるんだのか、七月中に修士論文の草稿を書き終る予定が八月一杯かかったが、締切までに四ヵ月近くあることを考えると一応順調にいっているといえた。タイプライターも生協でオリンピアの新品を買い、一本指ではあったが、それまでに時々研究室のタイプライターで練習していたのが役に立ち、一時間に一枚ずつ位の速度で叩けそうだった。それに遅いというのは、文章をもう一度練り直しながら打つことを考えると、決して不利な条件ではなかった。散々消したり訂正したりして汚れている手書きのドイツ語が、その場で見ている端からタイプ活字になって行くのは、まるですぐそばから客体としての堅固さを備えた印刷物が出来上って来ると感じられる喜びがあった。

九月に、靖子は赤坂のプリンス・ホテルで無事婚約式を挙げた。その式には湧治も長兄と共に出た。湧治は妹が後数ヵ月で確実に水野のものとなると思うと、悲しかった。彼はちょっと娘を嫁にやる父親の心境に近似した感慨を味わっていた。

修士論文のタイプの清書が半分以上も済んで心の余裕が出来たのか、十月に入ると、朝からアパートにいる日は午後、半年近く前縁日で金魚を買った神社まで、湧治はよく散歩に出かけるようになった。

東京には季節感を感じさせる風物は少くなる一方だった。しかしそれでもその神社へ行くまでの約二キロの道の周りには、前に歩いた時は畑や田圃があり、黒い土、野菜、などが見渡せた。だがたった半年近くの間に、驚いたことには畑や田圃が半分位に減り、新しい家が至る所に建っていた。それは半年近くの間の変化にしては不釣合な程大き過ぎるような気がした。しかしそう思う一方で湧治は自分の感覚がひどく時代より遅れてしまっているのではないかという気がした。そして自分が年に似合わず、実際の年齢よりも精神的に二十年も、三十年も、老いて来たように思えてならなかった。

だがそうなるのも無理はないのかも知れない、と湧治は考えていた。大体自分は生活というもの、確かな生活の肌触りというものを知らない、と思えるのだった。研究室の生活も、〈優雅な生活〉と呼んでいるところの留守番の独身生活も、レントゲン学校の非常勤講師や家庭教師の生活も、抽象的で、のっぺらぼうで、生活と呼べるものではないような気がした。そこには生活の実体がひどく稀薄なような気がした。それでは何が生活の実体なのかと考えると湧治は分らなくなってしまった。本当に生活したと湧治が思っているのは、夕方日が暮れるまで泥まみれになって兄たちや友だちと遊んだ幼年時代、未来の夢に胸をふくらませていた中学時代、玲子をいつも想っていた高校時代、知子に恋をしていた二年ばかり、といったようなところだった。それでも順を追って生活の実体が薄くなって行くことは否めなかったが、少くともそれらの時期には今よりはずっと充実した時間が湧治の中を流れ、支配していたように思えるのだ何か血の騒ぐような、身体が慄えて止まないような充実感は与えられないだろうか。平和の中で、それを求めるとすれば、恐らく恋愛しかないだろう。大体平和であるということは、代償として恐ろしい退屈を忍ぶということと同義なのかも知れない、と湧治はかねがね思っていた。

そしてこの頃、湧治はますます性欲を感じないようになっていた。二、三年前まで週に二回か、三回、自瀆をしないと、性の意識に囚われてしようがなかったのがまるで夢のようだった。まだ湧治が高校生だった頃、湧治が今いる大学の工学系の大学院にいた父の従兄の息子である満州男が、ある時彼の家に遊びに来て、結婚したいので適当な候補者を捜して欲しいと大分前から頼んでいた湧治の母にこんなことをいった。

「叔母さん（彼は湧治の母のことをこう呼んでいた）早く誰かいい人はいませんか。もう僕は痴漢になってしまいそうですよ」

その時母は笑って、そんな言葉をまだ高校生の湧治に聞かせたくないように、誤魔化していたが、実際には湧治は再従兄(はとこ)のこの言葉を聞いていてたまらない程同感を覚えたのだ。湧治はその当時それ程毎日性欲そのものをもてあましていた。それは玲子への愛とも結びつかない、不逞な生き物のように湧治の存在を揺り動かしていた。「痴漢になってしまいそうだ」という表現が、実感に裏付けされ、しかも再従兄らしく、闊達で面白いと思ったのだ。

その再従兄がその後結婚して一年位経って彼の家に遊びに来た時のことだった。

「湧治君、萩原朔太郎のこんな詩を読んだことがあるかい」

そういってふだん余り詩など読んだことのない彼が、湧治に萩原朔太郎のある散文詩を教えてくれた。

帽子と求婚　帽子を買ふためにすら、人は遠方まで出かけて行き、数軒の店をひやかし、幾百の中からただ一箇を選ぶのである。それでも尚、実に満足する品を得ることはむづかしい。何となれば出来合ひは無数にあり、要求する条件は一である故、それの満足の発見は、数百に一のプロバビリティであるだらう。

もちろん帽子は、些々たる日常の事物にすぎない。より重大なる事物——生涯を通じて必要であり、しかも一たん所有した以上には、捨てることも交換することもできない、それの選択における判断の可否が、ずつと後までも一生の運命を決定するといふ如き、しかく重大なる事物。——の選定に際しては、いかに人々が念入りになることだらう。

この後の比喩を、我々の結婚について言ふのである。いかにして諸君は結婚したか？　いかに諸君の唯一の妻を（もしくは良人を）幾千人の異性の中から選定したか？　一の気に入つた帽子を買ふためにすら、数百の帽子について調べた如く、より重大な事件の選定にまで、果してどれだけ多数の候補者を籤の中に数へたか？　おそらくは無造作に、つい手近の所で、僅かに数人の中の一人を——最も当のないプロバビリティを——見込んだにすぎないのだ。

かくして尚、もし結婚に悔がないとするならば！

それは満州男が結婚生活一年後に得た感想かも知れなかった。しかし今湧治は、現在の湧治の年齢よりも三つか四つ上だった筈なのに性欲が満州男を結婚へと促して止まない程熾烈であったことが、むしろ羨ましかった。修士論文に精力を使い果しているせいか、それとも具体的な対象がないために肉欲が冬眠状態に入ったままでいるのか、今湧治はまったく性欲というものに苦しまないで済む日々が続いていた。そうした日々は、性欲に苦しめられて、どうしていいか分らず、性的な刺戟を一層高めてくれる本を買って来て読み、一日に何度となく自瀆に耽った日々よりも扱いよい筈だったが、湧治には、存在のしるしを失ったようで、反って寂しくてならないような気がした。性欲を覚えなくなってしまった老年の悲しみというものはこんなものかも知れないな、とふと考える時がある程だった。

友だちから耳にした、こんな珍妙な説をふっと思い出すことがあった。男が一生に生産し得る精液の量は決っている。どんなに精力の強い男でも精々の話五升止まりだろう。だから若い時放蕩を重ねた者は、早く老い込んでしまう。放蕩をして失ったのならまだいいけれども、僕は空しく下水の中へ流したかと思うと勿体ないことをしたと思うよ、とその友だちはいったものだ。中学、高校時代、僕は一日に風呂場で二回位自瀆をして射精をしないと身体がもたない感じだったからね……。まるで自分のことをいわれているような気がして、湧治はその話を聞いた。まあ、一回に二CCとして、計算してみたことがあったが、少く見積って二升五合は失っているね。まだ半分あるじゃないか、と湧治は答えたが、内心では、自分も確実にその位失ってしまっているに違いない、しかし五升というのは精力の強い男の話だから、自分の場合はもしかするともう枯渇に近づいているとも考えられなくはない、と内心ひそかに不安に思っていたのだ。

ある日散歩で神社へ行くと、丁度縁日が立っている日にあたっていた。この前縁日にぶつかったのは、もう半年以上前だった。あっという間にそれだけ経ってしまったのだ、と湧治はつくづく思った。湧治は金魚屋へ寄って、その後死んでしまった小さなリュウキンをまた三匹と粒餌を買ったほか、晩にはまぐりのおつゆを作ろうと思って一緒に売っていたはまぐりを一皿買った。はまぐりのおつゆの作り方は母が作るのをよく見ていたことがあるので知っていた。しばらく水に漬けて砂を吐き出させた貝を煮立ったお湯に入れ、口が開かない貝は取り除き、後は塩と化学調味料で味をつければいいのだ。この頃湧治は味をつけるのがすばらしくうまくなった、と自分でも思うようになっていた。

修士論文の完成は、大体湧治の目算通り行って、高崎夫妻が帰国する十二月二十日の二日前に出来た。十二月十九日の朝大学に提出して来ると、その日はまっすぐアパートへ帰って、大掃除をすることにした。飛ぶ鳥は跡を濁さずというから、綺麗にして出たい、というと、母が手伝って上げましょう、といってくれたので、湧治は有難くその好意を受けた。朝の十時頃から夕方の四時までかかって、湧治は母と一緒に、綺麗に掃除した。

湧治は一体に洗濯や掃除をこまめにする方だった。独りでいる時も、憂鬱になって気がふさぎそうになると、洗濯や掃除をした。だから湧治が一年半住んだにもかかわらず、高崎の留守宅は清潔に保たれていた。

「これなら、きっと高崎さんはびっくりなさるわ。あなたは住むの、本当に上手ね」と母は掃除が終ると感心したように述懐した。

その時母は、昔まだ湧治が幼かった頃、勝浦の祖父の別荘を借りて一家で一夏を過したことがあるが、四谷の家を父の若い同僚に貸して留守番をしてもらった、ところがその同僚の奥さんがだらしのない人で、たった一ヵ月半の間だったが、帰ると信じられない位家の中が荒れ果ていたので驚いた、という話をした。その若い同僚は実に綺麗好きだったが、人に留守番を頼む時は、夫婦者だったら、奥さんも見なければならない、御主人がいくらきちんとした人でも、奥さんがだらしなく住む名人だったら何にもならない、というのだった。

人生というのは実に皮肉なものだ、と湧治は心の中でひそかに考えていた。綺麗好きな夫がだらしのない妻をもらう。気が大きく闊達な夫が杓子定規の妻をめとる。もっともそれで調和がとれるのかも知れないけれども……。それにしても自分はどうなるだろう、と湧治は思った。

「でも」と母はいい続けた。「誰にも貸さないで無人になるよりはよかったかも知れないけれど」

これから身分の安定するまで、湧治は自分の家に戻っていることに決めていた。三月で修士課程が終るまでは、どこか地方の大学の助手へ飛ばされるか、博士課程を一応出願しているので、博士課程に残留することを許されるか、まるで分らなかった。だから今都内に部屋を借りていても、三月までの命になりかねない恐れがあった。それで家に一旦戻って、母には食費をこれまでの家賃に相当する分だけ入れて、様子を見るのが得策のように思えたのである。その考えを十一月頃遊びに来た母に話した時も母は一も二もなく賛成してくれていた。そのあと一週間位して彼が家庭教師に行った帰りに、ちょっと家に寄ってみたことがある。その時健治は会社から帰っていて、湧治の来たことに気づき、

「ちょっと、ビールでも飲もう」といって、一緒に茶の間でビールを飲んだ。

彼は母からすでに話を聞いていたらしく、

「いつでも帰って来いよ。君の部屋には少し荷物を置かせてもらっているが、元通りにしておくよ」といった。

妊娠五ヵ月で、いくらか腹部の膨れの目立つ嫂の曜子が、ビールのおかずを皿に作って持って来た。湧治は嫂の膨らんで来た腹に思わず視線が行ってしまったことに気づき、あわてて目を逸らした。

「修士論文が終ったら、湧治はまた帰って来るって」と長兄は妻にいった。

「お待ちしていますわ」と曜子はいった。その言葉とは裏腹に、湧治が予想していた通り迷惑そうな感じを声の調子に聞いたような気がしたのは、湧治の気のまわし過ぎかも知れなかった。

大掃除がすむと、湧治は夕飯を新宿で母に奢ることにした。

「夕飯はお兄さんたちと一緒に食べているのですか」と湧治はある中華料理屋で夕食をとりながら、母に聞いた。

「そうね、朝は別々にしているの。時間が健治たちとは別でしょう。昼は曜子さんと二人で食べることが多いかしら」

母が夕食のことに触れなかったので、湧治はそれを聞いてみた。

「この頃健治が宴会があって、帰りが遅くてね、曜子さんは帰ってきた健治ともう一度食べ直すらしいから、それまでは本格的に食べないっていうので、別々に食べるのよ。一緒に食べるのは、一週間に二度位かしら」

「じゃあ、あとは靖子と二人で」

「そうね、でも靖子が水野さんと外で食べたりすると一人よ」

「一人で夕食を食べるのは侘しいでしょう」と湧治は母が賑やかなのが好きだったのを知っているのでいった。

「まあ侘しいことは侘しいけれども、靖子がお嫁に行ったあとのことを考えると、訓練になっていいと思うわ」

少し話が違うな、と湧治は心中少し怒りを覚えて思った。健治が結婚しても会社の住宅に移らないで、母の家に残り一緒に住むようにしたのは、食事などを母と共にして、母を寂しがらせないためという暗黙の了解があった筈だった。だから自分も家を出、靖子も結婚したら民間のアパートを借りることにしたのではないか。もしそうでなければ、長子相続が否定されている今、健治があの家に留まっている理由はないのだ……。湧治は、兄弟が暗黙の裡に託した任務を長兄が裏切っているような気がした。兄の新婚生活のあり方に、彼は一種の背信の匂いを嗅いだ。

「これまで修士論文で忙しくしていたせいもあったけれど、これからはもっと気楽な生活をすることになるから、来年は時々僕のところへゆっくり遊びに来て下さいよ。地方に飛ばされる公算が大だと思うけれど、公舎が借りられる場合も多いし、もしそうでなくても、お母さんが見えてもゆっくりできるような下宿を借りておきますからね」と彼はいった。

「そうね、そうしましょう」と母は答えた。

その答えを聞きながら、地方に飛ばされたら、乏しい助手の月給では、とてもそんな住いを借りることはできないかも知れないな、と彼は考えた。大体上京することもままにはならないに違いない。年に一回東京である学会に出る時位しかとても上京の費用は捻出できませんよ、と月給だけで生活しているらしい三年先輩の男が上京して研究室に寄った折に洩らしていたのを彼は思い出した。

「それよりも早くあなたも結婚しなくっちゃ」

母はビールを湧治につぎながらいった。

「でも、まだ生活できませんよ」

「しかし早く結婚した方がよさそうよ。健治を結婚させて、つくづくお母さんは思いましたよ。男は早く結婚させた方がいいってね。結婚する前、あの子はよく身体の故障を訴えていたけれど、それがこの頃すっかりなくなってしまいましたものね。もっともまだ曜子さんの手前遠慮しているのかも知れないけれど」

康治兄のいっていた通りかも知れないなと、湧治はあらためて思った。

「それにあの子の身の周りの世話は、だんだんお母さんにも辛くなって来たしね」と母は言葉を続けた。お洒落な健治が母にズボンのプレスを頼んだり、洗濯に注文をつけていたことが湧治の記憶に蘇った。

「兄貴は曜子さんとはうまく行っていますか」と湧治はいった。彼は兄の前では、曜子のことをお嫂さんと呼んでいたが、そうでない時はどうしても曜子さんと呼んでしまう。それに大体曜子は二十三歳で、彼よりも一歳年下なのだ。

「とても仲がいいようよ。曜子さんはきちんとしているから、だらしがない健治には丁度いいわ。ちょっと性格がきついようだけれども」

母は嫂についてもっと何かいいたかったらしいが、それで止めた。湧治ももっと何か聞きたかったが止めにした。言葉は恐ろしいもので、それを口にしたら、その言葉に籠めた内容の実在感が一層濃厚になってしまう、ということを彼はよく知っていたからである。

家に帰ると、彼の書斎は嫂が掃除していたと母がいっていたように、元通りにされ、気持よく掃除されていた。もっとも書斎といっても三畳間の城に過ぎない……

その部屋の押入れに大工を入れ中段を下げて畳を一枚敷いて作りつけにしたベッドに横たわると、湧治は、「また、元の木阿弥に戻ったな」と独り言をいった。元の木阿弥といっても、公団住宅から三畳間に移ったに過ぎなかったが、何となく、魔法の呪文が解けて宮殿が元のそまの苫屋に戻ったような気がしたのだった。高崎の公団住宅は建ってまだ日が浅く、万事新しくて気持がよかったが、今湧治のいる家は母屋でなく付属屋といっても、目黒の高級住宅地にあって、決して環境は悪くなかったのだから、公団住宅を宮殿に譬え、自分の家をそまの苫屋に譬えるのは、まったく不当な比喩といっていいかも知れないが、どういうものかそんな気がしてならなかったのである。

「これはどういうことかな」と湧治は思った。あの住いは、たとえ留守番というかりそめの住いであっても、何にも拘束されない精神的な自由があったのかも知れない、と湧治は思った。ともかく身分が決ったら、第二の棲家を考えよう。

湧治は書き上げた修士論文についてそんなに自信がなくもなかった。だからうまくすれば、博士課程に進学を許されるのではないかという気がした。しかしそうでなかったら、研究室が提示する大学へ赴任して行くより仕方なかった。今研究室にどこの大学から求人が来ているかは、研究室内の秘密だった。それは研究室の機密事項に属した。主任教授にこの大学へ行く気はないか、と聞かれた時、伝説によれば、答えは二つしかないとされていた。引受けるか断わるかの二つである。もちろん断わってもよいが、断わるとそれが最後で、もう紹介してもらえなくなってしまう。それなら研究室では就職を斡旋する義務はないのだから自分で捜せという のだ。いい大学は研究室を通して来るので自分で捜しても不利である。そういう謂わば研究室の伝説が出来ていた。研究室にはもろもろの伝説があった。しかしそれはもちろん伝説に過ぎなくて、実際に試してみても、その伝説通りになるのかどうかは分らなかった。なぜならその伝説を敢えて破ってみようという者はいなかったからである。

湧治は博士課程に進学届を出してはいたが、博士課程は例年一人とるか二人とるかはっきりしなかったし、全然とらない年もあったから先行きは不明だった。しかしともかく受かれば、博士課程の三年間は東京にいられることになったたし、その後の就職先は大体都内に決っていたから、ずっと東京に残れるというものだった。その代りもし落ちたら研究室の示す大学へ行くより仕方がないと思っていた。東京はまず九分九厘無理だった。それまでに先例がなかったからである。関東六県の中の大学なら非常に運がよかった。一番可能性の強いのは、九州か北海道だった。そういう遠い所に勤めて四、五年経つと、東京にだんだん近い大学へ移って来る。九州の例を引くと、東漸して来て、最後に運がよければ東京へ戻れるという仕掛になっている。東京から離れると、二つのタイプが生ずるというのも、研究室の語り草になっていた。給料が安いから勉強するよりほかないので、これを機会と考えて勉強し、「地方落ち」をプラスとしてしまうタイプと、田舎へ行って、刺戟がないために研究心を失い、地方都市では大学の先生が大切にされるのをいいことに狩猟や釣りの趣味に憂身をやつし安易に堕すタイプとの二つに分けられるというのだった。湧治は田舎へ行くことを惧れた。田舎には集団疎開の生活のみじめなイメージがダブって彼にはわけもなく嫌悪すべき生活と思えてならなかった。それに田舎へ行ったら非常勤講師のようなアルバイトも当然なくなるから安月給で暮さなくてはならない。そう考えるともう厭わしくてならなかった。

しかしどっちみち、湧治の身分は、博士課程の合格者が発表になる三月上旬までお預けだった。一、二の例外を除き、就職の斡旋も、この発表が済んでから行われることになっていた。だから今湧治には二ヵ月余りのどちらにもつかないような宙ぶらりんの時期が与えられていることになった。彼はその時間を主として部屋に籠って本を読むことで過した。アパートの生活と違って洗濯や食事作りは全部母がやってくれるので楽だった。その代り母や嫂と話し込んだり、二人がいるために気が散ってその分をそのまま読書にまわせるというものではなかったが。

一月半ばのある日大学の教養課程の時に同級生で、西洋史学科に進み、卒業するとある大新聞に就職した親しい友人の並木から久しぶりに電話がかかって来た。人事異動があって、北陸支局から十二月半ばに本社の外報部勤務になった、すぐに連絡をしようと思ったが、色々ごたごたがあって出来なかった、ようやく一息ついたので連絡したのだが、もしよかったら、君も修士論文を済まして吻としている頃だろうから、伊豆の温泉に行かないか、というのである。

それは湧治にとって歓迎すべき話だった。湧治自身居候生活のような気がどうしてもして来る今の生活に耐えられなくなって、どこかへぶらりと旅行に行きたいと思っていたところなのである。話はすぐに決った。休日を避け一週間先の水曜と木曜の二日間行こうということになった。大学の授業が終っていたので湧治には問題はなかったし、並木の方も公休を取ればよかった。

一週間後に、湧治は並木と東京駅でほとんど一年ぶりに会った。支局の社会部記者で外廻りが多かったせいか、並木は陽焼けしており、精悍に見えた。

「よかったな、これから、君の好きな語学を活かすことができて」

指定席に落着くと湧治はいった。

「まあね。しかしドイツ語も英語ももういい加減忘れてしまったけれどもね。勉強し直せば、徐々に思い出すだろう。だけど、地方の生活も結構面白かったよ。君もまだ身軽なんだから、この際東京を離れて、地方大学へ行ってみるのもいいぞ。色々愚劣なところも、地方大学にはあるにはあるが、それは、謂ってみればどこでも同じさ」

並木は湧治よりも実生活をずっと深く経験している男の持つ、自信のようなものを溢れさせていった。そんな並木の調子を耳にすると、湧治はまたしても自分の今の生活が現実感の乏しい自分の好みにだけ偏向した、一種不具な生活だと思えて来てしまった。

「博士課程の発表はいつなんだい」と並木は聞いた。

「三月の上旬なんだ。それまで、どうも落着かない」

「どっちに転んでもいいじゃないか」と並木はいった。

伊豆東海岸にある古い温泉の尾形屋に着いたのは午後四時過ぎだった。

二人はすぐに風呂に入った。ウィーク・デイなので、大浴場にはほかに誰もいなかった。湯は溢れるようにあり、自然の岩で造った湯槽は野趣があって好ましく思えた。

「遊ぶ気はないか」と突然並木は訊ねた。

「遊ぶ?」と湧治は鸚鵡返しに訊ねた。

「女と遊ぶ気はないかという意味さ」と並木はいった。

「別にないわけではないけれど」と湧治は曖昧な返事の仕方をした。

「この温泉にはいい所があるらしいんだ。その住所を聞いて来た。よかったら君を案内するよ」

「どんな所」

「任せておいてくれ。もっとも少し金はかかるらしいけれど」

「金はある」と湧治はいった。好都合なことに、旅行に出かける二、三日前に、ある出版社の百科辞典に二十項目ばかり書いた原稿料が入って来た。それは湧治が予期していたより多く全部で三万円余りあった。それをそのまま持参して来ていたのである。女を知るためだったら、その三万円を捨てても惜しくはない、と不意に湧治は思った。

「もしなかったら、僕が貸すけれど。暮のボーナスの残った分を全部持って来たんだ」

「それは大丈夫だ」といって、湧治は今余分な金がある事情を話した。

「それなら心配することはないよ。充分過ぎる程だ。いや、その三分の一もかからないだう。万事僕に任せるね」

「病気の心配はないだろうか」

湧治は少し不安になって聞いた。

「絶対にといえる位大丈夫だそうだ。ちゃんとそこは定期的に検診も受けているというからね。それでもし罹ったら運が悪いと諦めるんだな。まあ、九割方、大丈夫だよ。それに防備をすればね。でも、防備をしなくても大丈夫だということだがね。もし危かったら、あとでよく洗うことだ。たとえ性病に罹ったとしてもだよ、今はすぐ直るよ。僕の高校時代の親友でそっちの方の専門家がいるから、もし必要となったら、すぐに紹介するよ」

並木は浪人して三年遅れているので、同級生にはインターンを済ませ医師になっている者がいる筈だった。

「まあ、安心しろよ」並木は言葉を続けた。「君を誘惑するわけじゃないけれど、女を肉体的に知ることはやはり必要だよ。失礼なことを訊くようだけれど、君は童貞だろう」

「残念ながら、そうだ」と湧治は答えた。

「残念がることはないさ。しかし童貞と処女の結婚というのは余り感心しないな。それでは文学だって分らないのじゃないか」

湧治の心は決った。メフィストフェーレスのように思えて来た並木の言葉に従おうという方向へさっきから気持が向いて来ていたが、それがはっきりと決ったのはその瞬間だった。

部屋に戻ると、もう夕食の用意はできていた。かなり高い宿代だけあって、相当な御馳走だった。

二人はビールで乾盃をして、久闊を叙し合った。

「まだ結婚はしないのかい」と並木はいった。

「したいという女にもめぐり合わないからね。君はどう」

「もうしばらく独身生活を楽しむよ。三十に近づいたら、そろそろ身を固めようと思っているけれどもね。身を固める、というのは古風な表現だけれども、たしかにそういう表現は核心を射ていると、この頃思うよ」

「どうして」

「いや、同僚が結婚したりするとね、面白くなくなるものなあ。もっとも結婚すれば、経済的に窮屈になるから、変らざるを得ないかも知れないけれど」

二人は二時間かけてビールを三本とお酒を六本飲んだ。しかし湧治はちっとも酔わなかった。夜の冒険のことが念頭にあって、酔えなかったのかも知れない。彼は自分がそんな風に緊張しているところを、並木に努めて見せまいとした。

「ここいらでそろそろ止めておこうか」

並木は、銚子が六本共空になった時いった。

「余り酔ってもまずいから」

番頭や女中たちに送られて、二人はタクシーに乗った。

タクシーに乗ると、並木は行先らしい名前を告げた。

新築のホテルの先の小道を曲った奥だというと、タクシーの運転手は分ったらしかった。

第三章

タクシーは自動車の入らない小さな路地の前に停まった。

「この路地をまっすぐ行くと右方です。どうもすみません」

運転手は並木から金を渡されて愛想よくいった。チップを弾んだらしい。その夜の払いは並木が責任を持ち、後で精算することになっていた。

「小料理屋つや」という黒い字の入った行燈風の門灯が門の横に出ていた。小さな戸を潜ると玄関まで、二、三十メートルの石畳の上を歩かなくてはならない。

三味線の音が聞えて来た。ベルを鳴らすと頭の禿げた、しかしまだ五十代位の男が出て来た。

並木が紹介者の名前をいうと、

「どうぞ」と男はいった。

二人は右手の廊下のとっつきにある六畳間に通された。

「酒をもらおうか」

並木は万事をわきまえたような落着きをもって、湧治にたずねた。

「そうだな」

こういう時にはそうするのかなと考えながら、湧治は答えた。並木は酒を注文したのちいった。

「井川さんから、影絵のことを聞いたのだけれどもね」

それで男は分ったようだった。

「あれを先に見せてもらえるかしら」

「大丈夫だと思いますけれど、何だったら電話をかけて聞いてみますか」

「じゃあ、お願いしますよ。あっちはそれが済んでからでもいいんだろう」

「いいですよ」と男はいい、「しかし影絵はお高くなりますが」とつけたした。

「いくらだい」

男は湧治のアルバイトの三分の一の金額をあげた。

「二人でだね」と並木はいった。

「ええ、そうです。何人ごらんになっても同じです」

「いいだろう。半分ずつ払えばいいのだから」と並木は湧治の了解を求めるようにいった。

「いいよ」

ここへ来てから妙に肚の坐ってしまった湧治は答えた。

並木は男に「酒手」だといって千円札を握らせた。

「一体〈影絵〉というのは何なんだい」

男が引退ると、湧治は並木に聞いた。

「僕もよく分らないんだ。見られるかどうか分らないものだから、前もって君に話さなかったんだけれども、一種の影絵芝居らしい。人形を男が使って男女交歓の図を見せるらしい」

「それは面白そうだな」

「君はブルー・フィルムを見たことがあるかい」と並木は訊ねた。

「ないな」

「傑作は面白いけれども、一般に出まわっているのは全然駄目だな。大体暴力団の男が出演するんだから、男優がなっちゃいない。それよりは影絵の方が余程いいという話だ。まあ期待しよう」

お銚子二本と突き出しが運ばれて来た。

二人は乾盃した。

「この酒は水っぽいな」と並木はいった。

「そういえばそうだな」

「まあ、こんなものかも知れない」と並木は諦めたようにいった。

酒を飲んでしばらくすると番頭らしいさっきの男が迎えに来た。用意が出来たという。二階の奥の部屋へ行ってみると十畳の部屋に、和服を着込んだ七十位の小柄な老人が坐っていた。

彼はきちんと正坐をし、深いお辞儀をして二人を迎えた。

「それでは早速始めさせて頂きます」というと老人は踊りの心得のあるようなしなやかな身のこなしで立ち上った。

十畳の間の正面に、障子二枚の舞台が作られている。その障子の両端には幅の狭い金屛風が取りつけてあり、右には竹、左には松の絵が描かれてある。その金屛風の上に、小さな行燈がついていて、「影絵芝居水火亭」と書いてある。スイッチを消したと見えて、部屋全体は暗くなり、その行燈の豆電球だけがついた。

やがて障子のうしろに光がともった。髪を島田に結った若い女が、床の上に起き上って、呼んだ按摩が部屋に入って来るのを迎える。さっきの老人が按摩を勤め、女は人形で老人が操っているらしい。老人が男と女の声色を使い分けて二人は会話をする。その会話によって、二十代の女は若後家で、按摩は空閨をかこつ若後家に頼まれて、ひそかに買い入れた性具をその日按摩をする折に特に持って来たことが分る。老人の声は、長い間義太夫で鍛えられたような錆びの利いた声だった。彼が女の声色を使うと、そんな若い女の声とはまったくかけ離れたものなのに、奇妙なエロティシズムが感じられた。等身大の女の人形は余程精巧に作られていると見え、喋る時は口も開くし、首や手や足は自由に動く。その動作がかもし出す雰囲気は濃艶といってもいいものだった。彼が若後家に散々気をもたせた挙句ようやく性具を出してその使い方を説明して行くうちに、若後家は興奮して来る。そして二人はどちらが誘ったということもなく肉体的な関係に入ってしまうのだったが、久しぶりの肉体の渇きを満たされた若後家の激しい息遣い、歓びの声を、老人は長い時間、さまざまな工夫を凝らして模してくれた。それは正に天にも昇るような快感を模した声だった。

やがて舞台の明りが消え、部屋の電燈がついた。湧治が腕時計を見ると三十分が経過していた。

老人が出て来て、正坐し、

「お粗末な一席でございました」といって深々とお辞儀をした。

「いや、面白かった」と並木は讃嘆しながら、「お酒でもいかがですか」といい、そばの呼鈴を鳴らした。すぐに男が出て来た。

彼は間もなく運ばれて来た酒を老人に勧めながら、いつの間にか老人の身の上話を聞き出していた。こんな場合の並木の問い方は新聞記者らしく巧みだった。

老人は吉原の幇間、つまり太鼓もちだった。十四歳の時から修業したのだという。修業中は無給でお祝儀しかもらえない。修業そのものは、それは厳しくて辛いものだった。年季奉公がすむと、師匠がお披露目をしてくれて一人前の幇間になる。吉原で彼は大変顔も広く、人間手形にもなった。

「〈人間手形〉とは何ですか」と並木が聞いた。

「わたしが請合えば、金を持たないお客様でも、いくらでも遊ばせてくれたんですよ。わたしが手形になってね。もちろんそう簡単に手形にはなりません。長い間お付合いして、信用のおける方だけですがね。その代りわたしが手形になれば、どんな待合でも通用したものです。百万や二百万の手形にわたしはなれたのです。だからわたしが人間手形になって差上げたお客様は興に乗ればいくらでも流連できたのです。鳴吉といえば幇間仲間ではちょっとした顔だったんでございますよ。もし今でも吉原にいたら、幇間でも一番の長老だったでございましょう」

「幇間と太鼓もちでは、どちらがいい呼び名だったのですか」と並木が聞いた。

「それは文句なしに幇間ですよ」と老人は即座に答えた。「わたしたちは芸を誇っていましたからね。何しろその芸を身につけるためには大変な修業もしましたからね」

「無形文化財だな」と並木はいった。

「そうでございますよ。そういってもいいと思いますよ。自分からこういっちゃ何ですが」

老人は昔は相当な美男だったらしかった。前歯が三本欠けていたが、若い頃はかなり女にもてたと思わせるような粋な雰囲気が彼にはあった。

「幇間と芸者が仲よくなることはありませんでしたか」と湧治も聞いた。

「それはございましたよ。男と女の仲でございますからね、まあ仕方がないといえばないかも知れません。しかしこれはもちろん御法度で、厳重に禁じられておりました。だから出来てしまえば秘密に逢うより仕方がありません。わたしの兄弟子で可愛がってもらっていた旦那の芸者とねんごろになり、発覚して親方に怒られ、追い出されたのがいますよ。本所あたりで和裁をして暮していましたがね、その芸者衆と世帯を持って。この世界はそりゃあ、厳しゅうござんしたよ」

この老人も昔は大分芸者衆とねんごろになった口ではないかな、と湧治は心の中で思った。

老人が幇間を止めて影絵に転向したのは、終戦後片山内閣によって一時待合が営業を禁止された時に、この世界に見切りをつけたためだった。今見せた影絵芝居は、彼の考案になるもので、一度公然猥褻物陳列罪の疑いで挙げられて、最高検察庁で実演してみせたことがあるが、お偉方は、これは公然猥褻物ではない、芸術だから問題はない、と太鼓判を押してくれ、それ以来お墨付の芸となった、ということだった。特に初老の御夫婦のお客様たちに気に入られ、ファーストクラスの旅館にも出入りを許されているが、あとでお客様たちから感謝状が来る程だという。

「さっきの人形はよく出来ていましたね」と湧治がいった。

「まったく精巧な人形だったな、ちょっと見せてくれませんか」と並木はいった。

「それはちょっと」と老人はいい淀んだのち、

「もしお望みとあらば、お見せしないとは申しませんが、本当は御覧にならない方がいいと存じますけれども」

「どうしてですか」

反って好奇心に駆られて湧治はいった。

「それは障子を隔てた影の姿で、いうなればカショウの姿で御覧になるべきものだと思うのです」

「カショウの姿で」と並木は問い返した。

「この頃仏教の本などをかじっておりまして、手前どもに似つかわしくない言葉を使ってしまいました」と老人はいった。

「ああ、その仮象ね」と並木は納得が行ったようにいった。

「手前共、この世界に生きて来た者の目から見ると、人間の生はまったくの仮象に過ぎません。すべては虚なるものです。老人になるとますますそう思われて来ます。しかし、仮象は仮象として愛するのが一番いいのです」

「すると生は仮象で、実相は死ということになりますか」と並木はいった。

「そうです」と老人は意外な程確信を籠めて答えた。彼の目はもう死の世界を見ているように遠くを眺めていた。

「しかしお望みでしたら」

しばらく間をおいて老人はいった。

「決してお見せするのにやぶさかではございません」

「ぜひ見せて下さい」と湧治はいった。その影絵芝居は彼を興奮させたので、実物を見ることができるなら見ないではいられないような気がして来たのである。ここ数ヵ月感じたことのないような肉体的な興奮を彼は味わっていた。まだ若い欲望がこんなにも健在でいたのかと思うと、信じられない程だった。

「みなさん、真物を御覧になって、お嗤いになるか、がっかりなさるか、どちらかでございますよ」

障子の舞台の裏から、錆びの入った老人の声が聞えて来た。

それは仮象のすべてに通じている男が、実相の死の世界から喋っているような感じを、一瞬だったが、湧治に与えた。

彼がやがて持って来て見せたのは、湧治が考えていたものとはまるで違っていた。それは等身大ではあったが、湧治が想像していたみたいに、魂が入っているように精巧に作られた真物の人形ではなくて、ベニヤ板をくり抜いた部分をいくつかつなぎ合せたチャチな人形に過ぎなかった。平板で、しかも色が塗ってないので、よく見なければ、それが人形だということすら分らない。手で動かすと、つなぎ合せた部分が自在に曲るので、影絵にすれば、絶妙な演技をさせることができるというわけだった。たしかに影絵の原理を考えれば、人形が別に立体的でなくてもいいわけだった。ただ男を演じる老人が正真正銘の人間であったために、女の方も人間そっくりの人形に違いないと勘違いしたまでなのかも知れなかった。

按摩が持参して、若後家を興奮させた性具も、同じようにベニヤ板で作った型に過ぎず、きっと糸鋸か何かでくり抜いたものに違いなかった。

「御免下さい」

突然襖の外で声がしたかと思うと、襖が開き、男が顔を出した。

「準備が出来ましたが」と彼は小さな声でいった。

「それでは行こうか」と並木はいった。湧治はもっと老人の話が聞きたかったが、しかしこの際仕方がないと思った。それに老人の話も一通り聞いたような気がした。

老人はきちんと正坐してお辞儀をし二人を見送った。

二人が案内されたのは、元の部屋だった。そこから一人一人を別々に、今上下した階段とは別の奥の階段から二階の奥まった部屋へ案内して行くのだった。並木が先に案内され、そのあと湧治が案内された。湧治自身信じがたかったのは、まったく肚が坐って平然としてしまったことだった。もうどうにでもなれという気持になった。それまではその場に臨んだら自分は気も転倒してしまい、男として振舞うことができず、恥を掻くのではないかという気がしていたのに……

この部屋です、と男は低い声で閉められた戸を示すと、一人で帰って行った。湧治はその戸を開けた。四畳半で、そこに女がいた。

「いらっしゃい」と女は可愛くよく透る声でいった。

それは想像以上に美しい女だった。もう二十代の後半に入っているかも知れないが、ほんのりと化粧をしていて、清純さを留めた若妻のような気がした。皮膚は白くて健康な色をしていた。これなら病気の心配はないな、と湧治は思ったが、内心病気に罹ってもその時は直せばよいのだと考えていた。そう考えたすぐそのあとで、自分が大分大胆になっていることに改めて驚いた。

「よろしく」と湧治は、しかし少し慄えた声でいった。自分以外の男が喋っているように思え、やっぱりちょっと動顛（どうてん）しているのかな、と考えて、腑甲斐ないと思った。

そんな湧治の内心の動揺を見ぬいたように女はいった。

「ちょっとお酒でもお飲みになる」

「いや、向うで飲んで来たから」

「じゃあ、お茶でも淹れましょうか」

「そうね、そうしてもらえれば」と湧治はいったが、まだ自分が少し慄えていることが分った。

女は、火鉢のちんちん音を立てている鉄瓶から新しくお茶を入れ換えた急須にお湯を入れた。上等な茶の葉を使っていると見え、いい香りがした。

女は湧治の前にある湯呑に少し入れ、自分のにも入れ、それを交互に繰返した。

「どうぞ」と女は入れ終ると湧治にいった。

「とてもおいしい。あなたのお茶の淹れ方はうまいね」と湧治はいった。今度は声が慄えていなかった。

「落着いた？」と女は笑って、湧治の右手を自分の両手で包んでいった。

「さっき慄えていたわ。可愛い人」

「僕は初めてなんだ」

湧治は白状するようにいった。

「そう思っていたわ。だけれど大丈夫よ。心配しなくて」と彼女はやさしく勇気づけるようにいった。

「僕は君を抱いてみたい」と湧治は大胆になっていってみた。

「いいわ、抱かれるわ」まだこの商売に余り年季が入っていないらしくて素人っぽいところの残っている女は素直に答えて、湧治のところへ来た。ちょっと湧治は驚いたが、女の悪びれない自然さがすぐに湧治を平静にした。

湧治は女を抱いた。小柄な女だけあって、羽毛のように軽いという気がした。自分が女を抱いたのはこれが初めてだと湧治は思った。性的な対象として女を抱いたのは、本当にそれが初めてだった。これまで空想しているに過ぎなかったことを、今自分はこの女にできるのだ、と思うと、湧治はちょっと信じられないような気がした。不思議なことに、これまで金を払って娼婦を買うという行為に抱いていた倫理的な嫌悪感はいつの間にか彼の心から消え去っていた。いやむしろ逆に、金を払って女を買うという行為に、倒錯した快感を覚えていた。

「隣の部屋へ行きましょう」と女はいい、素直に湧治はうなずいた。

隣の部屋も四畳半だった。蒲団が敷いてあった。湧治は着物を脱いでパンツ一つになって、その上に横たわった。女は入って来ると、部屋の隅で桃色の長襦袢一つになり、薄暗くついた電燈を消そうとした。

「つけたままにしておいて」と湧治はいった。

「はずかしいわ」と本当にはずかしそうに女はいった。

「僕はつけてあった方がいいんだ」と湧治は重ねていった。

「それじゃ、このままにしておくわ」と女はいって電燈を消すのを止め、しかしはずかしくてならないような風情を漂わせながら湧治のかたわらにそっと身体を滑らせた。

湧治は女を抱き締めた。女はしばらく抱かれるままになっていたがやがて湧治の手を自分の下半身へ誘(いざな)った。女は長襦袢の下に何もつけていなかった。湧治は誘われた柔らかな湿った部分を手で愛撫した。そして初めて触れる所だったにもかかわらず、こんなになつかしい場所はほかにないような気がした。湧治は女を抱き締めながら、自分はたしかに今この女を愛している、と思った。

女の手は湧治の力強く大きくなったものをまさぐった。

「私の中へ入ったら」と女は湧治の耳元で囁いた。

「病気はない」と思い切って湧治はたずねた。

「大丈夫よ」と女は優しい声で答えた。「保証するわ。ちゃんと検診を受けているの。普通だったらサックをかならずはめて頂くんだけれど、あなたはいいことにするわ」

「有難う」と湧治はいった。

子供ができないだろうか、と訊ねようと思ったが今度は止めにした。恐らく女は洗滌か何かしかるべき処置を講じるのだろう。あるいはその日は子供のできない日にあたっているのかも知れない。それとも子供というものはそんなに簡単にできないのだろうか……

湧治は昔フランスの翻訳小説の中で、主人公の青年が次々と女を作り、それらの女と簡単に肉体的な関係に陥って行くのを見て心の中で覚えた心配をかすかに思い出した。その心配というのは、青年の精子が幾人もの女の中で生き永らえ、女たちの卵子と合体し、成長を遂げ、女たちは胎内に育って行く子供を堕すすべもなく遂に生み落し、その青年の子供たちが父も知らずまったく不幸な環境の中で育って行ったとしたらどうだろう、青年は女と関係を結ぶ時どうしてそんな不安に襲われないですむのだろうか、というのだった。極端にいえば情事をした回数だけ、いずれ自分の子供がこの世の中に生れ出て来る可能性があるわけだ。自分の知らないところで、にょきにょきと子供が生れて来る恐怖。そんな恐怖を思うと、湧治は、とても自分の神経では、情事を行うことができないと思ったのであった。そんな昔の想念を遠い海鳴りのように聞きながら、湧治は女に巧みに導かれながら女の身体の中へ自分を沈めて行った。湧治はさっき見た影絵の按摩と若い後家の交歓シーンを思い泛べた。すると錆びのある声で元幇間だったという老人が真似て見せた、「天にも昇るような」という形容がぴったり合いそうな女の激しい興奮の声が耳に聞え、その様子が頭に蘇って来た。若後家の興奮に対して、按摩はどんなに落着いて接していたことだろう。按摩の落着きとは対照的に若後家はどんなに狂おしい快感に身を貫かれていただろう。もしかすると男女の媾合によって男が感じる快楽はさほどのものではなく、女の感じる快感は男のそれとは比較を絶するものかも知れない。媾合に於ける時程男が利他的な愛に目覚め、それを実践するために努力を惜しむことはないのかも知れない……

「身体をもっと激しく動かして」と女はいった。

女のいう通り、湧治は身体を激しく動かした。女は声を洩らし、興奮した。それは娼婦の演戯とは簡単に思えないようなところがあった。女は、「もっと、もっと」とか、「いいわ、いいわ」とかきれぎれに叫んだ。しかし、みんな女の演戯に過ぎないのではないか、という疑いも依然として湧治の頭のどこかにあった。そんなことを考える余裕が湧治にあったのは、少くとも外面上の女の興奮ぶりと、湧治がその時味わっている快感との間には大きな違いがあったからである。しかし身体を動かして行くうちに、湧治ももう堪えられないまでになった。そして遂に射精した。しかしすぐその後で自瀆をしながら興奮し射精して得られる快感とどれ程本質的な差があるだろうかという気がした。

湧治は女にせがまれるままに、女をもう一度抱いた。

湧治は前よりももっと長い間女の中に身体を沈めていた。女は前よりも、もっと大きな狂乱ぶりを示した。そして長い時間ののち湧治は射精をした。

「今のは、わたしのサーヴィスだわ」と女は終ると湧治にいった。そして「御免なさい、取り乱して」と謝り、「あなたのようなウブな人に抱かれると、わたしは本当に興奮してしまうの」といって湧治の胸に顔を埋めた。

二人が立ち上った時、湧治はいった。

「君の顔をよく見せて」

女はちょっと湧治に自分の顔を見せたが、すぐそのあとで、「はずかしいわ」といい、顔を長襦袢のたもとで覆った。その仕草が湧治の気に入った。

「ぜひ、またいらして」と女は戸口の所で湧治と別れる際にいった。

「うん、また来るよ」

本当にそう思って湧治はいった。

「わたしはせつ子というの。名前を覚えていらして」

「覚えている」と湧治はいって、女を引き寄せて抱き、女の額に接吻した。湧治はこの肉体を鬻いでいる女を今自分は愛していると思った。その感情を愛と呼べるとするならば。

湧治は女の頬を両手で押えてその顔をじっと見つめた。するとそれは湧治に女の性器を連想させた。男の慰みものにされている女の性器を顔に移すと、そんな風になると思われた。しかしそれはそれで充分美しいと感じた。そのためにだけ秘密のうちに訓練され、ひたすらそのために作られようとしている女の身体。再び欲情が身体にみなぎるのを感じた。しかし湧治は、もう帰る時だと思った。

「また来るね」と湧治はいい、女と握手を交し、ふところにはだかのまま忍ばせてあった千円札を女の手に握らせた。


東京に帰ってみると、やはり湧治は性病のことを心配した。しかしその心配の仕方が昔とは比べものにならない位小さいのに、自分でも驚いた。しかし昔不安に思っていたことが、現在の自分にとってナンセンスに思われるのが、何だか不当のような気もした。

彼は性病についてかなりの知識を持っていた。

大学の教養課程で行われる保健衛生の講義は、必修科目なので、かならずとらなくてはならなかった。試験は、試験前に生協で売っている謄写版刷りのテキストを買えばどうにでもなったが、最低一回は出席していなくてはいけない建前になっていたので、ある日出てみたら、丁度性病の講義にあたっていたのである。

医学博士のその教授の話し方はうまかったので教室はなかなかの盛況だった。丁度その日の講義題目が性病だったので、余計出席者が多かったのかも知れない。

少し遅れて教室に入った湧治の耳に、「頭の悪い女の子程器量がいい傾向にあるから、諸君は妻をめとる時気をつけなければならない」という教授の講義が聞えて来た。

その論拠は至極学問的であった。頭が悪くても、美人は妻にもらってくれる男を捜すのに余り苦労しないから易々と種が保存できる。それに反して頭が悪い上に、顔もまずい、性格もよくない、といった女は結婚の相手に恵まれないから種の保存ができない。すなわち自然淘汰されてしまう、しかし器量が悪くても、然るべき取柄がほかにあれば、たとえば頭がよかったり、性格がよかったりすると、それをちゃんと認めてくれる男が現われて、種は保存されるというのである。湧治はその講義を聞きながら不美人の女子学生がいはしないかと思ったが、幸いに女子学生は一人もいないようだった。

「結論から先に申しますと、きれいな女程、一般的にいって悪い素因を持っている確率が高い、従って余りきれいな女性をもらわない方が、危険度ははるかに少い。大体結婚して、女房の容貌の美しさを鑑賞して喜ぶのは、新婚旅行の一週間、精々蜜月のひと月位なものです。大体諸君の中に、美醜で同性の友だちを選ぶ人がいますか。ないでしょう。やはり人間としての魅力とか合性によって友だちができるのです。妻も同じです。最後にものをいうのは妻の人間的な魅力です。わたしは年をとって来るとますますそれを痛感します。といっても、私の妻とて番茶も出花程度に若い頃は可愛かったのですが」と教授がいうと、出席している学生はみんな笑った。教授は自分の惹き起した笑いの効果を楽しむようにしばらく黙っていたが、やがて講義を続けた。

「人間の知能は心理学でいうと、天才から普通までは別として、普通以下は、魯鈍、痴愚、白痴という風に分類できます。実は美人の知能は統計的にいって大体魯鈍位が多いのです。魯鈍位なのが立居振舞もしとやかで、素直で、いわゆる女らしさがある。余り理屈もいわないところが男性には神秘的に映る。諸君の多くは優等生だから、どちらかというと異性体験が少い、それで女性に対する免疫が少いので、美人にたやすく参ってしまう。結婚してから後悔してもあとの祭りです。離婚というのは子供でもできるとなかなか厄介なものです。しかも子供が諸君に似ればいいが、魯鈍な奥さんに似ると、色々また苦労が絶えない。この大学には恐らく絶対に入らないでありましょう。だから妻となるべき人は絶対に才長けていなければならない。みめうるわしいのは付帯条件としては結構ですが、絶対条件ではありません」（その頃女医の卵の鵜川知子に恋をしていた湧治は、自分はまったく理想的な女性を愛しているのだ、と思ったものだった。なぜなら鵜川知子が頭がいいことはまず疑いないことだったから。そして彼は彼女を、類いなく美しいと思っているのだから。）

「ではどうして異性を体験するか。愛する女性と肉体関係に入ることはいわゆる自由な性の時代になればできるかも知れないが、そんな世の中になるまでにはまだどうしても三十年位はかかるでしょう。今はともかく結婚しなければなかなかそうは行かない。特に諸君のような秀才は純情な人が多い。従って異性との肉体的経験のない人が多い。そのため異性に対する免疫がなかなかつかないのです。ただここに赤線地帯というものが存在する。いずれ廃止になる雲行のようですが、こうした場所で娼婦と不純な交わりを持つような場合が諸君の中に起るかも知れない、その時は絶対に性病に罹らないようにしなくてはならない。しかし不幸にしてもし罹ったらすぐに治療しなければいけない。幸い新薬の発明によって、すぐに適切な治療を施せば大事に至らないようになった。しかし罹らなければそれに越したことはない。そんなわけで今日から性病の講義を二時間にわたって行いたいと思います」

こんな長い前置きがあったのち、性病の講義が時間たっぷり続けられたのである。性病についてはすでに本などで知っていたので、格別新しい知識を与えられることはなかったが、ただ湧治の注意を惹いたのは、その教授の列挙した梅毒の症状の最後の項目で、梅毒恐怖症について語られた部分だった。それはつまり、異性と不純関係を結んだのち、梅毒をうつされたのではないかと疑い出し、とどのつまり実際には梅毒にはなっていないのに、梅毒に罹ってしまったと信じ込み、それが元で精神に異常を来してしまうという症例だった。

「そんなことになる位なら、最初から娼婦を買うなどという冒険をしなければいいのにと諸君は思うかも知れないが、そうは行かないのが、人間の滑稽で悲惨なところでしょう」と教授は話した。

それを聞きながら、湧治は自分がもし将来娼婦を買うようなことが起ったら、一番用心しなければならないのはその症例だろうと思ったものだった。

そんな昔のことを思い出すと、実際に娼婦を買ったにもかかわらず、余り心が惑乱しないのが不思議に思えてならなかった。そしてそれが年をとると共に大胆になり、感情が肥厚して行く徴候の一つかと思うと、淋しさの入り混った悲しみを感ぜざるを得なかった。

東京に帰って三日経っても局部に淋病の症状が出て来ないと、湧治はやはりほっとした。

梅毒は二ヵ月位経たなければ血液検査をしても無駄なことを湧治は知っていた。女の言葉に反して、もし女が梅毒を持っていたら、恐らく湧治は感染しているわけだった。並木は湧治が何も予防措置を講じないで女を抱いたことを告げると、君は案外大胆だな、と感心し、しかし一度診てもらえよ、と二ヵ月経ったら、彼の友人の性病医に紹介してくれることを約束してくれた。並木の告白によれば、彼自身も一度何も防備しないで、女を抱き、淋病にかかり、その友人の世話になったことがあった。しかし十日位で直ったそうだった。

並木に、友だちの吉野という医師のところへ連れて行ってもらうことを約束した日まで、比較的湧治は平気で過した。二週間経っても、彼が知識の上で知っている症状が局部に出なかったので、万一ということもあったが、恐らく大丈夫だろうと高をくくっていられたからである。

この頃は、兄の帰りが遅かったから、夕食は、母と嫂と妹と湧治の四人で食べることが多かった。湧治は嫂に慣れて余り気がねをしないでも済むようになっていた。兄が十数回も見合をしたのちに、ようやく一目でいいと思ったという相手だけあって、彼女は美人に属しているといえた。そして兄と結婚して一年以上も経っているだけあって、性愛にも目覚めたことを物語るようなしめやかさを彼女の皮膚は帯びて来たような気がした。

兄が早く帰って来て一緒に食事をする時、後片づけをして、兄と共に引揚げて行く彼女の後姿には、二人を待受けている性の饗宴への彼女の期待が漂っているように見え、湧治は慌てて目を逸らしてしまうのだった。

「湧治さん、この間、あなたのお書きになった原稿、読んでしまったわ」と曜子は、ある日、兄が出張中で、妹は音楽会に水野と行っていたために、母と三人で食事をしている時にいった。

「はっ」と湧治はいったすぐあとで、彼が友だちの同人雑誌に寄稿を頼まれて執筆中の「カフカと結婚」という三十枚ばかりのエッセイのことだなと見当がついた。

「僕の部屋は掃除などしないでいいのですから」と彼は少し気色ばんでいった。

電話が鳴り、母が出て行った。

「あら、ひどいわ、湧治さんの部屋になど入らないわ」

「じゃあ、どうして読めたんです」

「猫よ」と曜子はいった。

「犯人は猫のマルよ」と彼女は重ねていった。

「分らないなあ」

「湧治さんたら、原稿の書き損じを人に読まれないように、くしゃくしゃにまるめて屑籠に捨てることがあるでしょう」

「ええ」と湧治はいった。

　戦争中食物の場合と同じように紙に不自由した窮乏の感覚がまだ残っているのか書き損じでも半分使える原稿用紙は全部とっておいたが、そうでない原稿用紙は誰にも読まれないようにくしゃくしゃに丸めて屑籠に捨て、しかも屑籠の紙はかならず自分で燃やすようにしていた。

「余り固く丸めてあるから、マルは子猫でしょう、小マリだと思い違いしてね、湧治さんの部屋から一杯運んで来て台所で遊んでいるのよ、六つ位あったかしら、そして脚で弄んでふざけているの。ところがそうするうちにだんだん紙が拡げられてしまってね、湧治さんの書き損じた原稿用紙だということが分って、つい読んでしまったの」

「嫌になってしまうな」といいながら、湧治はちょっと顔を赤くした。

「いい文章をお書きになるわ」と嫂は少し姉貴ぶっていった。

　彼女は湧治の母と同じ女子大の国文科を出ていて、一時母校の研究室の副手をしていたことがある。話をしていると結構面白かった。それでいっそう湧治は彼女を避けていた。長兄の健治は余り文学的素養がない。だから彼女が湧治と話をすれば、当然話がはずみ、長兄の文学的素養のないことが目立ってしまう結果になることを予想し恐れていたのだ。湧治は精神的に古風だったから、余り嫂と親しげに長く話していると、兄に対して不倫を犯しているような気持になって来てしまうのだった。

三月の初めに大学院の修士課程と博士課程の入学許可者の発表があり、湧治は好運なことに入学者の中に入っていた。結局十人の修士課程修了者のうち、入学を許可されたのは二人だった。文学関係は湧治一人で、あとの一人は語学で古高ドイツ語を研究している隅谷だった。残りの八人は全員出願しているにもかかわらず落ち、結局大学の研究室を通してみんな地方の大学へ助手として赴任することになった。

湧治と特に仲のいい早瀬は残念なことに博士課程には入れなかった。発表場で顔を合せた湧治は、近所の喫茶店でしばらく早瀬と話し込んだ。

「ともかくよかったな」と早瀬はいった。

「有難う。君は残念だったけれど、しかし正直いって、しばらく東京を離れて地方の生活をしてみるのもいいんじゃないか」と湧治はいった。

「そうだな、そうかも知れない。なるべくこうなったら、どっか遠い所へ行ってみたいと思うよ」

「そうだな、風光明媚な所で、その土地の面白さが出ているところがいいな」

「まだどこへ行くか、分らないが、ぜひ来てくれよ、落着いたら」

「ぜひそうさせてもらうよ」

「君はまだ結婚はしないかい」と早瀬は突然聞いた。

「まだだな、相手がいないからね」といって、

「君はどうだい」と湧治は聞き返した。

「身分が落着いたら、してもいいと思うよ。兄貴が三年前に結婚した年齢に僕もなったから、そろそろしてもいいと思っているんだ。但しいい人にめぐり合えたらの場合だけれどもね」

「そうだな」と湧治はいい、大学を卒業する前年の夏、早瀬と卒論の草稿を書くために一ヵ月近く、山奥のひなびた温泉に行った時のことを思い出した。

いよいよ山を降りる前の日、二人は夜遅くまで飲んで話し込んだ。禁欲的に日課を守り通したお蔭で、早瀬も、湧治も、一応卒論の第一稿にあたるものは書き上げていたのだ。その時早瀬はこんな質問をして湧治を面喰わせたのであった。

「君は結婚したら相手の前でおナラをするかね」

「どうしてそんなことを聞くんだい」と湧治はいった。

「いやちょっと君の考えを聞きたくなったんだ」

「どうかな」と湧治は真顔になって考え込み、しばらくしてから答えた。

「もしかしたらしないかも知れないな」

「君は礼儀正しいからな。しかし女房の前ではしてもいいのじゃないか」

「でも、やっぱり最低の礼儀というのがあるからな、きっとしないよ」

「君らしいね」と早瀬はいったのち、「しかし僕はするね。妻の前では当然してしかるべきだよ」と確信を籠めて主張した。

「そうかな、やっぱりすべきじゃないよ」と湧治は再びいった。

湧治は早瀬が結婚したら、そのことをよく見届けようと思った。

それから二人はその時女を肉体的に知っているかどうかも話題にした。早瀬は「時に」と突然こう真顔で聞いて来たのである。

「君は女を知っているかい」

「残念ながら知らないな」と湧治は答えざるを得なかった。

「そうか」と早瀬はいった。「君もやっぱりそうか」

「どうしてだい」

「この頃みんな意外に知らないんだな。知ったかぶりをしていながらね」

「知識を持っているように見せながらね」と湧治も相槌を打ち、

「それで君はどうなんだい」と訊ねた。

「僕もない」

「どうして経験しようとしないんだ」

「機会がないもの。結婚でもしなくては。商売女は嫌だし」

「どうして」

「別に倫理的な抵抗があるからだけではないんだ」と早瀬はいった。「昔はあったんだけれども、この頃は薄れて来たな。自分でも不思議に思うことがあるけれど。だから端的にいえば病気が怖いからかも知れない。それに好きな女がいれば別だけれど、そうでない女と肉体的関係を持ったってしようがないだろう」

「でもその時好きになれる女がいるかも知れないよ。昔ある本を読んだら書いてあったことだけれども、娼婦と一晩を過す時でも、一夜妻のような気持で過せというからな」

「そうかも知れないな。しかし君は詳しいな。まるで経験があるみたいじゃないか」

「いや、ないよ、本当に」と湧治は少しムキになって答えたが、その時の湧治は娼婦との一夜を経験している今の湧治ではなかったのだ。


博士課程進学許可者発表の晩、母は嫂にいって、赤飯を炊いて待ってくれていた。珍しく兄も早く帰って来た。湧治は兄と酒を飲んだ。

「本当に今年はいいことが重なりますね」

と母は健治と湧治の顔を見ながらいった。

「靖子が結婚するし、それから」

「お母様黙っていらして」と嫂が羞ずかしそうにいった。

「そうですね」と湧治は嫂が妊娠していることを思い出して答えた。

「お前もそろそろ結婚したらどうだ」と兄が照れかくしのようにいった。

「まあ就職してからですよ」と湧治は答えた。

第四章

二日後に早瀬から電話がかかって来た。その日の午後主任教授から呼び出されて研究室へ行ったら、青森の大学に助手の口があるから行かないか、といわれ、明日まで返事を保留したが、他にあてもないから一応行こうと思っている、というのだった。

湧治としては別に何もいうことはなかった。早瀬がもう答えを出してしまったようなものだったから。彼は地方の大学へ行くことを、都落ちのように感じている早瀬を慰めるためにだけこういった。

「青森ならいいじゃないか。津軽美人の本場だな。君が落着いた頃、ゆっくり遊びに行くよ」

「そうだな。是非来てくれよ」と早瀬は余り元気のない声で答えた。

次の日湧治は大学の厚生部へ部屋の斡旋を頼みに行った。しかし生憎条件のいいのは見あたらなかった。湧治は二、三日後にもう一度顔を見せたらいいといわれて、そこを引揚げると期限の来た本を返しに研究室に寄ってみたが、閉っていた。休み中は隔日しか研究室が開いていないのを忘れていたのだ。次の日の午後おそく再び研究室に顔を出すと、助手の滝沢と学部の学生が三、四人いるだけで、研究室は閑散としていた。

滝沢は湧治が挨拶すると、

「お目出とう、これからよろしく」といったのち、

「丁度よかった。あなたに電話をしようと思っていたんだ」

「何でしょう」

「ちょっと話があってね。五時にこの部屋は閉めることになっているが」

滝沢は言葉を切り、時計を見て、

「あと一時間余りある。それまでどこかで時間を潰していてもらえないだろうか」

「ええ、特に予定もありませんから、構いませんが」

湧治は滝沢の一方的な物の言い方にちょっと不快感を覚えながら答えた。

「じゃあ、五時十五分頃喫茶店の『森』で逢おう」と滝沢はいった。

湧治は図書館の雑誌閲覧室で一時間程文芸雑誌を読みながら、時間を潰した。

五時に図書館を出ると、道々湧治は何の話があって、助手が彼を呼んだのだろうと考えた。

一人しかいない助手の滝沢はもう三年の任期が終って一年以上になるのにまだその職を離れないでいる。一説によると、大物助手過ぎて（どうして大物助手と呼ばれているのか湧治には分

らなかったが）彼を迎えるに足る地位が見つからないから待たされているのだという。

大学の門まで銀杏並木の下を歩きながら、何の話だろう、まさか、縁談の話ではないだろうな、と湧治は思い、その可能性は充分にあるな、と考えた。この二ヵ月の間に、色々な伝手を辿って、湧治には五枚以上もの見合写真が持ち込まれていたのだ。男女を一緒にすることで、意識的にせよ、無意識的にせよ、浮気の代償作用を行い、精神の若返りを計っている（そう湧治は考えていた）極めて日本的な存在である、中年の仲人好きの婦人たちの言葉を借りれば、湧治は極めて条件のいいお婿さん候補なのだった。財産は大してないかも知れないが、しかしそれでもいずれは兄弟で分配することになる百九十坪の邸を目黒の住宅地に持っているし、父親は亡くなっていて片親であるが、その母親の面倒は長兄が見ることになっているからまったく身軽である。まだ月給はもらっていないが、大学の先生になる確かな過程にあり、現在はもちろんのこと将来も貧乏だろうが、しかし固いという点ではこんなに固い職業はない、等々だった。従って、屋敷の片隅に新居を建ててもいいとか、娘の小遣いは化粧料として将来もずっと実家の方で面倒をみるとか、持参金をつけてもいいとかいった条件を麗々しく掲げた花嫁候補が主だった。

見合写真の当人たちは決して悪くはなかったが、しかし結果として湧治はその見合写真を一枚残らず返してしまっていた。ただその中の一枚だけは、ちょっと気に入ったので、少し確答を遅らせていたら、先方は気が早いのか、それを当然と考えているのか、いつの間にか研究室に調べに来ていた。ある高名な会社の社長の独り娘で、こちらが断わる筈はあるまいという高慢さから来ているのか、と湧治は腹が立った。写真を見ると美しかったし、学歴も家族も揃っていて、非の打ち所がないといっていい程なのだ。それなのに湧治がお見合を断わったのは、余り全部が揃い過ぎてやっぱり気が進まなかったのである。

興信所の男は万事を助手から聞いて行ったらしく、次の日湧治が研究室に顔を出すと、滝沢助手はニヤリと笑って、

「君を褒めちぎっておいたよ」といったが、初め湧治にはまったく見当がつかなくて、一体何のことを喋っているのかと思った程だった。

この縁談の余波はそれだけで済まなかった。湧治の親友である早瀬の名前も滝沢助手から聞き出して行ったのか、先方の伯母にあたるという婦人が早瀬の家までやって来たのだ。その晩早速早瀬から報告の電話があった。

「気の早い家でね、僕が何とも返事をしないうちに、そんな調査をやっているんだからな、呆れてしまうよ」と湧治は答えた。

「それで君は一体どうするつもりなんだい」

「もちろん断わるよ。まだ当分結婚する気はない」

「そうか。それなら僕の感じたことをいってもいいね。あんな縁談は止めろよ。向うが独り娘だからかも知れないけれど、まるで種馬だよ、君は。僕は答えていて不愉快になった。君を種

馬に擬して色々とたずねるんだからね、いやまったく不愉快になった。僕らは断じて種馬じゃないからね」

湧治は早瀬がむきになって怒るのを愉快に思うだけの心の余裕を持っていた。

湧治は女の肉体を知った後も尚、恋愛というものに現実離れした夢を燃やしていた。見合結婚という形式が、どんな長所を持っているにせよ、嫌だった。それは売手と買手の巧妙な談合みたいなものでうしろにあるのは打算しかないように思えた。そんな結婚ならしない方がよかった。実際に湧治は、好きな女性が出来たら、結婚という形式によらない、同棲生活の方が、不断の努力によって馴れを排除し、純粋性を保てるのではないかという、夢のような期待を心の中にまだ生き生きと抱いていた。

正確に五時十五分という約束の時刻に湧治は喫茶店に着いたが、滝沢助手はなかなかやって来なかった。人と待合せをしているからと断わって、水だけもらって待っていた湧治は、人を待つ時にいつも襲われるじりじりした苛立たしい思いを避けるために、最近手に入れたフリードリヒ・シュレーゲルの『ルチンデ』という十八世紀末の奔放な自由恋愛を描いた小説を読んで時間を潰すことにした。

三十分位して、

「やあ、遅くなって済まない」という声が頭上でした。滝沢助手の声だった。

「ちょっと出がけに電話があって、話が長びいたものだから」

二人は注文した珈琲が来るまで雑談をしていたが、珈琲が運ばれて来ると、

「話というのはほかでもないが」と急に助手の滝沢は改まった調子でいった。

「君も知っている松坂君がこの八月の末に一年の予定で、ことによったら半年乃至一年延びるかも知れないが、ゲッティンゲンへ行く。例のフンボルトでね。松坂君は知っているだろう」

「ええ、少し知っています」

よくとはいえなかったが、六年先輩の松坂とは二、三回顔を合せたことがあった。ある私立大学の文学部の独文科の助教授をしており、翻訳もいくらか手がけている人だった。

「その松坂君に頼まれたんだけれどもね」と滝沢はちょっといいにくそうにいった。

「何でしょうか」と湧治はまだまったく見当もつかないでいった。

「君はまた高崎君の時のように彼の団地の留守番をする気はないかね」

余り遠くだと困ると思って「場所はどこなのでしょう」と湧治はきいた。

「京王線の沿線の飛田給（とびたきゅう）というところでね、急行を利用すると新宿から三十分位で行ける所だ。僕は一度行ったことがあるが、駅から歩いて十分位で行けるし、いいところだよ。家賃は八千円でちょっと高いが、民間のアパートを考えれば、べらぼうに安い。高崎君と同じような具合にして留守番をしてもらえると有難いんだけどね」

「どうせ僕もどこかに下宿するつもりでいましたから、大変結構な話です。僕でよろしければ」

「高崎君の推薦なんだよ。何しろ君は実に綺麗に住んでくれたというね。留守番としては正に

理想的だ、なんて大変褒めていたよ」

「いや」といいながら、湧治は変な褒め方をされたものだと思わないではいられなかった。

「じゃあ、今晩、松坂さんに電話して彼から直接君に電話させるからね」と滝沢はいった。突然松坂君が松坂さんに変ったところを見ると、松坂は滝沢よりも先輩かも知れなかった。

「これで松坂氏も安心だ。なかなか留守番を確保するというのはむずかしいものでね。いや、しかし助手というのは、よろず斡旋所で大変だよ。家庭教師の世話から、結婚の調査の相手から、留守番の紹介まで頼まれるんだからね」

「そうでしょうね」と湧治はいったが、研究室を通じて家庭教師を世話してもらったことも一度あったから、今滝沢がいったのは、まるで湧治の例を全部いっているようであった。

「特に留守番を見つけるのは大変なんだ。修士課程を終えると、どこへ飛ばされるか分らないからね。もしも世話して地方へ飛ばされるということにでもなったら、行きがかり上、また僕が責任をもって後を世話しなくてはならないから。だから留守番として頼めるのは、修士課程に入ったばかりのホヤホヤか、君のように博士課程に入った人かに限られるんだ。修士課程に入って来た連中はよく知らないのが多いから、頼みにくいし、君が引受けてくれて、彼も助かったと思うよ。ともかく博士課程だったら、ずっと東京にいることはまあ確実だからな」

急に滝沢は声をひそめていった。

「それに君を助手にしようと、教授方は内々考えているらしいよ」

助手というのは一種の出世コースと考えられていた。今まで助手の就職先はいい大学ばかりだったし、母校に戻って来るのも、助手の経験者と限られているようなところがあった。だからそういわれた時、湧治は満更でない気がしたのは事実だったけれども、しかし助手よりも博士課程の学生の方がはるかに楽だったから、余り気乗りもしなかった。

「これはちょっと秘密だけれどもね、この間も一人の教授に、つまり二人のうちのどちらかとしかいえないわけだが、ある教授に、もし僕が止めたらあとは誰がいいかといわれてね、その時僕は君の名を挙げておいたよ」

「そうですか、それはどうも」と湧治はいったが、この助手が教授たちの密議のほんのはしくれを、何か重大機密のように洩らして、相手に恩を売る趣味の持主だということを早瀬から聞かされたことがあったので、彼のいうことをそれ程心を籠めて聞いていたわけではなかった。

「滝沢さんはまだしばらくおられるのでしょう」と湧治はいった。

「地方の大学から、旧帝大クラスだけれどね、助教授でいいから来てくれないかという話は一杯あるんだが、まあ行く気はないな。第一非常勤講師のアルバイトがないから食えないからね。その点君も東京に残れてよかったよ。もっとも君なんかまだ生活者じゃないからぴんと来ないかも知れないけれど」

「そんなことはありませんよ。完全に僕は自活しているんですよ」

「ともかく君は東京に残れてよかったよ。妻子を養うとなると、家に財産があれば別だが、そうでなかったら、アルバイトでもしない限り、月給では食って行けないんだよ。昔の教授というのは、みんな資産家の出だったといっていたけれど、そういうものらしいな。高等遊民的な生活をしていないと、この学問という奴はいいものが出て来ないんだよ」

それから滝沢は時計を見て驚いたように立ち上った。

「もう、こんな時間か。これから夜学の授業があるんだ。失礼しなくっちゃ」

湧治は滝沢と一緒に都電で国電の駅まで出て別れた。

国電の中で、湧治は自分はとうとう留守番役の専門になったみたいだな、という感慨に襲われ、ちょっと複雑で奇妙な気持を味わった。

しかしこの留守番という役目が別に悪くないこともたしかだった。ただ問題は留守番は飽くまで留守番であり、期限が来れば出なければならず、そうすればまた新たに部屋を捜さなくてはならないことだった。だが間が途切れることなく、次から次へと留守番役がリレーされ、いつも家具や生活用品の完備した、台所、浴室つきの公団アパートに住めるとなれば、まったく好都合だった。今度は博士課程に進めなくて地方へ行く場合のことを考えてすぐ続けて留守番できる公団住宅を捜せなかったために、中断期間が出来てしまったわけだが、これからは積極的に心がけておけば、バトン・タッチがうまく行って、前の留守番が終ればすぐその次の留守番という具合に、間を全然空けないですむかも知れない、第一かならず毎年何人かは家族連れで外国へ留学するわけだから。そこまで考えて湧治は苦笑してしまった。一体いつまでお前は独り暮しをしているつもりかと思ったのである。そして人が外国へ行っている間留守番ばかりしている男の役割に道化役めいたものを感じた。

次の日の晩松坂から早速電話があった。

「引受けて下さって有難う」と開口一番松坂はいった。それから、

「一度細かい打合せをしたいのですが、御足労願えないでしょうか。家でした方がいろいろな点で便利だと思うので」

「いつ頃がよろしいでしょうか」と湧治は訊ねた。

「あなたの都合に合せますよ」と松坂はいった。

結局一週間後に湧治が松坂のアパートへ夕刻六時に出かけることにした。夕食を食べながら色々話したいので、食べないで来て欲しいという。

それから二、三日して並木から電話があった。彼の友人の医者に話しておいたから、一度行こうというのだった。それで湧治の方が暇だったから、並木に時間を合せて、信濃町に個人病院を経営している吉野という医師のところへ行った。生憎吉野はいなかったが、伝言してあったらしく、看護婦がすぐに検血してくれた。次の日にもう結果は分るということだった。

帰りに寄った喫茶店で並木はつくづく感心したようにいった。

「昔の人は偉かったよ」

「どうして」

「だって昔は梅毒にでも罹ったら、かならずしも全治しなかったのだろう。それなのに、愛欲に引きずられてその危険を顧みなかったんだからな。人間には勇気があったよ。僕はその偉大な勇気に敬意を表するよ」

そういわれてみると、やっぱり湧治もこの変な並木の感慨に同感しないではいられなかった。

「昔だったら、こんなに安心して娼婦を買ったりしたかどうか僕は大いに疑問だな。今はもしうつったとしても直るという安心感が確固としてあるからね」と続けて並木はいった。

二日後の昼頃、並木から電話があり、前の晩吉野と会ったが、並木も湧治も梅毒の反応はまったく陰性だから安心するように、といっていたという報告があった。そして報告書をもらって来たが送ろうか、と聞いた。湧治が頼むと、二日後に速達で並木から手紙が来た。その中には便箋に走り書きした並木の手紙と共に、次のような検査報告書が入っていた。

緒方ガラス板法　陰性
緒方氏法（ワッセルマン反応）　陰性
ブラウニング氏法　陰性
総合判定　陰性
梅毒でないと認める。

昭和三十五年三月二十九日　医師　吉野　勇

並木の手紙には、こうあった。

前略　お元気のことと思います。同封にて検査書お送りします。心配だったらいつでもまた調べて上げるそうです。尚吉野氏の注意によると防備はした方がいいらしい。いずれまたゆっくり飲みましょう。

三月の末は忙しかった。湧治は親しくしていた同期生が出発するたびに、東京駅や上野駅に送って行ったからである。こうした儀式は慣例となっていた。空しい儀式といえばそれまでだったが、しかし一概にそう決めつけることもできないものも持っていた。

早瀬が青森へ旅立つ時も、湧治は彼を二人の同期生と送って行った。早瀬はデッキに立ちながら「気が向いたら、なるべく早く一度週末を利用して遊びに来いよ」といった。ほかの二人は一人は九州へ、もう一人は四国へ小さな地方大学の助手として行くことになっていた。

同じ週に松坂家の招待があった。湧治は苺を二箱買って、夕方約束の時刻に松坂の団地を訪れた。

松坂の住んでいる団地はかなり規模が大きかった。湧治は電話で聞いていた通りの道順を駅から辿って、第七号棟に出た。その三階に松坂は住んでいる。

子供たちの三輪車や自動車で少し狭くなっている入口を入りながら、湧治は松坂信、久子、ゆかりと書かれてある郵便ボックスを見た。

戸口のベルを押すと、鉄扉の覗き窓につけられたカーテンがちょっと開けられ、湧治を確かめたのち、ドアが開かれた。

「よくお出下さいました。狭い所ですけれどどうぞ」といって、松坂の奥さんはスリッパを湧治の前に揃えた。

一応挨拶がすむと、湧治は通されたダイニング・キッチンのソファーに腰を下ろした。

「まあ、乾杯と行きましょう」と松坂はいって、奥さんも坐らせ、三人揃ってビールの乾盃をした。

「あなたに引受けてもらえて助かりましたよ」

「どうぞよろしくお願いいたします」と松坂に続いて奥さんもいった。

湧治がダイニング・キッチンと思ったのは、本当はダイニング・キッチンと次の六畳の間の襖を外して使っているものだった。

「そうしないと、応接間のセットが入らないのでね」と松坂が説明した。

湧治は空間をうまく利用しているのに感心した。道理で大きなダイニング・キッチンに思えたのだ。

「じゃあ、ちょっと余り酒の入らないうちに部屋を説明しましょうか」とやがて松坂はいって、まず玄関脇の六畳の書斎を案内した。それは日本間で机は普通のテーブルだった。

「ここが書斎兼寝室です。本当は立ち机が好きなのですが、洋式だと場所を食うでしょう。それで止むを得ず日本式に生活しているのです。もしこの机でよかったらお使い下さい」と松坂がいったので、湧治は和式の方が彼の好みにあうことを伝え、その机を借りることにした。

それから松坂は洗面所、浴室、便所などを一通り案内したのち、ダイニング・キッチンに合併した部屋の奥にある四畳半の和室を見せた。

「ここが妻の寝室と子供部屋兼用の部屋です」

「お子さんは」と湧治はゆかりという郵便箱に書いてあった名前を思い泛べながら聞くと、「幼稚園が休みなので静岡の妻の実家へ預けてあります」と松坂は答えた。

高崎のアパートが3Kだったのに対して松坂のは3DKだった。湧治には今度留守番を頼まれたアパートが最初のより条件がよくなっているのが一つの歓迎すべき変化に思えた。

最初に通された部屋に戻りながら湧治は、しかし松坂夫妻にもう一人子供が出来たら、この住いはひどく窮屈になるだろうな、と考えていた。そうしたら、ダイニング・キッチンと次の間を続けて使う方式は改めなくてはならないかも知れない。

それから夕食をしながら色々な打合せがあった。

二ヵ月間ゲーテ・インスティトゥートの講習があるので、松坂だけ八月末に単身赴任するが、奥さんと子供は松坂がゲッティンゲンに落着き次第十月の中旬位に日本を立つことになっていた。もっとも奥さんは子供と日本を立つまで静岡の実家に帰ることになっていたので、湧治が留守番に入るのは、八月の末からだった。留学期間はもしフンボルト財団の奨学金の延長ができたら、もう半年延ばして一年半にしたいということだった。だからその場合、湧治は博士課程の二年の終りまで住居を確保できることになった。家賃は3DKなのに、団地の出来たのが高崎のよりも早かったせいか高崎のアパートより三百円安かった。しかもそれは松坂のしていた私立大学の夜学の非常勤講師を一口留守中預かることになったので、その講師料で払える筈だった。高崎から預かったレントゲン学校の非常勤講師給の丁度倍あって、大体家賃の額に相当したのである。松坂家のプライヴェイトな荷物は高崎家の場合と同じように、一部屋にまとめて整理してもらうことになり、その部屋には奥さんと子供の部屋である奥の四畳半があてられることになった。

湧治は六畳を一緒にしたダイニング・キッチンが気に入った。普通の食堂セットではなくて、食堂セットと応接セットを兼ねたようなソファーと広いテーブルが置いてあるのは気が利いていると思えた。それにそのセットの下に敷いてある、毛足の長い緋の絨緞は、その部屋の雰囲気を明るくするのに役立っているようだった。しかしこの絨緞は掃除をするのに大変かも知れないな、とふと湧治は思った。まるでそうした湧治の心の動きを見透かしたように松坂の奥さんはいった。

「出水さんはお掃除が好きだって伺ってましたけれど、高崎さんから」

「まあ、綺麗好きであることは確かです」湧治はちょっとドギマギしながら、答えた。

「でもこの床の絨緞はどうしましょう。これ結構埃を吸って掃除が大変ですのよ。面倒でしたら全部巻いて、荷物置き場にする部屋に入れておきますけれど。でも、このままにしておいた方がよろしければ、もちろんこのままにして置きます」

「どの位電気掃除機をかければいいでしょうか」

「まあ」と松坂夫人はちょっと笑って、「すっかり専門的な御質問ね」といった。

「僕は気分転換に食事を作ったり、掃除をするのが好きな方なのです」と湧治は弁明した。

「三日に一度もかけて頂けばいいと思いますわ」

「それなら大丈夫です。このままにしておいて下さい。ちゃんと掃除をして埃をかぶらないようにしておきますから。それに時々おふくろが掃除をしてくれるといっていますから」

「そうですか、じゃあ、そうします」

「台所も、大体このままにしておいていいでしょうか」と松坂が聞いた。

「ええ」

「さっきのお話では、お料理にも趣味がおありになるみたい」と松坂の奥さんがいった。

「それ程でもありませんが。しかし自分で作った方が、外で食べるより、好きな物が食べられるし、栄養もいいでしょうし、それに安いですから」

「そりゃあ、そうですね。僕も昔下宿生活していた時、よく農家に友だちと米を買い出しに行って、その米を炊いて食べたものだけれども、今はその点は楽になったな。炊飯器もあるし、ガスも使えるから。僕らの時は枯枝を拾って来たり、進駐軍のトラックが落して行った石炭を後生大事にとっておいたりしてね。しかも七輪が手に入るまでは、石油罐を自分で切って七輪の代用品にしたんだから。飯盒も使ってね」

「初耳だわ、そんなお話」と松坂の奥さんはいって、

「飯盒ってなあに」と訊ねた。

「困ったものだね」と松坂は若い奥さんを顧みていい、それから親切に説明した。

「知らなかったわ、父が早く亡くなって家は女世帯だったから」

「出水君は知っているでしょう」と松坂は湧治に訊ねた。

「ええ、知っています」

「本はそのままにしておいていいですね」と松坂は思いついたように湧治に確かめ、湧治が「どうぞ」というと、「適当に利用して下さい。辞書などはかなり揃っているから、お役に立つかも知れません」といった。

「松坂文庫もそのままにしておこうか」と松坂は少し酔った風で奥さんを顧みていった。

「いやだわ」と奥さんは一種の媚態を感じさせる風をして答えた。

「それとも独身者には目に毒かな」

「何のことですか」と湧治は知らばくれて聞いた。

「いずれ決着をつけてから説明しましょう」と真顔に戻って松坂はいったが、湧治にはもう大体の見当がついていた。それは夫婦が閨房の生活の刺戟のために読み合う本に違いなかった。

結局湧治は十時頃までいて二人に別れを告げた。

松坂は丁寧に駅まで送ってくれた。


博士課程の進学者にも身体検査があった。大学院の身体検査には、修士課程の例で行けばM検がある筈だということに湧治は気がついた。

修士課程の身体検査の時、先に済ました者の口からその情報が洩らされ、湧治たちはかなり驚いた。ただ観るだけだとか、手で握って調べるそうだ、とか肛門と両方を懐中電燈で照らして念入りに調べるのだそうだとか、色々な噂が流れていた。

並木に誘われて吉野という医師のもとで血液検査を受けて大丈夫だという太鼓判を押される前に、それを思い出さなかったことは幸いだった。もし思い出したら、やはり湧治は少し不安を覚えたに違いない。

しかし湧治の予想に反して今度の身体検査にはM検がなかった。博士課程の進学者は修士課程の入学生と違って在学生に施行される身体検査と同じものが施行されたのである。

身体検査のあった日の夕方は、高崎の家で留守番のお礼の意味の夕食の招待があった。

高崎とは帰国してから、会ったのはそれが初めてだった。夫妻は湧治が留守をよく守ってくれたことについて繰返し感謝の言葉を述べた。本当に感謝していたらしく、二人の言葉にははっきりその気持が感じられた。二人はお土産だといって、ドイツのモンブランの万年筆を買って来てくれていた。

湧治は金魚を全部死なせたことをあらためて詫びた。

「いや、いや、そんなことは気にしないで下さい」と高崎はいった。

「わたしたちこそ、生き物を御了解も得ないで置いて行って、恐縮でしたわ。それに、新しいのをわざわざ買っておいてくださって」

と高崎夫人はいった。

「みんな元気でいますか」と湧治は少し心配になって聞いた。

しかし奥さんはいった。

「小さいのは死んでしまいましたが、大きいのは二匹共元気でずい分大きくなりました。あとで御覧下さい」

湧治は自分が留守番をしていた時も子供の金魚がいたが死んでしまったのですといいかけて止めた。高崎の奥さんが子供を一人堕してから子供が産めなくなったと聞いていたのが再び記憶に蘇って来たからである。

高崎家では彼に鶏の水炊きの御馳走をしてくれた。ドイツでよく食べるようになったのだという。ドイツの食事は余り性に合わなかったらしく、朝食を除いて、二人は日本食ばかり食べていたらしかった。

博士課程に進学した四月から、松坂の団地の留守番に入った八月末までの五ヵ月近くの間は、本当にあっという間に過ぎたという感じだった。もっともその間に二つの記念すべき出来事が湧治の家には起ったので、そうでなくても湧治には速く経過するように感じられる時の流れをますます速めてくれたのかも知れない。二つの出来事というのは、一つは四月の下旬に長兄の健治のところに女の子が無事誕生したことであり、もう一つは短大を卒業した妹の靖子が、五月の初めに次兄の親友の水野と予定通り結婚したことだった。

水野は東横線沿線に民間アパートを借りて新婚生活を始めた。湧治も一度招待されて行った。ある船会社の重役が引退後の生活のために裏庭を利用して作ったモルタルのアパートで、団地のアパートと違って緑に包まれているのはよかったが、値段は驚くべく高く、浴室つきの2DKで、湧治の家賃の三倍以上になる二万八千円であった。その上敷金が六ヵ月、礼金が三ヵ月も取られるというのである。もっとも二、三年位そんな風にして新婚生活を送ったのち、水野は父親に自分の家の庭先に小さな家を建ててもらって移り住むことになっていた。

母の邦子は、靖子が結婚してからは、まるで毎日通勤するように、水野のいない日中を狙って靖子の家に遊びに行っていた。そして水野の帰宅前に帰って来るのだったが、水野がアルバイトで病院に行き、帰宅が遅くなると決っている日には、夕飯も食べて来た。それで湧治は、その日を家庭教師に行く日にあて、外で夕食を済まして来るようにしていた。いい年をして正規の勤めを持たず、大学院とはいえ学生の身で、兄夫婦と生活を共にしているのは、気の引けることだった。湧治には、早く八月の末が来て松坂の留守番が始まるのが待たれた。兄のところに子供が生れて、家の様子が変るといっそうその感が強くなった。

松坂が北廻りでドイツへ飛び立つ時は、高崎夫妻の時にもそうしたように、湧治は羽田へ見送りに行き、その時松坂の奥さんから鍵をもらった。

海外旅行の自由化はまだ始まっておらず、外国へ行くということに「洋行」的な重みがまだかかっていた時代である。松坂は嬉しそうな顔をして、見送り人に愛嬌を振りまいていた。松坂夫人は娘のゆかりとお揃いのライト・ブルーのレースの服を着ていたが、それがよく似合っていた。彼女は胸に花束を抱えて、彼女によく似て可愛いゆかりと共に見送りの人々に挨拶していた。湧治は松坂夫人にいつの間にか好感を抱くようになっていた。もちろん勝手に、湧治の方で好きになっただけのことである。湧治はそれで満足だった。想像の中でならどんな女性でも、人妻でも、幼い少女でも、女優でも、歌手でも、好きになってよいというのは、考えてみればすばらしいことだった。そしてそういった女性と想像の中で肉体的な関係を結び、性的な関係に耽ることができるというのは大したことだった。

並木と性的な冒険を企てた夜から、湧治は奇妙な倒錯に陥るようになっていた。つまり女の身体というのがあの程度のものに過ぎないとすれば、想像の中で女の肉体を愛撫する方がきっとすばらしいに違いない、と考えるようになっていたのだ。そして影絵芝居のあとで見せられた、ベニヤ板をくりぬいて作られたものに過ぎない若後家の姿が、どういうものか現実の女の姿の背後に浮び、もし実際にその女を知ったとしても、ベニヤ板の人形のように感じられるに違いない、それよりも障子紙を隔てて見た虚像、あの影絵芝居の老人の言葉を使えば仮象の世界が自分には合っているように湧治には思えるのだった。

飛行機の見送りというのは味気ないものだった。大学生だった頃、祖父の郷里の九州へ行き、祖父の姪や甥たちに歓待され、別府航路で大阪まで帰る時には、みんな連れ立って別府まで送ってくれたことを湧治はふと思い出した。まったく初めて会った親類たちだったが、たった十日間の滞在ですっかり心が通じるように感じられた母のいとこたちやその子供たち、彼らと交換したテープを握りながら、だんだん船が遠ざかって行く時、螢の光の吹奏楽を耳にしながら、湧治は素直に感激して涙がこみ上げて来そうになったのだった。あの感激はかりそめのものだったろうか。いや、そうではなかった、その時点ではまったく偽りのないものだったのだ。しかしそんな風に心が柔軟で若かった時はもう手も届かない彼方へ行ってしまったように今は感じられた。松坂の見送りとは関係のないことなのに、不意に湧治には確信をもって思えて来た、それは時と共にはるか過去へ流されてしまったのだ……

松坂が階段を降りて行き、折れて曲ってしまうと、湧治は高崎の時もそうだったように、帰ることにした。飛行機が飛び立つまで見送っているらしい松坂の奥さんやゆかり、さっき紹介された奥さんの母親などに挨拶をすましたのち。

飛行機が飛び立つのを見たところで仕方がなかった。それにさしあたり湧治は日本の外へ出てみたいという欲求を余り感じていなかった。真物のヨーロッパは湧治の読んだ本の中にあって、現実のヨーロッパには湧治の考えているヨーロッパの形骸だけがあるようにしか思えないようなところがあった。それは詩と現実の倒錯のようなものだったかも知れないが、湧治の心のありかたがそうだったのだから仕方がなかった。

家へ帰ってみると、丁度兄の健治が帰って来たところだった。

洗面所へ行くと、風呂から出て来た健治に出会った。

「お前も一風呂浴びて汗を流して来いよ」と彼はいった。

浴後湧治は兄と共にビールを飲んだ。母と嫂もコップに半分だけお相伴した。湯上りのビールはおいしかった。

「しばらくお前もまたいなくなるわけだな」と健治はいった。

「ええ」

「時々来いよな」と長兄は余り威厳のない調子でいった。

「ええ、時々来ますよ」と湧治は答え、「僕の家へも来て下さいよ」といおうとして止めにした。考えてみれば、それは彼の家ではなくて、偽の住い、かりそめの棲家に過ぎないということに気がついたからである。

「お母さんも時々掃除に行きますよ」

「わたしも一緒に行きたいわ」と嫂が母に続けた。

「どうぞ、母と一緒に」と湧治が答えたが、兄の健治がちょっと不機嫌な表情をかくせないでいるのに気づいた。

「ともかく家へ時々遊びに来てくれ」

若い家長である兄は不機嫌を隠すようにそういって、「ここはお前の家だからな」とつけ加えた。

「はい」と湧治はいった。

翌日は日曜だった。湧治は朝九時頃母に玄関まで送られて家を出た。兄夫婦はまだ寝ていた。

「ちょいちょいいらっしゃいね」

「また、何か足りないものが出て来るでしょうから、その時には戻って来ます」

「お母さんが行く時も持って行きますよ」と母はいった。

第五章

鍵を開けて、松坂の家に入ると、テーブルの上に書き置きがしてあった。

「冷蔵庫や台所の戸棚の中にある物は何でも上って下さい。まだ一週間位は食べられます」

冷蔵庫を開けてみると、ビールが二本、コカ・コーラが一本、チーズが箱に三分の一位と、卵数箇、ハムの切りかけ、ビニールに包んだパン、バターが箱に三分の一位、鯛の粕漬、やはりビニールに包んだ野菜類などがあった。

しばらくソファーに腰かけてぼんやりしていると、ベルが鳴った。出てみると荷物を頼んだ運送屋だった。湧治は荷物運びを手伝うと、彼にコーラを一本御馳走した。彼は昔からずっと湧治の家に出入りしていた氷屋だったが、電気冷蔵庫の普及に伴って、半年前に氷屋を廃業して運送屋に転業した男だった。

その週は大学へ出ないでもよかった。湧治は一週間快適に過した。湧治自身の荷物の中にも母が少し罐詰などを入れてくれてあったので、その間食料は何も買わないでも保(も)った。彼は朝から晩まで、買うだけは買っておいたが、修士論文のために読めずにいた、ドイツで最近評判の小説の類いを読んで過した。

週の終り、家庭教師に行くために住いを出ると、団地の中を向うからやって来る女性が高校時代恋していた玲子にひどく似ているような気がした。

近づいた時によく顔を見よう、そしてもし玲子だったら、話しかけてみようと思ったが、二人の距離が狭まるうちに湧治はその勇気をなくしてしまった。そしてわざとその女性に気づかないようにして、遠くを眺めた。その時湧治は顔を赤らめていた。十年近く前の思春期の四、五年間、彼を苦しめ抜いた赤面恐怖症が、まったく突如として湧治の中に目覚めたかのようだった。

その日から湧治は部屋の窓からよく外を眺め、玲子に似たあの女性が通りはしないかと目を凝らすようになった。外出しても駅までの道の途中で再び会うことはないだろうかという期待に心を動かされた。そしてとうとう十月の末、雨降りの日に湧治は駅前の道で再び見かけることができ、彼女がたしかに玲子に間違いないと確信した。その時玲子は三歳位の女の子と母親かお姑さんらしい年齢の婦人と一緒にいた。

父親の転任に伴って北海道の札幌へ転校していったということだったが、結婚して、この団地に住んでいるというのもまるであり得ないことではなかった。

玲子はじっと彼女を見つめる湧治の視線に気づいたようだった。湧治が傘で慌てて顔を隠してしまったから、彼女を見つめていた男が、高校時代一年上にいた湧治であることに果して気づいたかどうか分らない。

玲子は髪型こそ人妻らしくなって、嘗てのオカッパではなかったが、あの頃の玲子にあった誇り高く、そして初々しい感じはまだ充分に残っているような気がした。

湧治は昔の気持が何か冷凍されていて、その状態のうちに新鮮さを保ち、ある日魔法の呪いがとけたように解凍されて、再び彼のものとなったような気がした。冷凍は現代の魔法のようなものである。何十年先になるか分らないけれども、人間は冷凍で一時生命を停止させられ、百年なら百年ののちに、再び生き返ることもできるというではないか。

その日から、湧治は奇妙なことに恋の虜となった。玲子が同じ団地にいるということが彼にはいつも意識された。一万人の団地という、その頃一番大きな公団の団地なのに、その団地の大きさは、玲子一人の存在の重さに匹敵する位に思えた。

もう一度どこかで逢うようなことがあったら、勇気を振い起して、玲子に話しかけてみたい、と湧治は思っていた。話しかけてどうということはないに違いなかったが、玲子が今どうしているか、何という姓に変っているのか、どの棟に住んでいるのか、少くともそうした点については、確かめることができるだろう。その結果必然的に量を増した玲子についての知識は、湧治を限りなく幸福にする筈だった。本当に湧治は再び玲子に熱烈に恋していた。冷凍にされていた恋が冷凍を解かれたのか、あるいはタイム・マシンにのせられて過去へ連れ去られたかのようだった。

ただ、当時と違っていることは、玲子がもう成熟した女、しかも人妻だということだった。だがそれは湧治の場合も同じことだった。湧治も同じように年を取り、しかも彼とても、一度に過ぎなかったにしても女の身体を知っていたのだから、もう純潔な男子ではなかった。

そして玲子が人妻であるために、肉と霊の分裂に苦しんでいた高校時代の湧治の愛情も今はもう分裂に苦しまないでもいいのだ、という気がした。そして湧治は、玲子の夫が不能であったらいい、などと空想したりした。しかし一方で湧治は、玲子と恋愛関係に陥っても、玲子の肉体を自分は別に知らないでもいいのだ、とも思った。玲子の肉を知ったら、自分の恋愛の神性は天から地上へ落ちて来た天使のような体たらくになるだろう、影絵芝居ではあんなに美しかった若後家が実際はベニヤ板をくりぬいたただの板に過ぎなかったように、と思ってみることもあった。

十月の初めに松坂の奥さんから、これから娘とゲッティンゲンの夫のところへ行くが、後をよろしくという葉書があった。しかし一頃好きになった松坂の奥さんももう湧治には関心がなかった。彼の心は玲子にだけ向けられていたから。

しかしそれから年が明けるまでの三ヵ月間湧治は玲子に一度も逢わなかった。いくら巨大な団地に住んでいるといっても、逢い方が少な過ぎると湧治は思った。

自炊をしている以上、湧治は一人でよく買物に出かけなければならない。大学へ行った帰りにデパートの地下街で買って、買った物をそっと鞄の中へ入れて来ることを原則としていたが、年を越し、やがて大学が春休みに入ると、やはり近所で買物をする回数が多くなった。もっとも主婦ばかりでなく、一家の主が買物に行く風景は団地では珍しくないことが大分分って来ていたから、湧治はそれ程恥ずかしく思わないでもよい筈だった。それに高崎の留守番をしていた時に買った安い合成皮革のボストン・バッグをまた忘れずに持って来ていたから、例えばネギなどを買っても、その中にスッポリ入ってしまい、店を離れてそのボストン・バッグを持って歩けば、妻に買物に行かされている恐妻家の夫だと疑われる心配はないといってよかった。

ただ、高崎の留守番をしている時には、それ程でもなかったのに、朝鮮漬を一袋とか、鮭の切身を一切とか買う時に、湧治がひどく羞ずかしい思いをするようになったのは、それをどこかで玲子が見ているかも知れないという可能性を意識するようになったためかも知れない。しかしともかくその後一度も玲子と会わないというのは奇妙だった。団地の駅前には、安くて人気を呼んでいる店がいくつかある。湧治もその店へよく行ったのにまったく会わないのは不可思議だった。確率からいって一回位逢ってもよさそうな気がするのだった。アパートを出て買物に行く時、面倒だな、という思いはあったが、湧治の心にはいつも玲子と逢えるかも知れないという期待が働いていたから。

そのうちに玲子と会ったこと自体が湧治には何か夢のような気がして来た。もしかするとあれは白昼夢といわれるものかも知れない、と思われるようにさえなって来た。

松坂の住いは住み心地がよかった。東向きで朝は太陽が燦々と入り、しかも風通しがよかった。母が来た時、「これなら夏になっても扇風機が要らないわね」といった程だった。

そして本当にいつの間にかその夏の中に湧治は入っていた。

夏休みに入っても、湧治は比較的規則正しい生活をした。朝は七時頃起き、朝食後秋に学会の雑誌に発表を約束した「最近のドイツのカフカ研究に関する報告」という論文に使う文献を読む。

昼食後二時から五時半までは書斎の四畳半に枕を出して寝転びながら、種々雑多な本を読む。

一週間に一度位台所のゴミを捨てるために、「エリーゼのために」の音楽が聞えて来ると、ヴェランダに置いてあるプラスチックのバケツを持って下へ降りた。もっとも用心をしないと降りて行っても無駄骨を折ることがある。というのは、大抵三時頃だったから、清掃車よりあとだったが、同じ「エリーゼのために」を奏するトコロテンと氷を売る自動車が来ることがあったからである。五時半位からぼつぼつと夕食の準備を始める。買物に行かなくてはならない時は、少し早目に家を出て、駅前の商店街へ行く。夕食にはかならずビールを一本小瓶だが飲む。調子のいい時はそれにウイスキーの水割りを作って飲む。そのための酒の肴を作る労力なら決して湧治は嫌いはしなかった。

一度妹の靖子と夫の水野隆が遊びに来たことがあった。

その時、湧治はオードヴルを結構うまく作って二人を驚かせた。この頃湧治は食物嗜好に淫して来た。明らかに独身生活の一つの症状かも知れないと思われる程に。

「君より湧治さんの方がうまいみたいじゃないか」と水野は靖子をからかった程だった。

それから妹夫婦は、湧治の独り暮しが気に入ったと見えて、二、三度程、電話をかけて遊びに来たことがあった。マイ・カー族なので、自動車を使えば、彼らの新居から三十分位で来られるのである。一度など水野は、

「こんな気楽な生活なら、僕ももうしばらく独身を楽しむんだったな」といって、妹を憤慨させたことがあった。

夜は何の拘束もない。湧治は自由にその場の事情に応じた過し方をした。夏休みに入った日の晩偶然彼は松坂が松坂文庫と称したものをある本棚の奥に見つけ出したので、休みの間、そ

れらの本の虜となった。松坂がまとめて手に入れたらしい第一次大戦後のドイツのポルノグラフィーで、もしかしたらどこかの古本屋で見つけたのかも知れないが、同一人の蔵書であることは、すべてN・Kというサインが入っていることから明らかだった。ベルリンの地下出版でどれも描写は驚く程露骨だった。余り露骨過ぎて芸のない感じだったが、しかし湧治にはそれが面白かった。それらには麻薬のような働きがあり、一日一回は読まないと気がすまなかった。第一次大戦後のドイツは風紀が非常に乱れ、そうした類いの秘密出版が猛威を極めたことは知っていたが、その種の出版物に実際に触れたのはもちろんそれが初めてだった。昔ドイツ文学の翻訳本を片端から読んだことがあったが、その時湧治はケストナーの『ファビアン』という作品の中で、第一次大戦後のドイツの娼家では女たちが文字通りの全裸で客を迎えたということを、実際に娼家を描写した箇所から窺い知って、ひどく性的な刺戟を受けたことがあった。日本にもそういう娼家があって、病気にうつらない絶対的な保証があったら、と湧治はその時熱っぽい頭の中で考えたものだった、今すぐにでも貯金を全部おろして行くのだが。その時湧治は春休みに友だちと大規模な南九州旅行を計画していて家庭教師のアルバイトをして貯めた二万円なにがしかの貯金を持っていたのである。あの頃は子供ぽかったな、と湧治は今、並木に連れられて伊豆の温泉で訪れた日本の娼家のことを思い出しながら呟いた。日本の娼家の方が、ドイツの第一次大戦後のそれとは比較にならない程情緒纏綿(てんめん)としたものがあるではないか、と思いながら。

そうはいっても、今すぐ再び、伊豆の温泉を訪ね、彼に名前を教えてくれた女を訪れる気はなかった。皮肉なもので、娼家を訪れることが可能になった今、一向その気持には襲われなかった。

四月に入って早々ゲッティンゲンの松坂から、フンボルト財団の奨学金の七ヵ月延長が正式に決ったので、翌昭和三十七年の三月末までドイツにいることとなった、ついてはそれまで留守番の期間を延ばしてもらえまいか、という手紙が来た。もちろんそれは湧治にとって好都合な話だった。彼は折返し了解した旨の返事を出した。

湧治はドイツのポルノグラフィーを読むようになってから、単語帳を作るようになっていた。頻出する単語を早く覚えれば、それだけ読むのが楽になるだろうと思ったのである。その目論見はあたって、八月の終りには全部で九冊あるうちの七冊目にかかっているところだったが、読む速度は目立って速くなっていた。書きぬいて簡単な意味をつけ加えたドイツ語による性的表現はノート一冊になりかかっていた。

夏休み中湧治はカフカの文献を系統的に読んでいたが、むしろドイツのポルノグラフィーを読むという楽しみが夜彼を待っていて、それが昼間の勉強の励みになっているようなところがあった。ある英文学者が、語学上達の道はポルノグラフィーを耽読することだと書いていたのを湧治は読んだことがあるが、確かに湧治のドイツ語の実力は格別に上達しているかも知れなかった。

湧治は、ポルノグラフィーを読んでもいいのは夜、しかもノルマの原書百ページを読み終えてからでないといけないという禁欲的な条件を自分に課していた。そうでないと際限もなく自分がポルノグラフィーの世界に陥ってしまうのではないかという危険を感じたためである。ある日湧治は浴室の鏡の前に立って、自分の顔がひどく青白く、しかもどこかのっぺりとして来て、ペニスに似て来たのではないか、と感じた。もしかするとそれは前夜二時までポルノグラフィーを読み続け、それからしばらくぶりではあったが、自慰を、しかも翌日外へ出る用がないのをいいことにして続けて二度もした結果ではないかという妙な不安に襲われた。

ポルノグラフィーを読むのを楽しみにして、義務としての論文を書いていること、それは結婚したての男が、やはり仕事をしながら、その仕事を終えたら、結婚したての若い、まだ新鮮な妻の肉体にありつくことができるのを楽しみにしているのと似ているかも知れない、と湧治は思った。夫が学者だとする、ある期限までに完成しなくてはならない論文の仕事を抱えているので、折角知り初めた若い妻の肉体にお預けを喰っている。彼の頭は、いずれ彼が味わうであろう恍惚感の予感で一杯だ。論文が完成したら、彼は朝太陽が黄色く見える程（それは湧治が高校生の頃ある小説の中で読んで忘れられなくなった表現だ）、妻の肉体に耽溺するのだ。その若い妻の身体を知るまでは興味が持てた研究も、今では灰色の義務行為と変ってしまう……

湧治は時々自瀆をして自分の性欲の調整を計った。一週間に一度位が丁度よかった。それ以上回を重ねると、頭は混濁し眠くなり、だらしのないことにもう荒淫の症状を伴った。昔高校生の時分初めて自瀆を覚えた頃は自瀆を覚えると止められなくなって、しまいに死んでしまう猿の運命に自分も陥ってしまうのではないかという不安に駆り立てられながら、しかしいつも自瀆の誘惑に抗することができないでいたが、その頃に比べると、それを自分で規制するのはずっと楽になっていた。大体その誘惑に迷わされること自体がまったく少なくなっていた。

自瀆の射精の快感と本当の性交の快感とどう違うか、物理的にはさして違いないと思われる瞬間が、自瀆をしている時にしばしば湧治を襲った。しかしそのたびに湧治は、恐ろしい考えだ、そんな考えに捉えられるのは止めようと思った。だがそのためには一度娼婦ではなくて愛している女と肉体的な関係を持たなければならない、そうでないことには立証できないではないかと考え、人妻となった玲子の肉体を思い泛べるのだった。

その後湧治は、自分の家に余り帰らなくなった。博士課程二年の夏休みが終ってからは間遠になるばかりで、一ヵ月に一度位になり、十月になってからは二ヵ月ぶりにようやく一度帰ったきりだった。十月に帰った時湧治は不愉快なことを経験した。彼の書斎が完全に模様替えされ、今度は完全に蒸発してしまっていたのである。そっと母に問い質すと、母は済まなそうにこういった。

「この間曜子さんに頼まれてね、あなたが帰ったら元通りにするからというので、あの部屋を貸して上げたのよ。あなたの了解を得るべきだったかも知れないけれど、帰って来る時はかならず元の状態に戻させますから、赦してね」

湧治は仕方なしに黙ってしまったが、本当は心の中で憤っていた。嫂の振舞いを許されない越権行為だと思ったのである。枕許には電燈までつけて快適だったベッドは襖が入れられ、もう見る影もなく、仕切りの板の位置こそ変えてなかったが、電球も笠も取り外され、畳を外されていた。下の空間に整理して入れてあった彼の持物はどこかへ消えてなくなり、代りに服が入っているらしい箱が一杯入っていた。僕の物はどこへ行ったのだろう、と彼は呟いた。古いノート類や、絵具の箱や、手紙類や未整理の写真を詰めた箱なのだ。まさか捨てたのではないだろうな、と再び呟きながら、全部大切に保管してある筈だ、といっていた母の言葉を思い出し、嫂が実家に行って夕方まで帰って来ないことを知っていたから、前方の荷物を引張り出して奥の方をよく調べてみた。すると奥の暗がりの中に彼の持物を入れてあるらしい段ボールの箱が二つ並べてあるのを見出した。その二つの箱を引き出してみると予期した通り、そこに彼の持物はすべてきちんと詰められていた。

本箱だけが無事に元の位置にあったが、その前にミシンが置かれていたし、中学時代から使っていた大型の坐り机は出入口の右側に押しやられ、その上には箱の類いがうずたかく積み上げられ、下の空間も色々な箱が入れられてあった。思うに嫂は整理上手らしかった。彼女は三畳の空間を実にうまく利用し、子供のベッドがこれまでの二間の空間の一部を占領し、また子供が出来たために必然的に殖えた物のためにこれまでの場所からはみ出た荷物や、夫婦が生活して行く中で殖えざるを得なくなった荷物の整理の場所として、湧治が愛していた書斎を完全無欠といっていい程占領してしまったわけだった。つまり彼の部屋は納戸に変ってしまったのだ。

ふと湧治は机の抽斗を開けてみる気になった。安心したことに抽斗の中はまったく元のままだった。かなり乱雑に種々雑多なものが入っている。湧治は抽斗の中を少し整理してみる気になって、そこに坐った。よくこんなつまらない物を取っておいたな、と思われる物が出て来た。きっと何か思い出が結びついて捨てかねていたに違いない。古い万年筆の軸、針の動かない磁石、使い古したペン先、兄からもらったライター、そんな類いのものだった。ふと彼は父の遺品のプラチナの懐中時計を見出した。それは父が洋行中に買ったというロンジンの懐中時計だった。どういうわけか、それは父が息を引きとったその時に止まってしまったのだった。父の葬儀が終ってから、彼はそれを父の身につけていた遺品としてもらったのだ。長兄は父と体型が同じために、父の服の類いを全部もらったので、時計は遠慮した。次兄も祖父から時計をもらっていたので、遠慮し、父が愛用していたウォーターマンの万年筆をもらった。まだ小さかった妹の靖子は何ももらわなかった筈だった。

中学に入ってから湧治はそれを直して使おうと思い、近所の時計屋に持って行った。時計屋の主人は、これは古くて珍しい物だね、しかし部品がないから家ではちょっと直らないね、といった。湧治はいずれデパートに持って行こうと思ったが、そのうちになぜか父が息を引き取った時に止まってしまったその時計を、父の遺品としてそのままの状態で大切に保管しておいた方がいいような気がして来た。そんなわけで、それは湧治のもっとも大切な保管場所である机の抽斗の奥深くに蔵われたのだが、しかし今それは忘れられてそこに埃にまみれてあった。彼は不意に父が急死した時の悲しみを思い出したが、それは彼の心をもうほとんどゆすぶらなかった。

その隣に手紙の束がやはり埃をかぶってあった。すっかり忘れていたが、鵜川知子の手紙を全部束ねたものだった。一頃彼はそれを宝物のように大切にし、毎日見直したものだった。今こうやって埃をかぶって机の抽斗の中に忘れられたように置いてあるのを見ると、嘗てそれらを命の次に大切に思っていたのが喜劇めいて思われて来る。

知子の消息は、二、三ヵ月前久本と前回とまったく同じ場所でばったり会い、同じように近くの喫茶店に誘い合って話をした時に聞き出して、湧治はかなり詳しく知っていた。

「ああ、あの恋愛か」久本は湧治が何気ない風を装って訊ねると事もなげにいった。

「駄目になったよ。親父さんに反対されてね」

「相手はどうしたんだい」と湧治はいった。

「二人とも実にだらしないんだ。俺だったら相手の女を承知させて駈落ちでも何でもしてしまうけれどもね。両方とも優等生だからお話にならないんだな。鵜川知子は親父に反対されると、相手の男に一切逢わなくなってしまったというんだからな」

「彼女は今どこにいる」

「医局にいるよ。内分泌学を専攻してね」

それから久本は吐き捨てるようにいった。

「要するに童貞と処女の恋愛など下らん、下らん」

彼は旧制高校の在学中に胸を患って旧制高校で三年留年したという男で、湧治がいたクラスでは別格に扱われていた。すでに女を知っていて、一時期女と同棲したこともあるらしいという噂も湧治がいた頃あった。

「そういえば彼女は眼鏡を外したよ」と彼はいった。

「ほう」と湧治は驚きの声をあげて、

「だってかなり近眼だったろう」

「そう、〇・〇五とかいっていたな」

「それでどうしたんだい」

「コンタクト・レンズという奴だよ。インターンが始まって、コンタクト・レンズをはめて彼女が眼鏡を外して出て来た時、俺はちょっと驚いたよ」

「どうして」

「すごく人が変ってしまった。想像しなかったような美人になっていたんだからな。眼鏡をかけた時と別人のような観があったよ。あんなにも変ることがあるとは知らなかったよ」

「へえ」と湧治は相変らず無関心を装って聞いていたが、内心自分の先見の明を誇っていた。眼鏡を外した素顔の彼女の美しさ、神秘的な瞳の魅惑、汚れのない顔の輪郭を知っていたのは、それまでは自分だけだったのだ、と思ったのだ。しかし同時に彼女が眼鏡をコンタクト・レンズに変え、謂わば素顔を公衆に晒らしたことは彼を失望させた。もう僕らの恋は終りだ、と、もうそれはとうに終った筈なのに、改めて思った程である。

「今親父さんが彼女の見合写真を作ってね、方々に頼んでお婿さんの候補を捜しているよ。外科の病院を経営しているだろう。だから外科医のパートナーを持たせたいらしいんだ。彼女は親父が捜し出した男と見合して、お互いに気に入ったら、結婚するらしい。まったく妙な心理だよ」と久本は慨歎するようにいった。

「君もたしか外科だったろう」と湧治は何気なしにいった。

「俺か、俺はあんな女は願い下げだ」と久本は湧治がそんなつもりでいったのではなかったのに答えた。「たしかに一種の魅力があることは認めるがね」……

しかし久本と別れて電車に乗ると、湧治は自分もあのまま医者になって、外科医にでもなっていれば、然るべき人を立てて正式に知子に求婚し、彼女と結婚することもできたかも知れないと思った。そんな風に求婚できるということを湧治はまるで初めて発見したように気づいた。そういう方法で好きな人と結婚することができる、というのを湧治はそれまで考慮に入れていたことがなかったのだ。すべての愛は、様々な障害に打ち克ちながら実現されて行くべきものだという観念に、頭の中が一杯詰まっていたような感じだった。しかしともかく知子との愛はもう問題にはならなかった。彼は外科医ではなかったし、親父に反対されて嘗ての恋人に逢わなくなるように豹変してしまったという女は、まったく久本のいうように論外であった……

ほかにも玲子の手紙を束にして保管してある筈だ、と湧治は、読み直そうという興味がまったく湧いて来ない知子の手紙を初めの場所に戻しながら思った。知子が好きになってしまうと、玲子から来た手紙の重要さは半減して、机の抽斗から、ほかへ移されてしまったのだろう。もしかすると、押入れの下の奥深くへ入れられてある段ボールの箱の中に入っているかも知れない。湧治はそれを調べて取り出してみたい誘惑に駆られたが、嫂が帰宅する時間が迫って来たので止めにしてしまった。

その日湧治は泊って行ったらどうかという母の勧めにもかかわらずアパートに帰ってしまった。自分の巣のなくなってしまった家にますます親しみがなくなってしまったのである。九時頃彼は母の許を辞して、松坂のアパートに着いたのは十時頃だった。

十二月に入ってから、湧治は、研究室に顔を出した指導教官の大垣から、ちょっと話があるので、来てもらえまいか、といわれた。湧治は何のことか皆目見当がつかずに、一階上の最近教授になった大垣の部屋へ行った。

「まあ、坐りたまえ」と大垣教授は、机の前から立って、応接セットのソファーを指した。

「いや、わざわざ呼び立てて済まない。話というのは、ほかでもないが、来年の四月から、中尾という僕の従弟がベルリンへ大学の金で一年間留学することになった。中尾というのは知っているだろう」

「はあ、存じ上げています」と湧治は答えた。

大垣教授の従弟は、大垣より十二年下のある私立大学独文科の助教授で演劇評論家でもあった。四十まで独身でいたが、つい一年前に二十年下のバレリーナと結婚したのでよく話題になる男だった。

「最近できた雪ヶ丘団地に３ＤＫがあたって住んでいるのだが、やはり一年留守をする場合には留守番をおいた方がいいらしいんだね。それで色々あたってみたんだが、適当な人がいない。そこで君のことを滝沢君から耳にしたことを思い出したんでね。いや、僕はそういうことにうとくて、それまで知らなかったんだが、君は自分の家にいなくて、今松坂君の留守を預かっているという話じゃないか」

「ええ」

「高崎君の留守中の留守番もしたそうだが、君は留守番としては理想的だという話だね」

と大垣はいってから、

「おっと失礼、非常にこまやかに留守を守ってくれるということだね」

「まあ、掃除が好きですから」と湧治は答えた。

「そうだってね。高崎君などは、帰って来て、余り家の中が綺麗なので、驚いたそうじゃないか、彼らがいた時よりも綺麗になっていたっていう話だな」

「はあ」と湧治はいったが、本当は「よく御存知ですね」といいたいところだった。

「いや、全部滝沢から聞いたのだがね」

「そうですか」と湧治は少し憮然として答えた。

「それでたのみというのは、松坂君のあと僕の従弟の中尾夫婦の留守番をしてくれないかということなんだ。一度飲みに行ったことがあるが、大井町線の沿線に最近出来たばかりの公団住宅で、なかなかデラックスだったよ。もっとも家賃は一万二千円といっていたが、引受けてくれるだろうか。もちろん君が結婚する予定でもあるのだったら、一緒に住んでもらってもいいんだよ。ダブル・ベッドも上等のがあるようだったから」と大垣はいった。大垣はそういうことをいうのが好きだった。もっともそれがまったくいやらしくないのは、彼の人徳というべきものかも知れなかった。

「いや、別に結婚するあてはありません」

「そうか」と大垣はいった。「それでは独りで住んでくれるだろうか」

「もしよろしければ」

「いや有難う、中尾は喜ぶと思うよ。それじゃ、早速彼に話をしておこう。連絡つき次第君に電話させるよ」

「そうですか。私からしてもいいですが」

「いや今日中に電話をしておくから、明日彼からさせよう」と大垣はいった。湧治は幸い次の日は一日中アパートにいる予定だった。

次の日の午後八時頃、電話が鳴った。湧治は丁度風呂から上ったところだった。彼はすぐに朝から待っている中尾からの電話に違いないと思い、裸の身体にタオルを巻いて出てみると、しかし女の声、しかも若い女の声だった。

「もし、もし、出水さんのお宅ですか」とその声はいった。

「そうです」

「湧治さんはいらっしゃるでしょうか」

「僕が湧治ですが」

「あら、湧治さん、わたしは玲子です。昔の前田玲子です。憶えていらっしゃる」

その瞬間湧治は心臓が止まってしまうかと思った。一年二ヵ月前に会ったのが最後で、その後会うことがないために、会ったことさえ信じられなくなっている玲子からの電話に、間違いないのだ。それは夢が現実になったみたいな出来事だった。

「わたし前田玲子です。憶えていらっしゃる」

湧治が電話口で黙り込んでしまったために玲子は再び同じ言葉を繰返した。

「もちろん、憶えていますよ」と湧治はタオルを腰に強く巻きつけながらいった。

「実は僕は」

そういいながら、湧治は嘗て玲子を恋していた頃の高校生の昔に返ったように、ぽうと赤くなった。

「あなたを見かけたことがあるんです」

「わたしも」

「どこでですか」

「駅前の商店街で」

「僕も。その前も見かけたことがありましたが」

「どうして声をかけて下さらなかったの」

「いや、つまり、あなたという自信がなかったから。二度目はあなた一人ではなかったからです。しかしどうしてここの僕の電話が分ったのですか」と湧治はいった。

「いやその時あなたではないかと思って、たまらなくなってあなたのお家に電話をかけて、聞いたの。若い女の方が出ていらして、教えて下さったわ。それで分ったの。あなたがこの団地にいらっしゃるということが」

「そうですか、それはどうも」

「この間お家の電話に出て来た方はどなた」

「兄の妻でしょう」

「まだ、若い方ね。わたしよりもお若いみたい」

湧治は少し考えていった。

「同じ位の筈です」

「あなたはまだ結婚していらっしゃらないんですってね」

「ええ」

「わたしあなたのことを色々知ってしまったわ」

「たとえば」

「まだ独身ですってね。そして今は先輩の方のお留守番をしているんですって」

「ええ」

「ドイツ文学を研究していらっしゃるんですって」

「いや、研究ということじゃありませんが」

「一度あなたにお目にかかりたいわ」

「僕もお会いしたいな」

湧治は急に気になって聞いた。

「お子さんは今いらっしゃるんですか」

「娘のこと」

「ええ」

「娘は実家に預けてあって、今はいないわ」

「あなたはどの棟にいらっしゃるんですか」

「あら、玄関でブザーが鳴っているわ」と突然玲子はいった。

「この電話切るわ」

そういったかと思うと、電話はプッツリと切れた。

湧治は切れた受話器をまだ耳にあてがいながら、しばらく茫然としていた。まるで夢を見ているような具合だった。昔玲子を恋い憧れていた頃、彼はよく空想の中で玲子と今のような会話をしたことはあった。電話で話をする場面もその空想にはあった。だが現実に玲子と話をしたことは数える程しかなかった。それもぎこちなく、ずい分あらたまった調子でしか話はできなかった。それなのに今の玲子はさすがに人妻らしくなまめかしく、しかもひどく馴れ馴れしかった。

彼は裸でなかったら、もっと落着いた応対ができたのに、とあらためて思った。裸なのが見える筈はないのにやっぱりひどく気になっていたのだ。

その夜寝るまで何だか世の中が突然変ってしまったように思えた。原因はもちろん玲子の電話にあった。彼はその日一日中玲子について色々空想をたくましくした。彼の関心の対象はいつも玲子の上にあった。そして彼が確信したことは彼が玲子を愛していると同じように、玲子も依然として彼を愛しているということだった。人妻となったのちも変りなく……

湧治は五年前に発行されたきりその後改訂版の出ていないらしい同窓会名簿を確かめてみれば、あるいは玲子について手がかりがつくかも知れないと思った。しかしそれは手許になく、兄夫婦の荷物の置場と化した彼の書斎の本箱の中にあるに違いなかったから、すぐにはどうにもならなかった。

次の日の朝一日遅れて中尾から電話がかかって来た。前の日遅く帰って来て湧治が引受けてくれたことを知ったのだという。そして十二月はお互いに忙しいだろうから、一月下旬に、中尾のところへ打合せかたがた、湧治が会いに行くことになった。

第六章

十二月も下旬に入って湧治は風邪を引き、寝込んでしまった。夜学の年内最後の授業を終った時、身体がいつになくだるく感じられ、少し寒気もしたので、念のために風邪薬を買って帰ったのだが、アパートに着いて熱を計ってみると、三十八度五分もあったので、薬を飲み慌てて寝てしまったのだ。

すぐ寝たのがよかったのか、次の日の朝は三十七度台にさがっていたが、夜はまた三十八度二分に上っていた。

そんなことで平熱に下るまで、四、五日湧治は寝ていた。そして連日おかゆと梅干と卵で過した。そのほかに林檎の買いおきがあったので、野菜代りに林檎を食べることができたが、もし買いおきがなかったら青物は何もなくなっていただろう。母に来てもらえばいいという考えが泛んだが、妹の靖子が悪阻で苦しんでいて水野家に日参しているのを電話で嫂から聞くと、湧治は母に来てもらうのを諦めてしまった。

熱を出した日に夜学の授業でカフカの「独身男の不幸」という題のコントを使ったのが、いかにも皮肉だった。寝込んでからも、教科書版のカフカ短篇集を取り出して、何度も次のようなコントを床の中で読まないではいられなかった程だった。

独身男の不幸

いつまでも独身男でありつづけるのはまったく厄介なことらしい。一晩人々と共に過したくて、いい年をしながら、体面をようやくの思いで保って、仲間入りを請うというのは。病気になって、ベッドの端の方から何週間もがらんとした部屋をじっと見つめているというのは。いつもアパートの玄関の前で同僚に別れを告げるというのは。一度たりとも妻と寄り添って狭い階段を上ったことがないというのは。部屋に他人の住いに通ずるサイド・ドアしか持ってないというのは。自分の夕食を片手に提げて帰宅するというのは。他人の子供たちを茫然と見なくてはならないというのは。そしていつも決って、「俺には子供がいないのだ」と繰返すわけにもいかないというのは。外観や振舞い方を少年時代の思い出にある一、二の独身男に倣って作り上げるというのは。

そんな具合になるのは分っている、ただ実際には今日あるいは将来誰だってそんな身の上になるかも知れないのだ、肉体を備え、本当の頭を備え、従って額も健在なのに、そうなってその額を手で叩いてみなくてはならなくなるのだ。

湧治はこのコントを何度も読みながら、熱が下ったら、この冬休みに、何度も婚約しては破棄し、とうとう結婚しなかったカフカについて、「カフカと家庭」という題で短いエッセイを書いてみよう、と思ったりした。湧治はカフカが恋人の一人に出した手紙の一節に、自分は家庭は人間のなし得るもっとも偉大なことだと思っているが、余りに大変過ぎて、成就できない、それに家庭を作ったら牢獄につながれている気がするだろう、逃げようとすれば逃げられないことはないが、逃げれば、その牢獄を別荘のように快適なものに変えることもできないし、別荘のように快適なものにすれば逃げられなくなる、という意味のことを書いていたのを思い出した。

年末から正月にかけては、湧治はいつものように母の家で過した。湧治はもう二歳近くになった姪のために、デパートで着せ替え人形を買って家に帰った。姪はまだおむつから完全に離れていなかった。湧治はある時、嫂が姪のおむつを替えているのをうっかりそれと知らないで覗き込んでしまい、そして姪の局部を見てしまった。それはまだすべすべしていたが、しかしまるで運命のように割れ目ができていた。湧治は思わず顔を赤くし、慌てて目をそむけた。

玲子の電話を嫂に確かめてみたが、別に新しい手がかりは見つからなかった。高校の同窓会名簿は本棚にすぐ見つかったが、玲子は卒業していなかったので、名前がわずかにのっているだけだった。

正月も三日になると湧治は早くも自分の住いへ戻りたくなった。

一月の二十八日が、大垣教授の従弟にあたる中尾を訪ねる予定の日だった。彼はその日約束した時刻に、中尾の住いを訪ねた。私鉄を二度乗りかえなければ行けない不便さだったが、二つとも連絡がうまくいって、信じられない程早く着いた。

それは住宅公団の技師たちが未来都市の夢を描きながら作ったと公団が宣伝している団地だけあって、大がかりな、しかもなかなかよく出来た団地だった。たとえば駅からは乗物が一切入れない「プロムナード歩道」という道を通って団地に入ることができる。彼はそのプロムナードを歩きながら中尾の棟に向った。中尾の棟は六角形の筒形の建物だった。どの部屋も太陽があたるように、しかもどの部屋も窓を持っているようにという工夫から生れた構造の建築らしかった。

中尾の住いは最上階の五階にあった。エレヴェーターはなく、その代り、螺旋階段があった。湧治は螺旋階段をぐるぐるまわりながら昇って行った。足を滑らせて落ちてしまうと確実に死んでしまうような深さを持った奈落の空間が手摺の下にある。四階まで来ると湧治は少し眩暈(めまい)を感じた。子供の頃彼は、兄たちとよく、ぐるぐると回転する運動をやってその時間の長さを競争したものだったが、部屋の壁が斜めになり、床が斜めになる時間が、回転を終ったあとでもしばらく続く。湧治はその感覚を楽しんだものだった。数分間ではあるが、世界そのものが回転するという玄妙な感覚！　五階に達した時、湧治は本当に目が廻ってしまった。設計者は、この生理的な変化を計算に入れなかったのだろうか、と湧治は、五階に辿り着いて、床の上に立ち、しばらく五官が平常に戻るのを待ちながら、少し腹立たしく思った。

中尾の住いの戸口の前に立ち、ベルを鳴らすと、若い夫人が出て来た。その夫人を見た途端、湧治は美しい人だと思った。彼女の瞳は黒目がちで、白い部分は飽くまで白く、まるで人跡未踏の湖のように青く澄んでいるみたいだった。瞳がまるで今情熱に目覚めたかのようにキラキラ光っているのだった。

「お待ちしていたわ。どうぞ」と彼女はいった。

「では失礼いたします」

「階段は大丈夫でした」と若い夫人は親しげにいった。

「ああ、螺旋階段ですか」

「ええ」

「やっぱり、少し目がまわりました」

湧治はオーヴァーを脱ぐのを夫人が手伝ってくれる時に、暖房をよく利かして、半袖を着ている夫人の二の腕にさわり、その時電気がビリビリと流れたような気がした。

「やあ、いらっしゃい」と中尾が出て来た。

中尾とはそれまで何度か顔を合せたことがあったが、しばらく会わないうちにまた少し肥ったようだった。中尾の背は五尺三寸位しかないので、夫人と同じ位だった。夫人がバレエでよくきたえたような、しなやかな、しかし強靭な身体をしているのに対して、中尾はまるで対照的に仔熊のようによく肥り、少し腹が出ていた。彼は真赤なYシャツを着ていた。

「パパ」と夫人はいった。

「出水さんもあの階段でフラフラなさったって」

「ははあ」と中尾は笑った。

「人間というのはおかしなものでね、そのうちに慣れてしまいますよ。僕も最初のうちは目をまわしてしまってね、彼女によく笑われたものです」

そこで言葉を切って夫人を愛撫するような目で打ち眺めながら、

「くるみはバレエできたえてあるので、さすがに平気でしたよ」といった。

湧治は六畳の中尾の書斎へ通された。テーブルが置かれ、洋酒の瓶などが出て、すぐ飲めるようになっている。

くるみが台所に引込み氷を運んで来ると、中尾はもの慣れた手で、湧治に水割りを作ってくれた。

中尾は酒も強そうだったが、肥っているだけあって、食いしんぼうでもあった。大皿に盛った酒の肴を、くるみがよそった分はすぐ平らげてしまい、その次を自分でよそいたがり、その

たびにくるみに、

「お医者様にいいつけますよ」とたしなめられた。

「せっかく来ていただいたんだから、ゆっくり俺にも飲ませてくれよ」

と中尾は一寸駄々をこねるような調子でいった。だがふと思いついたように、

「しかしその前に御案内しておこうか」

中尾は玄関の前の板の間へ出て、便所、洗面所、浴室を示したのち、プライヴェイトな荷物の置場にするという四畳半のくるみの居間を示した。

それはちょっと少女趣味の部屋で、ピアノの上には、各種さまざまな人形が一杯飾ってあり、壁には色取りどりの壁人形が留めてある。くるみは中尾と違って立机を使っていた。使わない時は蓋ができる洒落た民芸品である。

それから中尾は台所に案内した。入ったところにこれも民芸品のテーブルと、背と坐る部分を縄で編んである椅子があった。

「二人だけの時はここで食事をします。作って熱いうちに食べる。なかなか便利ですよ。くるみは料理が好きでね」

「本当においしく頂きました」と湧治はこれまで食べた、久しぶりに自分が作ったのでない御馳走にお世辞でなしにいった。

「いいえ」とくるみはいったのち、中尾に向って「でもこの頃のあなたは気の毒みたいね」

「軽い糖尿病でね、食餌制限をさせられているものだから」と中尾は言訳のように湧治にいった。

湧治はその使いよさそうな台所が気に入り、その民芸品のテーブルで自分も食事をしよう、と思った。

「3DKのアパートですから、あと一部屋です」と中尾はいって、仕切りの襖を二枚両方へ押して台所の隣の部屋を見せた。台所の隣にそんな部屋が隠されているとは思わなかったような豪華極まりない印象を与える部屋だった。そのわけは、その六畳間の半分は確実に占領している、すばらしく立派な大型のダブル・ベッドだった。教授の大垣がいっていたのはこのベッドだったのだな、と湧治は思った。そしてこのベッドは分解してもあの螺旋階段を上げることはできそうもないから、もしかしたら外から吊るし上げたのかも知れない、と想像した。

「どうか、このベッドを自由に使って下さい」

「いや、でも」

「遠慮することはないんだよ。シーツや枕カバーなども、そこにたくさん入っているから」と中尾はいって、奥の小さな箪笥の抽斗を示した。

「あなたに恋人がいたら、泊めて、一緒に使っても構いませんよ」と中尾はまるで大垣と口裏を合せたような科白をはいた。

「いや、まだいないんです。じゃあ、この上に僕の蒲団を敷いて使わせて頂くかも知れません」

「ああ、それはいいかも知れないな。ダブル・ベッドに一人で寝るというのは気持がいいものですよ。時々僕は夜遅くまで仕事をしてね、妻を起すのが可哀想なものだから、自分の部屋でゴロ寝しちゃうけれど、妻は反ってぐっすり眠れるようですよ」

「あら、そんなことないわ」という声がダイニング・キッチンからした。

「ああ、聞えたか」と中尾は首をすくめて、

「FMのついたステレオもあるから、自由に使って下さい」と話題を転じた。

湧治は中尾の書斎に戻りながら、その豪華なベッドがまるでこの中尾家に君臨している王様のような気がした。あのベッドに比べると中尾の部屋の本棚がどれも古くて、形が統一していなくてチグハグなのが、不当に不釣合のような気がした。

その夜湧治は大分遅くまで話し込んでしまい、最終の電車で引揚げた。中尾は人なつっこくて、湧治に泊って行けといったが、留守番の責任もありますから、と断わって、湧治は引揚げた。その言葉に、中尾は、「まったくたのもしいな」といった。

その夜湧治は夢を見た。五階の窓から入れるべく綱で上げられている中尾夫妻のみごとなベッドに、中尾の妻のくるみが全裸で横たわっているのだ。そして湧治に自分の隣に寝て欲しい、という。五階からそれを聞いた湧治は決心して窓から飛び降りてベッドの上に着陸しようと思う。もしうまく着陸すれば無事な筈だったし、もし落下に失敗すれば下のコンクリートに頭をぶつけて、即死する筈だった。しかし湧治は意を固めて飛び降りる。すると近づくにつれ全裸だと思ったくるみは肉色のタイツをはいている。まったく肌の色と変らないので遠くから

みると、まるで全裸のように見えるだけの話なのだ……

二月の初めに松坂から四月三日に帰って来る予定だという手紙が来た。中尾夫妻が日本を立つのは三月の末だから、湧治には都合がよかった。四月一日に中尾の留守宅へ移れば、三日間余裕を取ることができた。

湧治は二日がかりで松坂の住いの大掃除をした。妹の悪阻のために母の手を借りられなかったので、今度は一人でした。一年半住んでいると、こんなに出るのかと思われる程、くずが出た。高崎の留守番をしていた時分よりも、独身生活が本格的になったせいかも知れなかった。

三月三十日に、湧治が書類鞄を除いた荷物を全部例の引越屋に託したのは午後四時過ぎだった。間もなく最近中古の自動車を買入れた並木が迎えに来てくれる筈だった。前の晩転居を電話で報せたら丁度明日夕方ついでがあるから乗せて行くよ、といってくれたのである。

一本冷蔵庫に余っている牛乳を飲んでいると、電話がかかって来た。

電話口に出ると、

「湧治さん」という女の声がした。

「はあ」

湧治はすぐに誰の声だか分らずにいった。

「わたし玲子よ。ずい分御無沙汰してしまったわ。もっと早くお電話をしようと思っていたのだけれども、ちょっと家を離れていて、かけられなかったの」

「どこかへいらしていたのですか」と湧治はいった。一頃は待ち焦がれていた電話だったが、待たされ過ぎて今となってはもう余り関心が湧かない感じだった。

「ちょっと旅行をしていたの」と相手は答え、言葉を続けた。

「でもあなたにお逢いしたかったわ。せめて声だけでも聞きたかったわ。だけれど電話をかけられなかったの」

「どうして」と湧治は相手の親しい口調に少々抵抗を覚えながらも何となく同化されたようにいった。

「……」

しばらく沈黙が続いた。それから、

「だって電話番号をひかえて家を出なかったんですもの」という悲しく訴えるような声が響いて来た。突然湧治の心に昔の玲子の愁いを含んだ面差が泛んで来て、愛おしさで心が一杯になった。まるでその湧治の心を電話口から読みとったかのように玲子はいった。

「お逢いしたいわ」

「僕も逢いたいですね」と湧治も半ば本気でいった。

「わたし、いつも、あなたのことを考えているの」

突然思いついたように玲子はいった。

「もしかしたら今晩主人が出張に出かけるかも知れないの。そうしたらわたし一人きりだわ。遊びにいらっしゃらない。色んなお酒もあるわ」

「しかし、でも」と湧治は思いがけない玲子の大胆な提案に驚いていった。

「では一時間後に、また電話をするわ。主人に本当に出張に行くかどうか確かめて。でももし主人が行ったら、本当にいらしてよ。きっとね」

「しかし」と湧治がいいかけた時、電話は切れてしまった。

湧治はまるで子供の頃遊びに夢中になっている間に置いてきぼりにされたような気持を味わった。

しばらく彼はじっと考え込んだ。どうしても解せない点があった。この間もそうだったが、「湧治さん」などと、玲子が親しげな、まったく馴れ馴れしいといってよいような呼びかけをして来ることが、やはり冷静に考えてみると不可解だった。玲子はどうかしたのではないか、ひょっとすると、今流行の団地ノイローゼにでもかかって、精神に変調をきたしたのではないだろうか、という気がして来た。そう思うと急にその可能性が強く信じられて来た。

玄関のベルが鳴った。きっと並木に違いなかった。

湧治は立上りながら、今また電話がかかって来たら、どうしようと思ったが、ドアを閉めるまで、電話はもちろんかかって来なかった。

並木の車で二人が、中尾のアパートに着いたのは、もう薄暗くなりかかった五時過ぎだった。湧治は丁度、玲子から電話がかかって来る頃だろうと思った。彼の耳に、空しく鳴っている玲子の電話の音が聞えて来るようだった。

並木は湧治を下ろすと、先を急ぐらしくすぐに行ってしまった。

中尾の留守番に湧治は半月位で馴染んだ。高崎、松坂とだんだん馴染み方が速くなって来るみたいだった。中尾も、公団の家賃にほぼ見合うような給料の入る非常勤講師の口を一口一年だけ湧治にあずけて行った。湧治が通う大学の途中にあり、しかも午後一時間だけゼミナールに出ている水曜日の午前中教えることになっている。

松坂から預かった非常勤講師の口は返したが、同じ大学から新規に、それも倍の時間を頼まれたので、湧治はまだ博士課程の学生なのに、二つの大学で教えることになり、結構忙しくなった。

その代り一人前の月給取り位の収入が安定して得られることになった。ある日湧治は、いっそのこと自分でも公団住宅を申込んでみたら、と思った。母と自分の収入を合せれば、資格は得られるかも知れない。その結果うまく借りられれば留守番の口を捜さなくても、自分の住いが永久に得られるのだ。その思いつきを母に話して母の名義を借りる内諾を得ると、彼は公団の事務所に行って調べてみたが、予想通り母と一緒に住むことにすれば2DKの申込資格があることが分った。落ちて元々だったから、寝ていて果報を待つ位の気持で、彼はこれから片っ端に公団住宅を申込んでみる方針を決めた。一ヵ月に一つは公団住宅が新設されていたから、場所などを選り好みしても、二ヵ月に一回位は申込める勘定だった。すぐに当選する気づかいは、倍率からみてもなさそうだったが、大体すぐ当選しても、申込みの資格に「入居開始可能日から一ヵ月以内に入居できる方」とあったから、むしろ困った。

しかしいつあたるにしても、それはその時のことにしてともかく申込んでみるのだと湧治は思っていた。

非常勤講師を二口もして忙しい思いをしていたので、七月半ばに勤めている二つの大学がいずれも休みに入ると、湧治は久しぶりでゆったりした気持になれるような気がした。

休みが始まった週のある夜、夕食をすませた湧治は風呂に入って汗を流すと、パンツ一つはいたまま、中尾夫妻のベッドの上に横になった。彼は夏になってから、よく風呂から上るとこのダブル・ベッドの上にパンツ一つで横になり無為の時間を楽しんだ。そんな時湧治は、ある生産会社を常務で引退した父方の叔父が、昔サラリーマンになったばかりの長兄の健治に、若い時不愉快なことがあると家へ帰って一風呂浴び、真裸になってベッドの上に大の字（旧制高校の時に習った教授は、男の場合は大の字ではなく太の字になるといっていた、と彼はその時つけ加えた）になって馬鹿野郎、馬鹿野郎とたて続けに五回怒鳴ると胸が収まった、という話をして、精神衛生に気をつけるようにと訓戒を垂れていたのをそばで聞いていたことがあったのを思い出した。非常勤講師という勤めでは、勤めの上で不愉快が鬱積するようなことは別になかったが、外に出て帰って来た時、そんな風に一風呂浴びて裸でベッドの上に横になると、たしかに心がのびのびとして気が霽れて来るようではあった。

その夜湧治はベッドの枕もとに作りつけになっている本棚の抽斗から鉛筆を出して、読みかけの本を読もうとして、抽斗の奥に何か封筒のようなものがはさまっているのに気づいた。抽斗を閉める時に奥にひっかかって、そのままになってしまったものに違いなかった。湧治は好奇心に駆られて、その封筒のようなものを取り出してみたが、直接はさまれていなかったらしく無傷だった。

白い角封筒で、中味は写真らしかった。二人で写した写真かと思い、彼は中を取り出してみて、思わず、固唾を飲んだ。それはくるみの裸体や局部を撮った写真だったのである。封筒には鉛筆で、日付と旅館名が書かれてあった。旅館は京都と紀伊の白浜のだった。

くるみは顔をかくしていないで、堂々と撮られていた。くるみが夫の中尾に撮らせたものに違いなかった。そういえば中尾は写真が好きで、学会などにも上等のカメラを持って来て、よく写真を撮る方だった。

くるみは、バレリーナであるからか、元々自己顕示症なのか、堂々と裸体を、それもさまざまなポーズで撮られていた。もしかするとそれは中尾との新婚旅行で記念に撮った写真かも知れなかった。

それから、中尾がくるみの局部（くるみのそれかどうかは、はっきり分らないけれどもそうに違いなかった）を撮った写真も数葉あるのだった。それは三脚を使ったのかも知れなかったが、彼の手が夫人の白い美しい脚を大きく拡げ、局部がよく見えるように撮ったものもあった。中尾の手に婚約指輪がはまっていたから、それで、その写真は二人が結婚する前に撮ったということが分った。黒白だったので局部の色は分らなかったが、もしカラー写真だったら、きっとそれは経験の浅い若い女のそれにふさわしいように、目が覚めるように鮮かな桃色に違いなかった。湧治にはカラー写真だった場合の色が見えるような気がした。ただ残念なことは、まるでくるみの局部の美しさを帳消しにするためかのように、いぼ痔が顔を出していることだった。それがなければ、夫人の局部写真の美しさは、それを凌駕するものはないに違いなかった。

湧治が写真で女の局部をはっきりと見たのはそれがまったく初めての経験だった。それはどこか熱帯の国の珍しい花のように美しく、できることなら接吻をしたい程だった。その花は豊富な蜜を持っているらしくて、その蜜が分泌し、きっと桃色に違いない花弁のふくらみをあざやかに、みずみずしくするのに役立っているようだった。

湧治はすっかり興奮していた。そして夫人の裸体が自分のすぐそばに横たわっているような気がした。彼はその写真の主と一緒にベッドを共にすることができたらどんなにいいだろうと考えていた。湧治はありとあらゆる姿態を夫人に取らせることに成功し、夫人はそれを湧治のためにすることを決して抗わなかった。そして最後に湧治は、夫人と一体となり、果てていた。

湧治はその写真を抽斗の中に納うとしばらくもの想いに耽った。二人はその写真が抽斗の奥に落ちてしまっていることに気づかないで行ってしまったに違いなかった。結婚当初こそ二人はその写真をよく見たかも知れなかったが、そのうちに見るのに飽きてしまったということは充分考えられることだった。そしてしまいには、肝腎の写真が見えなくなってしまっても、さして神経が働かない程になっていたに違いない。中尾は妻の肉体をそれ程珍しく思わなくなったに違いない。それに糖尿病になって性欲が減退したということになれば尚更のことだ。そんな風に湧治は考えながら、そのまま眠ってしまった。

湧治はくるみと想像上の性交をその一夜のうちに三回重ねていた。夜中に湧治は目が覚め、そしてくるみの裸の写真を見ないではいられなくなり、もう一度くるみを抱いた。三回目は夢の中の姦通となって現われた。

次の朝湧治は、久しぶりに全身に快い疲労を覚えながら起き上った。それはまだ湧治の経験していないもの、つまり新婚の夫が、初夜を過した次の朝に感ずる疲労とどこか似ているような気がした。似ているとはいっても、それは純粋の生の白桃の味と、砂糖水で煮たカンヅメの白桃の味との違い位はあったかも知れないが。

それからくるみの写真は松坂文庫の本のような役割を湧治の独身生活の中で演じるようになった。

湧治はある夜ふとくるみはいつも右側に寝て左側に中尾は寝ているらしいことをつきとめたと思った。左上の戸棚の隅には、中尾の独々辞典とメモの紙が、右上の戸棚の奥にはくるみの読物らしい雑誌などが見つかったからである。湧治の狭い、残念なことに経験の裏づけを一回しか持たない知識では、男は女の右側に寝るべきものだった。なぜなら愛撫する右手のために。中尾が左側に寝るという湧治の推測が正しかったら、中尾は元来左ギッチョなのかも知れない。それは大発見のように思えた。左利きは女の左側に寝るという単なる発見が……

別に意識したわけでもないのに、湧治は二人の寝室から、二人の性生活を物語る品物をいくつも発見した。湧治の手によって発見されることを期待しているのではないかと勘ぐりたい程に、それらは片づけられもせずに、無造作に置いてあったのだ。

たとえば奇妙な鏡もその一つだった。それは湧治がくるみが眠る側と考えたベッドの右側に置かれたナイト・テーブルの下の戸棚にあったのだ。それは拡大鏡の機能をも備えた奇妙な鏡だった。もしかすると医学用の鏡なのかも知れなかった。すぐにその時湧治の頭に泛んだのは、写真に映っていたくるみの痔だった。くるみがそれに坐薬をつけるために、特に結婚前にその特別な鏡を使用したということは充分に考えられることだった。

それはまったく奇妙な鏡だった。鼻だけを映すと、それは対象を数倍も大きくし、全体を映し出すことを不可能にする。鼻は天狗の鼻のように巨大になる。瞳だけを映すと、瞳は恐ろしい程大きくなり、まるで黒い大きな球体となる。

そして湧治は悪戯に勃起した男根をそれで映してみた。すると予想以上の拡大効果に驚かないではいられなかった。彼の男根は世界で一番巨大な男根となった。それは化物のように大きな、不逞でグロテスクな塔となった。そして湧治は想像したのだ。くるみだけではなくて中尾もその目的のために、その鏡を使っていたのではないかと。

九月になって、夏休みが終ると、松坂から電話がかかってM大学で彼に渡したいものがある、といって来た。二人とも同じ日に出ていたのである。

その日約束した時刻に松坂は教員控え室に姿を現わし、提げ鞄の中からきれいな包装紙に包まれた小箱を取り出していった。

「入曾という人が、六月末に見えましてね、これをあなたに渡して頂きたい、といって帰ったんですよ。何か電話でお騒がせしたお詫びのしるしだそうです」

すぐに湧治は玲子の夫だなと気づいた。

「住所などは何ともいっていませんでしたか」と彼は聞いた。

「いいえ、そそくさと帰ってしまいましたよ」

湧治は松坂に二回あった玲子の電話のあらましを説明し、自分の推測を語った。

「そうですか。きっとあなたの想像通りかも知れません。いや御苦労様でした」と松坂はいって、

「しかし奥さんにそんな風になられると困るでしょうね」とつけ加えた。

仕方がないので、湧治はその箱を持って家に帰った。それはスイス製ウイスキー・チョコレート・ボンボンで、銀座の菓子店の包装紙がかけてあり、墨で「お詫び」と上にあり、下に「入

曾」と書いてあるだけだった。しかしそれだけの文字の中に湧治は、妻の精神の変調に悩まされた玲子の夫の苦しみがこめられているような気がした。

湧治は博士論文を出すつもりはなかった。博士課程を三年で終えて就職しても、五年以内に論文を出せばよかったのである。それでその五年以内に彼は論文を書くつもりでいた。大体まだ博士課程を三年済ます時に論文を出した者はいなかった。

一月になって湧治は主任教授に呼ばれ、都内の国立のある単科大学の講師に推薦したいと思うがどうか、といわれた。その大学はひそかに願っていた大学の一つだったので、湧治は一日の猶予をもらったのち（それも研究室の伝説によれば必要な儀式だった）、主任教授に推薦を受けたい旨の意思表示をし、履歴書とこれまでの研究論文の一覧表を主任教授に預けた。

その大学の専任講師の採用が内定したのは、それから二週間余りあとだったが、ほぼ時を同じくしてベルリンの中尾から四月の初めにアメリカ廻りで帰るつもりなので、予定通り三月末までよろしくお願いしたいという手紙が来た。外国旅行でよく歩いたのがよかったせいか、中尾の体重はほぼ理想通りになり、身体の調子もよくなったそうだった。

湧治は四月からの住いを本腰を入れて捜さなければいけないと思い出した。すると滝沢（彼は都内に彼を迎えるポストがなかったと見え、四月一日付で東北地方の大学の独文学の助教授になることが決っていた。後任には三月に修士課程を終る一人がすでに決っていて、彼は大物助手の最後ということになった）の口利きで、一年間の予定だったけれども、適当な家賃で西武新宿線の公団の分譲住宅に住む気はないかという話が持ち込まれた。やはり独文科の出身である大学の専任講師をしている人が三月から入居する予定の住宅だが、夫婦共稼ぎなので、その団地に託児所が完成する一年後まで、今住んでいる都営住宅に、手狭だけれども、住んでいたいというのである。これまでの留守番と違うところは、家具とか生活用品はまったく入っていない出来立ての公団住宅に住むことになるという点だった。それならどこかに少し高くてもいいから民間アパートを借りて、一年という限定のない期間の自分自身の住いのために、自分の好きな家具とか生活用品を備えて住んだ方がいいような気がして、結局湧治は断わってしまった。するとそれが前触れででもあったかのように、京王線の高幡不動に出来た公団住宅の団地の補欠になったという通知が、舞込んで来た。続いて当選の通知がやって来た。三階にある2DKの住宅で、竣工予定は三月末となっていたが、勤めの大学にも比較的交通の便がよい筈だった。そこはまた嘗て祖父の従兵だった男が主の農家があった所で、終戦後昭和二十三年位まで二ヵ月に一度位家族の誰かが買出しに行った所だった。その当時はずい分田舎と思っていたが、申込手続き後行ってみると、駅の付近はすっかり住宅地と化していて、ここが昔買出しに来た所だろうかと思われるような変貌ぶりだった。

三月一杯で湧治は中尾の住いを出て、母の家に一旦引揚げ、一ヵ月ばかり居候のような生活を続けた。四月上旬が入居予定だったのに、三月中竣工の予定が二週間程遅れて、結局入居できたのは四月の末になってしまったのである。三畳の書斎を元通りにしましょうと嫂がいったが、湧治は遠慮して、母の部屋を一時書斎にした。今度勤めることになった大学は講師以上には一室ずつ研究室が与えられたので、大学に出る日はその研究室で本を読むことができたが、その日は週三日に過ぎなかったのでやっぱり家に帰っても書斎は必要だったのである。そんなわけで湧治がいる間だけ母は茶の間に寝た。

引越は引越期間の最終日である月曜日に例の氷屋が運送屋に転業してやっている小型トラックで再び行われた。これまでの引越と違って今度は、引越荷物は小型トラックに一杯あった。蒸発してしまった彼の昔の書斎、今は兄の健治の家の納戸と化してしまった書斎の三畳に置かれていた彼の持物は、本箱、古い坐り机から、精神に変調を来してしまったらしい前田玲子に高校時代もらった古い手紙の束に至るまで、全部持って来たし、その上祖父が巴里にいた頃一つだけ買って日本まで持って帰り「舶来のソファー」と呼んで愛用していたフランス製の中牛皮(キップスキン)のソファーを母にいってもらったので、それも積んであったからである。それは母屋を銀行に貸す時に、応接間からそれだけはセットの一つではない半端物だったので付属屋に引揚げて来て、在世中は祖父が一間廊下の隅に置いて読書のために使っていたものだが、祖父の部屋を長兄が新居の一部として使うようになってから、邪魔物扱いをされ、玄関の隣の一間の押入れの中に蔵われ埃をかぶっていたのである。最上等の中牛皮(キップスキン)を張ったもので、スプリングも全然痛んでいなかったから、それは所を得れば大した椅子となる筈だった。

湧治は元氷屋の主人に頼んで助手席に乗せてもらった。そんな風に思い立ったのは、他人にはガラクタに見えるかも知れないが彼にとっては全財産ともいうべき荷台の荷物の護衛者でありたいような気がしたからだった。

「今度の引越はずい分荷物が多いですね」

車が走り出すと運転席の元氷屋の主人はハンドルを握りながら湧治に話しかけた。

「今度は留守番ではなくてね、僕の住いに引越すんでね」と湧治はいった。

「それでは結婚されたんで」と元氷屋の主人は聞いた。

「いや、そういうわけじゃないんですけれどもね」と湧治は言葉を濁した。

午前中は靖子の子供が種痘を受けるので妹の家に助けに行った母が、午後から、廻って来て、湧治の住いについて色々助言をしてくれる筈だった。

午後母が約束通りやって来た。彼女は戦後買出しに来た時分と比べての変り方に驚き、押川さんの家はどこだったかしら、といった。押川さんというのは、買出しに行った例の農家の姓だった。湧治はその姓を自分がすっかり忘れ去っているのに気づいて驚いた。記憶のどこを探ってみてもどこにもない程忘れ切っているのである。

「もしかすると、この団地の奥かも知れないと思うの」

「そう」

「土地の風景が変ってしまったから、本当に見当がつかないわ」と母はいった。

「落着いたら一度散歩がてら、行ってみましょうか」

「そうね、でもあの御主人はまだ健在かしら」

「そう、もう死んで息子の代に変っているかも知れませんね。当時すでに六十近くだったから」

そういいながら湧治は、主人よりも年下なのに十位上のように見えるおかみさんが始終かまどでたきぎを燃やし煙に悩まされているせいか目が悪かったことを思い出した。彼女は口数は少く無愛想だったが、夫の嘗ての上官の家族だという配慮があったのか、湧治たちが買出しに来ると、かならずさつまいもとか里芋とかジャガイモのふかしたのを振舞ってくれたものだった。当時焼け残った母の若い頃の着物はほとんどこの押川家へ持って行ったものだった。

台所用品は夕方母と一緒に駅前の商店街に行って必要なものを大体買い揃えた。電気冷蔵庫もその商店街の電気の店に特価品が出ていたので、湧治は秋葉原へ買いに行く方針を改めて買ってしまった。その晩は母が一緒に買った材料を使って夕飯を作ってくれた。

五月になると湧治は友人の結婚披露宴に二組も出た。一組は高等学校の友だちのだったが、もう一組は青森の大学に就職した早瀬のだった。彼はその大学の独文科主任教授の世話で、土地の開業医の娘と結婚したのだ。早瀬の結婚で、大学院の修士課程で同級生だった八人のうち、まだ結婚していないのは湧治以外に一人になった。しかしその一人は女子で子供の頃小児麻痺をやり今もその後遺症が残っていて結婚しないといっていたから除くとすれば、男で後に残ったのは湧治だけということになった。

並木もその年の秋に結婚した。彼が当日のテーブル・スピーチの件で湧治に電話をかけて来たのは湧治が朝から家にいる月曜日の夕刻だったが、丁度味噌汁を作っていた時だった。湧治は「ちょっと待ってくれ、今味噌汁を作っているので、火を弱めて来る」と断わって台所へ行き、ガスの火を小さくして、再び電話口に出た。

次の年の四月に湧治は、早瀬に早くも男の児が出来たことを知り、大学の帰りに新宿の伊勢丹に寄って天井に吊るす玩具を買ってお祝いに送らせた。出産のお祝いは今まで長兄や妹の靖子のところに子供が生まれた時にしているので、もう慣れている感じだった。その時湧治は、早瀬の結婚の際に何を贈ろうかと注文を聞き、枕スタンドがいいといわれ、デパートのスタンド売場で散々迷ったことが記憶の中から蘇った。枕スタンドには二つのタイプがあった。一つは西洋式の笠を持ったスタンドで、もう一つは昔の行燈を模した和風のものだった。西洋式の笠を持ったスタンドは笠の布がどれも毒々しい程の原色を使ってあり、和風の行燈風のスタンドはなぜか湧治に待合の枕スタンドを連想させた。結局湧治は迷いに迷った挙句和風スタンドを買って送った。秋の学会で早瀬に逢った時、早瀬は湧治に改めて結婚の贈物のお礼をいったが、その際彼はいまだに独身者の湧治に枕スタンドなどという野暮な注文を出して済まなかった、後でおふくろから怒られたよ、とあやまった。湧治は早瀬がそのスタンドを使っているかどうか確かめたかったが、使っていない場合のことを考えて止めにした。

翌年の春から秋にかけて、湧治は母が結婚の世話をした長井修一の奥さんの世話で七、八回見合をさせられ、見合疲れがしてしまった。長井修一の奥さんは、湧治がもう三十一歳になるのに、まだ独身でいることを湧治の母から聞くと、自分のところにはいいお婿さんを捜しているお嬢さんの話がたくさん来ているから、ぜひいいお嫁さんをお世話したいと張り切った。長井修一は化学会社の副社長を最後に辞め、今は相談役になって、現役を引退し悠々自適の生活を送っていたが、暇をもて余した長井夫人の方は結婚の世話をやくことを何よりの道楽にしているようだった。湧治の場合は夫の方も一所懸命だった。まるで湧治の外祖父に対して恩返しをしようとするかのようだった。湧治はスナップ写真を数葉と書きつけを長井夫人に渡した。その時彼は長井夫人から、この頃は男の見合写真があることを知り、その実例を二、三枚見せてもらったが、彼はスナップ写真で勘弁してもらった。

七、八回見合を重ねたが、どの相手にも湧治はまるで心を動かされなかった。それどころかお見合で過す時間を、時の浪費のように感じた。

その年の秋も深まると、最初あんなに熱心だった長井夫人も匙を投げてしまったようだった。

三並び、すなわち三十三歳になるのがもう後数日という晩秋のある日の午後、湧治は母からもらって来た祖父が愛していた中牛皮(キップスキン)のソファーに腰かけぼんやり物想いに耽っていた。

そのソファーは湧治が使うようになってから、一度家具屋で手に入れた特別のクリームを塗り込んだせいもあるが、すっかり昔の光沢を取り戻し、立派になっていた。大して家具のない湧治の2DKの住いの中で一番の財産といえばそのソファーかも知れなかった。

湧治は眠り足りない頭を意識しながらぼんやり考えていた。この頃彼は寝酒のウイスキーがないとよく眠れなくなっていたが、うっかりウイスキーを切らしてしまって、前の晩飲まずに床についたのがいけなかった。結局夜明けまで寝つくことができず、幸い大学に出ないでもよかったので、午前十一時近くまで床にいたが、朝階上で子供が椅子をガタガタいわせたりして目を何度も覚したこともあって、夜一気に眠るようなわけには到底行かなかったのである。

そのソファーは彼の書斎にあてている六畳の真中に置いてあった。物を書いたり、調べ物をする時は母の家の三畳の書斎から持って来た古い小さな坐り机を使っていたが、本を読むのは大抵そのソファーに坐ってした。そしてそのソファーは坐り心地は満点といってもよく、彼にはすっかり気に入っていた。まことに大きな図体のソファーで部屋の中央に置いてあるとまるで部屋の半分を占領しているような感じだった。

湧治は今自分の坐っているソファーを意識しながら、中尾の住いの豪華なダブル・ベッドを思い出した。あのダブル・ベッドはあの部屋に、いやあの住いに帝王のように君臨していたが、それと同じようにその中牛皮（キップスキン）のソファーは彼の住いの帝王のようだという気がしたのである。

その後湧治は中尾が帰国してから銀座のドイツ風レストランに招待されて、一夕御馳走になり、彫物の入った銅製のビールの栓ぬきをお土産にもらったが、それから三年余りずっと彼らの住いにはまだ行っていない。学会で中尾に会うたびに、一度遊びに来て欲しい、妻もいつも噂をしている、といわれるが、まだ行っていなかった。中尾は今でも子供に恵まれずいた。

あのくるみの写真はどうしただろうか、と湧治はソファーに深々と腰をおろしたままぼんやりと考えていた。すると女の肉体を初めて本当に経験させてくれた伊豆の温泉のまだ素人らしさが濃厚に残っているように思えた娼婦のことが頭に泛んで来た。あの娼婦はまだあの温泉にいるだろうか、と湧治は思った。それとも小金を貯めてもう足を洗い、普通の市民の生活をしているだろうか。自分が肉体を知っているのは本当はあの娼婦だけだったのだ、しかもあの一夜だけだったのだ、ということに湧治は今更のように気づいた。たった今まで彼はそうではないような気がしていたのだ。前田玲子も、鵜川知子も、中尾くるみもその肉体をよく知っているような錯覚に襲われていたのである。しかし彼女らを抱いたと思っていたのは本当はすべて彼の想像や夢の中の出来事に過ぎなかった。つまり影絵芝居の元幇間が使った言葉を使えばこれこそ正に仮象の世界のことに過ぎなかったのだ。

外を眺めるといつの間にか雨が降っているようだった。

しかし、細い雨だと屋根というもののない団地では窓から見ただけではそれとよく分らない。窓に近寄ってみて下のコンクリートの色で判断するか、人が傘をさして歩いているかいないか見なければ分らない。湧治は目を凝らして外を見たが、本当に雨が降っているかどうかはやはりはっきりしなかった。ソファーから身体を起して立ち、窓辺に寄れば確かめられるのだが、わざわざそれをする気も起らない。湧治の目の位置から見えるのは前の団地の棟と雨が降っているのかどうか分らない空だけで、緑は一つもない。買出しについて来た頃は緑の木々の多い所だったが、湧治の住んでいる団地は芝生と小さな植込みがあるだけだった。

湧治は自分がいつの間にか老人になってしまったような錯覚に囚われた。夢想の中で彼は大学教授で停年間近い老人になっていた。相変らず独身だ。夜もベッドに寝ていないで、このソファーに坐って眠る。ダブル・ベッドならいざ知らず、一々押入れから蒲団を出して敷く煩わしさに耐えられなくなったのだ。ソファーに坐って眠るのに慣れると、こんなに便利なものはない。第一服を寝巻に着替えないでもいい。ウイスキーのダブルの水割りを二杯飲んだのち、坐って少し固い本（松坂文庫のような軟かい本は駄目だ）を読んで三十分もすると、もう眠りが彼を訪れてくれる。

そこで彼は夢想から醒め、その日の夕食のおかずがもう何にもなくなってしまったことに気づいた。それからウイスキーの角瓶を一本買っておかなければならないことにも。最近彼は一週間に確実に一本のウイスキーを空けるようになっていた。この分では五日に一本、いや三日に一本となるのもそんなに遠い先のことではなさそうだった。


〔昭和46（1971）年「新潮」9月号「独身」として発表〕

『兎の結末』あとがき

この創作集の表題となった「兎の結末」という小説は、私にとって思い出の多い、愛着の深い作品である。

この小説の原型は「兎と少女二人」という三十枚足らずの短篇小説で、仙花紙の原稿用紙に計り売りで買って来たインクを使って書いて、昭和二十四年、私が高校一年の時に、ホーム・ルームの回覧雑誌に発表した。その後大学院に在学中、改作を試みたが失敗に終った。政府交換留学生として、昭和三十八年の夏から四十年の夏まで、私は西ベルリンにいたが、帰国を二ヵ月後に控えた四十年の六月末に、私は無性に小説が書きたくなった。荷物の大半は郵便小包みにして送ってしまったあとだったが、原稿用紙は残してあった。そして書き始めたのがこの「兎の結末」の第一稿で、八月に西ベルリンを離れるまでに九分通り書き上げていた。帰国後第一稿を書き終えたのち、もう一度書き改めて完成した。

「幼年時代」は昭和四十三年の一月に書き、芥川賞受賞第一作として「文學界」に発表した。私の自伝的小説では、扱った時期からいって最初に位置する作品である。

「バラトン湖」、「カールスバートにて」は、留学中の体験に基いて書いた私の一連の小説に属する。

「バラトン湖」は昭和四十二年の二月に完成した。

「カールスバートにて」は昭和四十二年十月に完成した。

昭和四十三年二月十日

柏原兵三

（お断り）

本書は1968年に文藝春秋より発刊された単行本『兎の結末』と、1972年に中央公論社より発刊された単行本『独身者の憂鬱』を底本としております。

あきらかに間違いと思われるものについては訂正いたしましたが、基本的には底本にしたがっております。また、一部の固有名詞や難読漢字には編集部で振り仮名を振っています。

本文中には浮浪児、浮浪者、床屋、支那、父兄、百姓、未亡人、漁夫、ジプシー、廃人、女医、女史、みなし児、盲目的、興信所、不具、按摩、若後家、魯鈍、痴愚、白痴、商売女、運送屋、氷屋、左ギッチョなどの言葉や人種・身分・職業・身体等に関する表現で、現在からみれば、不当、不適切と思われる箇所がありますが、著者に差別的意図のないこと、時代背景と作品価値とを鑑み、著者が故人でもあるため、原文のままにしております。差別や侮蔑の助長、温存を意図するものでないことをご理解ください。

柏原 兵三（かしわばら ひょうぞう）
1933（昭和８）年11月10日―1972（昭和47）年２月13日、享年38。千葉県出身。1968年『徳山道助の帰郷』で第58回芥川賞を受賞。代表作に『長い道』など。

P+D BOOKS とは

P+D BOOKS（ピー プラス ディー ブックス）とは
P+Dとはペーパーバックとデジタルの略称です。
後世に受け継がれるべき名作でありながら、現在入手困難となっている作品を、
B6判ペーパーバック書籍と電子書籍を、同時かつ同価格で発売・発信する、
小学館のまったく新しいスタイルのブックレーベルです。

兎の結末・独身者の憂鬱

2022年10月18日　初版第1刷発行

著者　柏原兵三
発行人　飯田昌宏
発行所　株式会社　小学館
〒101-8001
東京都千代田区一ツ橋2-3-1
電話　編集　03-3230-9355
　　　販売　03-5281-3555
印刷所　大日本印刷株式会社
製本所　大日本印刷株式会社
装丁　おおうちおさむ　山田彩純
（ナノナノグラフィックス）

ISBN978-4-09-352450-6

P+D BOOKS